青铜神裔

【日】立原透耶 【中】海尼 郑军 著

四川出版集团　四川科学技术出版社

A DRAGON AND SPACE volume (number of Japanese edition)
© TOUYA TACHIHARA 2008
All rights reserved. Reproducing this work in the form of copying, duplicating, reprinting,
performing, broadcasting, distribution or sharing of data, in whole or in part, except as
permitted by the copyright holder or under applicable copyright laws is strictly forbidden
First published in Japan in 2008 by GENTOSHA COMICS INC., Tokyo
Simplified Chinese translation rights arranged with GENTOSHA COMICS INC.
through Tuttle–Mori Agency, Inc., Tokyo

图书在版编目(CIP)数据

青铜神裔 / [日]立原透耶　[中]海 尼　郑 军 著；冯 阅 译
– 成都：四川科学技术出版社，2013.3
ISBN 978 – 7 – 5364 – 7578 – 6

Ⅰ.青… Ⅱ.①立… ②海… ③郑… ④冯… Ⅲ.①科学幻想小说–
日本–当代 ②科学幻想小说 – 作品集 – 中国 – 当代 Ⅳ.①I14

中国版本图书馆CIP数据核字(2013)第037388号
图进字：21–2013–013

青铜神裔

著　　者　[日]立原透耶　[中]海 尼 郑 军
译　　者　冯 阅
主　　编　姚海军
责任编辑　宋 齐 田 膂
封面绘图　王安妮
封面设计　漆 龙
版面设计　漆 龙
责任出版　邓一羽
出版发行　四川出版集团·四川科学技术出版社
　　　　　成都市三洞桥路12号　邮政编码：610031
成品尺寸　140mm×203mm
印　　张　12.25
字　　数　180千
插　　页　2
印　　刷　四川五洲彩印有限责任公司
版　　次　2013年3月成都第一版
印　　次　2013年3月成都第一次印刷
定　　价　32.00元
ISBN 978—7-5364-7578-6

■ **版权所有·翻印必究** ■

■本书如有缺页、破损、装订错误，请寄回印刷厂调换。

目 录
CONTENTS

青铜神裔

【日】立原透耶　著

冯　阅　译

人物表

【行星桃花】

月华:十五岁。候补战士,以登上龙舟为目标。容貌美丽,但因为特殊的出生而封闭了自己的内心。拥有罕见的真气能力。

流水:桃花最下层的土龙。对月华有着非同寻常的感情,却不知该怎么办。拥有土龙不应有的真气力量。

黄河:成绩名列前茅的候补战士。平日里冷静沉着,给人十分沉稳的印象,却有着残忍的一面。和流水有着惊人相似的外貌。

道:一艘没有舵手的龙舟。年老的黑龙。可以和多人以及多种意识进行无障碍的沟通。

尸:侠士,不属于任何一个阶级。独眼,身材魁梧。教会了月华和流水一种全新的认识事物的方法。

延珠:给人懒散印象的神官。虽说是神官,却和巫女有着恋爱关系。

【亚特兰蒂斯空间站】

天尘:二十四岁的穷作家。神经过敏,非常不善于与人交往。没有朋友也没有恋人,内心十分孤独。

赫尔:三十六岁的空间站副司令官。凡事漫不经心,却对珠儿关爱有加。

珠儿:宇宙猫。拥有漆黑油亮的柔顺毛发,天资聪敏。

3

这究竟是神话，传说，还是历史？

埋藏着梦幻金属奥里哈鲁根的传说之地，亚特兰蒂斯大陆——为何要用这个名字来为空间站命名？其中包含的深意，让我思索至今。

难道是因为亚特兰蒂斯空间站会走上和它的名字一样的命运之路吗？

我们所处的现状，无法用寥寥数语来叙述。

即便用尽我的余生，能描述出来的也只是微乎其微而已。

然而，必须有人把这一切记录下来，只要有这个必要，我便不会停下记录的笔。

我会停留在亚特兰蒂斯，也许不是偶然，而是必然。

在此之前，我的人生惨淡而贫乏无味，我所做的只是呼吸、进食和睡眠而已。

而现在，来到这里之后，我第一次知道了活着以及死亡的意义。

有生以来，我第一次知道了如何爱人，以及如何为人所爱。

也许我就是为了经历这些才来到这里。

在之前的人生中，我对"爱"一无所知。

如果我没有来到亚特兰蒂斯，我也许会继续怀抱着对爱的无知而生存下去。

然而，却有人让我了解到那些崇高的精神，仿佛快要从胸膛中跳跃而出的自我牺牲，以及难以置信的责任感。

但我同时也知道了肮脏扭曲的欲望、卑微的曲解和怨恨，以及毫无意义的自尊心。

我收获良多，今后也会继续学到更多吧。

那个我用灵魂来敬爱的人，没有任何事物能够代替。我选择继续待在那个人身边，直到那个人不再需要我为止。

我希望能有人知道，像我这样的人，或者像我们这样的很多人，现在仍生活在空间站亚特兰蒂斯上，并一直为回到故乡而努力着。

希望我们的思恋，我们艰苦的斗争，能传到我们的故土。

天尘·江孜

序　章

这一天,D.D.Natow博士的心情很不好,因为他暗恋的同事去太空旅行了。

博士拿到了旅行券,然后当做礼物送给了那位同事。

怂恿同事去旅行的也是博士自己。

可他还是非常不爽,因为昨天是他深爱的同事的婚礼。

不对,这个说法不对。准确地说,是昨天本来应该有场婚礼。

在地球联邦之中,几乎已经没有人会被结婚这种腐朽的制度所束缚。婚礼就更不用说了,想举行婚礼的人数近乎为零——估计有这种想法的都是些活化石。

可D.D.Natow博士的同事却不一样。那人以前就是个浪漫主义者,想要遵循地球上的旧俗,和挚爱的伴侣举行一场婚礼。

结果呢?

结婚的对象根本没出现。

那个人一直坚定地站在那儿,等着自己终生的伴侣,一直等到那座古旧的教堂关上了大门,还是坚信结婚对象会出现。

D.D.Natow博士觉得简直看不下去了。

这比发生在自己身上的事更让人有种切肤之痛。

要是可以,他恨不得找到那个负心人,将其痛殴一顿。

但博士最后选择了另一条路。

他拿到了一张某地的旅行券,同事的结婚对象不久前还在那里活动。"你可以亲自去问。"

同事给了博士一个微笑,感激与信赖之情已经让博士获得了满足。

他想要那个人幸福。

他如此衷心期盼,却天不遂人意。

几个星期后,D.D.Natow博士发自心底地后悔这件事。

同事所在地的一切联络都中断了。

博士因为自责而变得自暴自弃,支撑着他的是在太空中发现的、上面写着谜一样的地球文字的书信。

D.D.Natow博士用尽一生想要解读书信的内容。最终,他提出了一个假说。

这就是后来名声大噪的"神话未来学说"。

吸进一口气。

不让任何人发现,静静地、悄悄地、深深地吸一口气。

胸怀肺腑中充盈着新鲜的生命力。

这种力量缓慢但又真切地扩散到全身,赋予了每一个细胞新的生命。

呼。

用吸气时三倍的时长,游丝般一点一点把气吐出。

能够感觉到污浊和疲惫的东西从身体里被排出去。

终于,少女像是安下心来,她张开双眼,抬起头。

在纤长的睫毛下,她的双眼透露出坚定的意志。

从记事时起,她那紧绷的嘴角上便从未浮现出一丝微笑。

她的皮肤经过日晒显得略黑。

她的四肢修长而紧绷,凝聚着一股力量,看得出不是劳动阶级的一员。

一袭白衣覆盖着她的全身。

白是代表死者的颜色,是哀悼死者的颜色。

也是最接近死亡的颜色。

他人的死亡,与自己的死亡。

一阵风拂过她丰盈的黑发,飘然而去。

像是觉得粘在脸颊上的发丝很麻烦,她把落下的发丝拨上去,低头看向大地。

她看见了稳稳踩着的地面和自己的双脚。

"狩猎的时间到了。"身后的师父说道。

少女,微微笑了起来。

这是她懂事起发出的第一个微笑。

"这是你的第一次狩猎。"

听到师父的话,少女轻轻点了点头。

没错,今天是她的第一次狩猎。

第一次实战。

"能捕到很多土龙就好了。"

很多的,土龙。

第一章　战士和土龙

一

　　吹遍大地的风比起往年来带有更多热气。像这样炎热的天气实属罕见。

　　在这样的大热天里，今天早上便出发前往飘浮在空中的行星昆仑的龙舟部队，似乎也颇感疲惫。

　　龙舟，那是居住在桃花星的人们无比憧憬的存在。

　　人类在不停地进化，持续向前发展。然而，龙舟却没有发生变化，从远古时候开始，就一直保持着最初的模样。

　　祖先们驾驶龙舟远离故乡，到现在的家园安定下来之后，龙舟也一直没有变过。

　　它们自始至终维持原状，是人类最大而且最便利的交通工具。

　　对于年轻人来说，能成为龙舟舵手是无上的荣耀和最大的幸福。

　　这个第一次参加狩猎的少女，也是以成为龙舟舵手为目标的候补战士中的一员。

　　同期开始训练的年轻人们基本上都已经聚集到了集合地点。

　　众人原本都在亲密地交谈，然而在少女出现的一瞬间，现场意外地沉默了下来。

"不洁之人……""不敬者……"闲言碎语的声音大到少女能听见。带侮辱性的语言锋芒毕露，直指向她。

她连眉头都没有动一下，直接排到了队列的最后。

很快便开始点名，少女的名字是第二个被叫到的。

"月华。"

"吁。"她用一种特殊的、有规则的呼气方法，发出常人听不到的声音。

这是在与龙舟进行意志沟通时所必须掌握的技能。

候补战士的点名册是按照成绩来排序的。无论与周围多么格格不入，月华还是为自己第二名的成绩而自豪。这与家庭背景和财产无关，这里看重的，只有实力。

所以，即使月华的身世被认为是最卑贱的，她依然能获得首肯。

在和平时完全无异的表情之下，她和同龄人一样，心中暗藏着兴奋——能参加土龙狩猎了！

这是候补战士面临的最初的实际训练，最初的实战。

非取得好成绩不可。

一定要拔得头筹。

这是能够让月华生存下去的唯一道路。

风又一次狠狠吹过。

月华轻蹙眉头。

她精致冷艳的脸上似乎快要浮现出一丝表情。

这风真讨厌，可也说不出是哪儿不对劲。

风和"鬼"相关联。"鬼"指的是魂魄，或是和人类不同的某些神秘的存在。

总感觉这风像是要传递些什么似的。

月华屏住呼吸,观察着周围人的样子。

好像谁都没有注意到这风。大家都处于一种轻微的兴奋状态之中,脸色潮红。甚至有些人的呼吸已然紊乱。

如果想要成为一个龙舟舵手,无论何时,都要调整自己的呼吸,不能松懈对真气的修炼。

是我想多了吧。月华在心中自嘲。

我还差得远呢,果然还是不够镇定。

师父站在众人面前。顿时周围肃静下来,候补战士们凝神静听。

"没有武器。你们要靠自己的力量和智慧来狩猎土龙。杀死土龙的,会被扣分。既没能捕杀也没能生擒的,将要受到惩罚。只有生擒土龙才会获得加分。捕获的土龙数量越多,你们的竞争力就越强。此外还根据土龙生命力的强弱分等级,生命力越高、越新鲜的土龙,获得的分数就越高。明白了吗?"

全员答道:"诺。"虽然人数不足三十名,但他们身上散发出的强大气场仿佛连大地因之而动摇。

他们在出生时就被选为候补战士,从那时起,他们就把成为龙舟舵手当做自己唯一的目标,艰苦的修炼一直持续至今。

一年有两次升级试炼,如果在测试中没有合格,就会被剥夺候补战士的地位,降为平民。

他们挺过了无数次的试炼,才得以站在今天这个地方。而此后,根据每一次实战的结果,他们仍会有人留下,有人被淘汰。

每学年的年轻人当中,最后能成为龙舟舵手的都寥寥无几。

"你们有一天时间,到明天日出时为止。如果回来晚了,视情况而定,酌情处理。可以单独行动,也可以组队。如果多人共同行动,分数按人数均分,你们要自己打算好。"

众人立刻视线交错,开始考虑要和谁组队,或者是单独行动。

除了一个人——那就是月华。

"现在开始'平层瞬移'。到达最下层的洞穴之前,你们须养精蓄锐。"

他们进入两台覆盖着特殊薄膜的运输工具之中坐下。从外面看不见里面,同样的,里面也看不见外面。

他们这些候补战士,只能在自己的平层来往。

只有当他们正式升为战士后,活动范围才随之扩大。像这样移动到别的平层,对他们而言还是首次。

缓慢的摇晃后,伴随着轻微的呕吐感,类似眩晕的感觉向他们袭来。一瞬间,这种特殊的感觉顺着肌肤,从下而上地爬满全身。

忍受着这种无法言喻的难受,连月华都死死咬住了嘴唇。

这是"瞬间移动"。

真气能力高到了一定的程度便能实现瞬移。若是达到了战士阶级的最高水准,便可以像这样一口气转移十人乃至二十人。

现在同时转移两台运输设备的人,是训练他们的师父。

身体在摆脱重力的瞬间突然轻松起来。

瞬移已经完成了。三十个候补战士瞬间移动到地面上,站定,他们的脸上都带着茫然呆滞的表情。然而,突然之间,所有人的表情都变了。

在他们的眼前,是一个漆黑深邃的洞穴,那是土龙栖息地的入口。

"这就是土龙的……"有谁呢喃了一句。这说出了所有候补战士的心声。

土龙。

他们生活在这个阶级社会的最底层。

在这个以生命力为标准的社会当中,土龙是最为廉价、能大批量获得的动力资源。

事实上，亲眼见过土龙或者到过土龙栖息地的人非常少，能接触到这些的只有捕获土龙的战士或候补战士们。

众人三三两两开始组队。也有选择单独活动的。

月华自然是独自一人。

从孩提时代开始，她就总是形单影只，因为她的母亲犯下了罪孽。

月华本该被当做土龙扔进地底洞穴的，却被师父看见救了下来。他看重的是她与生俱来的、超强的真气能力。

因此她才能获得特别许可，作为候补战士这种特权阶级中的一员成长起来，站在今天这个地方。

可以试想一下，如果立场发生逆转，自己便会成为被捕获的那一方。

思及此处，月华精致的容颜上闪过一丝暗影。

土龙是没有生存价值的阶级。

他们是低等生物，在别人眼里只是动力资源。

他们不具有真气能力，因此只能是落后于其他种族的劣等种族。

他们算不上是人，只不过是动力资源罢了。

月华暗自心想，必须尽可能多地生擒体格健壮的土龙。

"污秽之人，可别被土龙倒追着打才好！"名列第三的赤眉和三个同伴一起对月华恶语相加。

可别一语成谶。

语言之中暗藏着灵魂，带着恶意的语言自身就会成为诅咒。

这种事见得多了，不理睬就好。

一边这样想着，月华无意之间用手指结了一个祛除诅咒的印来消除邪恶的力量。

这可是她的第一次实战。虽然不想承认，可她实际上还是紧张得很。

在她调整呼吸的间隙,已经有好些人纷纷跃入洞穴之中。

不必心急。

她听说土龙以前从不反抗。但现在的土龙有了智慧,他们时而藏匿,时而抵抗,有时甚至还会杀死前去捕猎的战士。

尤其是最近,还未惯于实战的候补战士在土龙洞穴中丧命的事件不再罕见。

正因如此,以前的狩猎必须是单独行动,而现在也进行了调整,可以自由选择,和同伴组合在一起。

"从你们站在地上的那一刻起,狩猎就已经开始了。你们已经浪费很多时间了知不知道? 今年的候补生还真是胆小。"

师父的声音促使众人下定决心。

赤眉和他的同伴一起大声嚷嚷着,声势浩大地跃入洞穴之中。

在捕猎过程中发出巨大的声响可谓愚蠢之极,这就等于直接告诉对手自己的存在。

不过赤眉向来如此行事。他的风格是用威力和气势从正面击垮对手,好像除此之外别的什么也不会似的。蠢人爱炫耀自己唯一的知识,这种说法太适合他了。

有自信无可厚非,可赤眉还是太单纯了,这回更是如此。

"这之前都只是训练,不是实战。"

"你说得没错。赤眉这次是回不来了。"

也许是听到了月华的自言自语,不知何时站在她身边的黄河平静地表达了自己持有的相同意见。

作为一名男性候补战士,黄河是个少见的身体纤细、气质文静的年轻人,也从不像其他候补战士一样随时显得斗志昂扬。

可他的杀伤力却有目共睹。

他总是一边带着温柔的微笑,一边手刃自己的猎物。不仅是候补战士,就连正式的战士,都对他甘拜下风。

他的成绩位居第一,月华无论如何都没法超过。

"别人都进去了哟。"

月华微微扬起一边的眉毛。

"那你也去不就得了,黄河。我按照自己的方式行动。"

"你身上已有血的味道,月华。你已经是一个女人了。是昨天开始的吗?我知道,这个时候的女人无论是判断力还是行动力都会变得迟缓。"

月华的脸猛地一下红了。

黄河说得没错。她昨晚突然腹痛,然后发现来月经了。

而钝痛依然持续到现在。

这是月华的初潮。她已经十五岁了,也许生理期来得有些晚。可对于候补战士来说,恨不得越晚越好。

月华私底下也一直在祈祷:这一天千万别来。

可身体是不会弄虚作假的。

无论再怎么抵赖,她始终还是女性。

"和你没关系。"

"我就说一句,你的真气乱了,月华。你平时不会这样。这很危险。"

"你不过就是觉得少一个竞争对手对你有利罢了,你不用管我。"

"无论对手是谁,我都不会输,这一点你也一样。但你想过没,你会成为一个优秀的战士的,别死在这种地方。"

"我是不会死在这里的。"

"是吗?"

一瞬间,黄河的气息就消失了。

他进入了洞穴。

土龙藏匿在地下以求生存。人们不会将他们赶尽杀绝,而是必须让他们繁衍后代,增加数量。因为土龙是珍贵的动力源。所有的设备,乃至珍贵的龙舟,都要用土龙来做动力源。

在不让土龙灭绝的前提下对之加以控制,也是统治阶层的手腕。

"只剩你了。"

听到师父的声音,月华绷紧了嘴角。

她不是害怕,是为了让其他的候补战士先战斗,好亲眼看看实战的场面。黄河应该也是出于这种打算才等到最后的。

她反复呼吸了好几次,调整好体内的真气。

月华的身影就这样淹没在那个深邃宽阔、通往地下的洞穴入口。

二

睡着的时候,他也处于"虚无"的状态。

醒着的时候更不必说,他什么也感觉不到,也什么都不会去想。

少年的心从未体会过像波涛一般翻滚的感情。

在他才两岁的时候,亲眼看见被他叫做母亲的雌性从他面前被带走。

听说是变成了一种叫做龙舟的伟大生物的食物。

而叫做父亲的雄性已经垂垂老矣,几乎整天卧病在床,等死而已。

他不知道自己想做什么,也不知道自己活着的理由和目的。

沉眠与他栖息的地方同样黑暗,阴蔽,寂静。

少年一直以为这就是自己拥有的一切。什么光,什么地上,就算听到这些天方夜谭,他也提不起任何兴趣。

直到这一天来临。

"他们来了!过了十五年他们来了!是狩猎者!"

一声尖叫扬起,接下来是一片死寂。

距离少年的母亲被带走那天,已经过了十五年。

等到一个土龙栖息地进行充分的繁衍之后,再悄悄进行第二次狩猎——这是人类惯用的伎俩。

"听好了，照着我们说好的去做。病人和老人装作藏好的样子，但是又要被他们发现。其他人尽量逃出去。然后就是天赐之人，要优先逃跑和躲藏起来。所有人都要保护他，帮他逃跑。只有他，才是我们这些不断被虐待杀戮的土龙唯一的希望之光。"

这片栖息地的首领地金果断地给出了指示。

他一下抓住茫然站着的少年的手臂。

"流水，你就是我们的希望。一定要活下去，把你无与伦比的能力隐藏起来。要散落在全国各地的土龙奋起反抗还为时过早。你藏身在一个地方，积蓄力量，一定要取得胜利。我相信你。"

地金激昂的情感，通过流水的手臂——被他紧紧抓住的流水的手臂，传递给了流水。

流水偏了偏脑袋，不解地问道："你也具备这种能力啊，地金。为什么要藏起来？为什么不逃走？"

健壮的男人苦笑了一下。

周围已经空无一人。

"你果然已经知道了，流水。确实，我也有这种能力。他们以为土龙不具备真气的能力，可我就有。但是我的力量并不强大。和你相比，我的力量就像婴儿。而我之所以要留在这里，是因为我想在这里。那些混账东西会把我抓回去做动力源，因为我有坚实的体格。也许我会被选去做龙舟的动力源。我不会任凭他们榨干我的生命力，我会用自己的意志力，用我的真气去操纵龙舟——这就是我的目的。就算不可能成功，也一定有什么我能做的。"

"但是你一定会死的。"

"是啊。"

流水黑色的瞳孔中第一次流露了不可思议的感情。

"地金？"

"流水,记住我。记住有这样的生存,有这样的死亡。记住所有的这一切都是出于我的意志和选择。我没有被任何人强迫,我是自愿被捕获的,我自愿被夺去生命力,选择死亡。"

流水又歪了歪脑袋表示不解。

地金苦笑着说:"总有一天你会明白的。好了,快走吧。从咱们计划好的那条路线逃跑。"

流水点了点头。

真有一天会明白吗? 流水心存疑虑,可地金的魄力却让他不得不点头答应。

思考片刻,流水笨拙地说:"地金,你说的话我不明白。但是,我不想你死。"

他能看见地金洁白的牙齿。地金在笑。

"真没想到能从你嘴里听到这些话。我死之前算是有个安慰了。谢了。"

流水还是没明白为什么地金要因为自己所说的话高兴,为什么要道谢。

但他明白,只要他还活着,他就永远也不会忘记地金这一刻的笑容。

"好了,快走。"

流水转身跑出去,他的身后,一股膨胀着的杀气滚滚而来。

他不由得停下脚步。

地下通道蜿蜒曲折,流水躲在一角,悄悄地注视着地金。

地金就站在通往地上的入口前面。

真气缓缓地在他的周围飘浮着。

居住在这个洞穴的土龙之中,发现地金有这种力量的也许只有流水。

除此之外谁都不具备真气的能力。

为什么地金要隐藏自己的力量?

当大家看到流水的力量时,不免喜极而泣,对流水另眼相看,将他当做是土龙的希望之星。

三个人……不,好像是四个。

年轻的男人们一点都没有试图隐藏外露的杀气,他们朝地金奔去。

闪!

事先布置好的陷阱开始发挥作用了。

地下最狰狞的生物——巨型蚯蚓经过了长年的驯养,它感觉到真气的涌动,便朝这边奔来。

"这是什么东西?!"

巨型蚯蚓黏腻湿滑的身体会引起人生理上的厌恶感。为了捕获猎物,布满其躯体的体液会散发出阵阵恶臭,具有极大的攻击性。

任何活着的生物,只要接触到它们的体液,皮肤就会融化。如果被大量的体液所包围,肉和骨头都会被软化,最后变成液体。

腐败酸涩令人作呕的气味充斥在这个狭窄的空间里。

驯养成一条巨型蚯蚓,需要耗费十年时间。在此期间,被蚯蚓攻击而丢了性命的土龙远远比十个手指还多。

哧——

一人在慌忙之中未能躲开,脑袋上淋满了蚯蚓体液。

吱吱吱……

只听见让人不寒而栗的声音,还有仿佛把血液都冻住了的惨叫。

转眼间那人全身的皮肤就开始融化,他痛苦地倒在地上翻来滚去。

已经看不出他曾经的样子了。

一条巨型蚯蚓把那人一口吞下,用它生有的数层牙齿撕咬着。

咕咚,咕咚。

"他妈的!"

余下三人向巨型蚯蚓释放出真气的集合体,这种力量强大得惊人——这就是被选出来的,将会成为战士的人。

流水睁大了眼睛。

他想要一点不落地仔细观察这些人的每一个动作。

只顾着饱餐一顿的蚯蚓自然顶不住这样强烈的攻击。它被劈成了三段,烧得焦黑,滚落在地。

其他的蚯蚓蜂拥而至,吞食着同类的尸体。

"哼,不就是些畜生罢了。"

这么看来,眼前的一切不过是探囊取物般容易下手。大笑着的三人对着余下的巨型蚯蚓发出了真气的集合体。

轰!

地金一直等待的就是现在——他们毫无防备的这个瞬间。

一股像是火焰般的强大气场从他的全身喷涌而出,同时向着三人呼啸而去。这是一种超乎想象的力量。

就连对我,他也隐瞒了自己真正的力量吗?

胜负已定。

三人被高高吹起,然后裂成碎片飘浮在周围。

"我得再拖延一点时间,让大家逃出去。"

听到地金的自语,流水的脸上又露出了不解的神情。

地金想要牺牲自己来拯救其他人。

他不明白地金的心情,也理解不了地金的思虑。

流水感觉到又有好些人小心翼翼地潜伏进来。

他闭上眼,凝神静听。

一,二,三……

就他粗略感觉到的，不到三十人。

他听说过，战士狩猎时出动的人数很少。

那这些人恐怕不是战士。从地金不费吹灰之力把他们击垮这一点来看，应该是一些见习战士。

那就还有胜算。

他并不是打算战斗，也没想过要去拯救或是保护这些土龙。但却有一些东西，一些无法用语言表达的东西——如那种在看到地金之后涌出的情感——这类说不清道不明的东西在催促着流水。

为了方便对手打探，他稍稍泄漏出一丝真气的能量，然后朝着一条没有人的通道走去。

一直站在原地看地金战斗毫无意义，地金也一定不希望流水出手救他。

他快步跑开。

突然，流水停了下来。

他似乎看到了另一个隐蔽的出入口。躲藏起来的老人和病人身上散发出的惊恐气息向他传来。同时，他还感觉到地金的焦虑和悲伤。

他想将这一切抛诸脑后，心里却犹豫不决。

自出生以来，他第一次有了感情。

他对自己年迈的父亲并不抱有任何爱意。那个男人总是不断骂他，说自己的妻子是为了救流水才故意被抓的，是流水杀了她。

有什么东西在流水的心中开始悄然变化。

究竟是什么？

他转身向着那个隐藏的洞穴跑去。

可他的动作突然一下子停了下来。他的面前站着一个少年。

"你什么时候开始在这儿的？"

流水完全没有感觉到任何气息。

充满惊愕的不只是流水而已，面前站着的少年眼中也透露出惊讶的神色。

"你是……"

"你是……"

两人同时开口说道。他们的声音完全相同。

就像两人的外表一样。

"你是土龙。叫什么名字？"身材纤细，皮肤白皙的少年无奈地笑了一下，却并不让人觉得讨厌，"我叫黄河。"

"流水。"

"黄河中的流水吗？"

眼前的黄河安安静静，低眉顺目。乍看上去好像毫无防备，事实却并非如此。他的身上没有一丝破绽。

他很强。

流水直率地认可了对方的实力。

这个男人，很强。

"你快走。"

听到黄河的话，流水睁大了眼睛不敢相信。

这个雄性应该是来捕猎土龙的，可为什么要放自己走？

"你走吧，我们还会见面的。那之前我不会让自己死，所以你也别死。这是我们的约定。"

流水默默地点了点头，然后飞也似的逃离了黄河。

这个男人身上有一种让人害怕的威慑力，这是一种无法言喻的情绪。

恐惧？

难道这就是叫做恐惧的感情吗？

流水双手掌心已然湿透。

那就是战士。如果这还算不上战士的话，真正的战士究竟有多么可怕。

流水怀揣着说不出的心思，跑进父亲藏匿的洞窟。

一切气息都消失殆尽，没有留下。眼前的景象，是不具备充足生命力的土龙们的末路。

所有人都死了。他们的脸上还残留着惊惧的神色，仿佛冻住了一般僵硬在那里。

对他们而言，唯一的救赎就是死亡只有一瞬间。

流水听说，很多人是抱着玩乐的心态残忍地杀害土龙的，可杀死这个洞穴中土龙的人却似是大发善心，在一刹那间夺去了所有人的生命。

"是他。"

是那个名叫黄河，和流水拥有一模一样外貌的少年。是他干的。

以他的实力可以做到这样的屠杀。不，也许只有他才能做到。

这里的所有人都做好了赴死的准备。为了掩护身体健康的同类逃走，他们将会牺牲自己来尽可能拖延对手的进攻。

然而，如果他们这么轻易地就被屠杀了，那又怎么称得上是起到了拖延时间的作用？

在洞窟的最深处，那个熟悉的，不，在记忆中已经开始变得模糊不清的男人倒在那里——那个叫做父亲的雄性；那个总是辱骂他，不认可他，说他害死了自己妻子的男人；那个在上次的大规模狩猎中抛妻弃子，独自一人逃跑藏起来的胆小鬼。

即使被周围的众人看不起，父亲也一直这样活着——似乎诅咒流水，辱骂他，憎恨他，就是自己活下去的唯一理由。

就连这次，父亲也是在洞窟最深处的一个角落里蜷缩成小小的一团。也许是以为尽量把自己缩小的话就不会被发现，就能活命吧。他已经年老体衰,疾病缠身,即使这样他还是想苟延残喘下去吗?

流水突然张开的双眼中,已经什么都看不出来了。

没有憎恨、悲伤或自我怜悯,也没有那一点点的自我厌恶。

他的双眼中什么都没有。

他默默地走过去,俯视那个叫做父亲的雄性。

心里没有升腾起一点点感情。

刚才在地金身上感受到的那种令人热血澎湃的心潮,一点都没有涌动而出的迹象。

"你真是死得其所。"他本来想说点什么来告别,最后却只说出这句话。

流水的双颊一下微微紧绷起来。

地金的气息突然一下变弱了。

他受伤了?不对,不是受伤。

有人捕获了他。他失去了意识,被抓起来了。

这比流水想象中的要来得快,他本来以为以地金的实力再撑上一个小时也没问题。

他的脑海中浮现出那个视线冰凉的少年。

又是他。是那个叫黄河的家伙抓到了地金。

他恐怕没有在地金身上留下一个伤口,就让地金陷入了完全无法反抗的状态,认识到了他们之间悬殊的力量差距。

"那个家伙。"

为什么不和自己面对面战斗?为什么不把自己抓起来?流水完全没有头绪。

他看上去绝不是那种会同情土龙的人。那是因为流水和他长得像吗?难道就因为这个,他就放过了自己?

不明白的事情太多了。

流水深吸一口气，朝死者们闭上双眼，以此表达自己的敬意。

　　他们没有选择自己逃命，而是宁愿成为诱饵，来拯救自己的同胞。

　　流水不得不放下地金的事，独自一人走向和其他逃跑的同类不一样的通道。

三

敌人很强大。

就在一瞬间，眼前已经有七个候补战士丢了性命。

在他们的身后，月华一直在仔细观察。她屏住呼吸，看着眼前的战斗。

土龙不具有真气的能力，所以他们的生命力才会被作为动力源来使用。他们不是人类，是没进化到人类的动物，只不过是动力源而已。这便是她所受的教育。她也一直这样认为。

她相信土龙没有力量，也不该有智慧。然而，眼前那个操纵着巨型蚯蚓、战斗着的土龙却如此强大而聪明，甚至让人觉得崇高。

他一夫当关，为了拯救自己的同胞，愿意牺牲自己，和捕猎者展开厮杀。

在候补战士里，可有一人有这样的气概？

没有。

一个也没有。

候补战士只是相互竞争，偶尔会携手合作，可也不过只是一时之需罢了。

为了自己能活下去，为了自己成为龙舟舵手，他们可以若无其事地背叛自己的同伴。

谁都不值得相信。

谁都不能相信。

这是默认的准则。是谁都会亲身经历的，谁都会真正遇到的，毋庸置疑的法则。

然而，却有着这样独自战斗、愿意牺牲自己的土龙。很明显，他是在争取时间，帮助自己的同胞逃走。

这是她所没见过的行为，没见过的勇气和决绝之情。

月华咬住嘴唇。

但是她不能就这样袖手旁观。

她必须生擒这个孤身作战的土龙。

他有强大的真气力量和精神力，一定会成为优质的动力源。

月华本打算从背后进攻，可又犹豫了。

对这个雄性土龙来说，从背后进攻显得那么卑劣，让她感觉自己好像变成了比土龙更低等的生物。

还是从正面进攻吧。

就在她下定决心的瞬间，黄河不知从哪儿突然出现。他完全隐藏了自己的气息，连月华都感觉不到。

他的脸上，还是一如既往地不露出一丝感情。

他身穿长及大腿的白色上衣和白色的裤子，黑发在脖子处紧紧扎成一束，细长的双眼微微垂下。

无论什么时候，黄河都是一副微笑着的表情。

可那根本不是笑容。

没有人能够揣测他的感情，恐怕连黄河自己都不知道自己的内心。

"黄河，那是我的猎物。"

他们两人站在一起的时候，身高差不多。这不是说黄河个子矮，而是月华作为女性来讲太高了。

"不,我去。月华,你心有困惑。如果不解决的话,就会送命。"

"难道你没有困惑么?"

"没有。"

"任何时候都没有?"

"无论任何时候。我甚至不犹豫战或不战。如果做不到这点,就成不了龙舟舵手。"

"没错。"

对于龙舟舵手来说,困惑和烦恼是致命伤。

所谓龙舟舵手,就是和龙舟有机结合,通过精神感应来操纵龙舟。在这个过程中如果注意力出现了混乱,舵手的身体和心智都会被龙舟吞噬。

这样一来,暗龙———一种最为人忌厌的物体便会出现。

"你说得对。"

月华无意之间开始调整呼吸。黄河的每一句话都像是师父的忠告。

"这就对了。"

黄河的双眼中闪现出一道微弱的明光。

"我先上。你数到十,然后把他活捉了。"

"你是要我助你一臂之力?"

"你也不想在这么好的猎物身上留下伤痕吧? 我们联手的话就能做到。"

"我知道了。"

这一次,月华毫不迟疑地答应了黄河的邀请。

月华不会相信别的候补战士。但是,黄河不一样。

他总有什么地方与众不同。

也许这是因为从孩提时代开始,会和月华说话的,就只有黄河一个人。

他拥有绝对强大的力量,却既不无礼也不傲慢,从不轻视别人。

孤高。

这个词最适合黄河。

"我先上了。"

又有三个莽撞的候补战士倒在了地上。身材魁梧的土龙呼吸凌乱,双肩剧烈地上下起伏。

他的消耗太大了。在如此短的时间内使用了那么多真气,任他自生自灭的话,估计他也活不下去了。

黄河的身影消失了。

与此同时,月华默数起来。

一。

那个土龙的脸上露出紧张和恐惧。

二。

黄河的真气以一种肉眼看不见的速度飞快地包围在土龙的四周。

三。

土龙打算反击,可突然之间,他的全身像是被什么绑了起来。

四。

那是真气凝练而成的、狭窄的囚笼。

五。

土龙越是挣扎,那个囚笼越是变得狭窄,像一张网封住了他的所有动作。

六。

黄河出现在土龙的面前。

七。

土龙打算凝聚自己最后的能量,一举向黄河放出所有的生命力。

八。

黄河的视线突然扫向这边。

九。

月华看见了。

十。

月华柔韧的身体腾空跃起，瞬间到了土龙的正上方。

"我要和你同归于尽！"

就在土龙正要向黄河发出攻击的那一刹那，月华的食指在土龙的头顶上点了一下。

咚……

轻柔地，像是羽毛拂过般温柔的一击。

这却瓦解了土龙的所有防备，使他陷入了昏迷状态。

"你还是一如既往的优秀。"

"怎么比得上你？"

"我是自己把真气调动出去。其他的候补生也都是如此。但只有你不一样。"

没错，月华的战斗方式很特别。

本来是用真气和真气相撞来作战。双方都是通过调动身体内的真气来保护自己和打倒对手。但月华不同于别人，气流在她这里是反的。她会吸收对方的真气。她自身的真气在体内凝练，在周身循环，起到保护自己的作用。她的战斗方式不具有一点攻击性，十分温和。乍看上去仿佛很柔弱，实际上这是最可怕的技能。

她可以带走对手的真气。也就是说，她可以夺走对方的所有力量乃至生命力。

"把他搬到地上去吧。"

"你先走吧。我还要在这儿待一会儿。"

"行。"

黄河的身影摇晃了一下，把土龙架在肩上。

他已经联系过师父了吧。

两人很快就消失在月华的视线中。

我只是帮了黄河的忙。不能就这么回去。

月华眯了眯眼。

至少再让我抓到一个。再抓到一个就行了。

很多候补战士都死在了刚才那个土龙手上。

从竞争对手大量减少这件事上来说，形势是有利的。

可就目前的情形看来她怎么都赢不了黄河。

再来一个就好。

她谨慎地搜寻着土龙的气息。

路上她看到层层叠叠堆成小山的尸体，在那之后有三条通道。

路的深处还是大量的尸体，全是土龙的。她知道那是黄河干的。他们都在一瞬间断了气。那里什么都没有。

路中途遇阻，走不下去，四周都是厚厚的、用岩石堆砌的墙壁。

是一条蜿蜒前行的狭窄通道，残留着很多土龙的气息。恐怕那些健康的土龙就是从这里逃走的。甚至好像还残留有追捕逃亡猎物的候补战士的脚步声。

"去第二条路。"

月华抬起脸。即使在黑暗之中，她的容颜依然精致绝伦，美艳无比。

她最讨厌的，就是自己的容貌。

作为候补战士，她的长相太过娇弱，会被对手侮辱。

她咬了咬嘴唇，尝到一股铁锈的味道。估计是她不停地咬嘴唇，不知什么时候把唇上的肌肤咬破了。

血的味道,让她想起自己的初潮。就连现在,钝痛依然在她的腹部蠢蠢欲动。她觉得好像有什么沉重的东西一直滞留在身体内部。

她只感到阵阵难受。难道这就是身为女人不得不面临的困境吗?

"不。"

月华闭上眼,镇平内心的动摇。

"我不会改变,我就是我。我会成为龙舟舵手,会将荣耀握在手中。"

她这样想着,往第二条通道走去。

而在那里,隐藏着孤身的流水。

四

有什么东西在悄无声息地靠近。

余下的捕猎者都在追赶他的同类。不过,等待他们的将会是一个陷阱。

地金布置的陷阱。

流水又把那个陷阱改进了一下,能拖挺长时间的。在此期间内,土龙们应该能全部逃出去。

想到这儿,流水难以置信地凝视着自己的双手。

他从未想过自己会考虑其他土龙的安危,会对地金的想法有所回应。真是太神奇了。

在此之前,他从未对别人产生过任何兴趣。

他的身上,有什么东西发生变化了吧。

不,是从今以后,将会有些东西发生变化。

那是将会改变他一生的,巨大而又让人无所适从的东西。

而这东西,现在,正在向他靠近。

他特意选择了最狭窄的通道。通道深处没有进路,厚重的岩石挡在三个方向上,切断了前行的道路。

而流水索性站在了那里。

他等着某些东西的来临。

而这场来临必将成为现实,就在流水的面前。

这简直就像是某种强烈的预感,他坚定地相信着。

"来了。"

他确信会出现的东西成了现实。

一个少女站在通道的尽头。

她的身体柔韧纤细,略微带着日晒痕迹的肌肤无法完全掩盖与生俱来的白皙。

黑色的长发在头顶结成一束,微微晃荡着。

她的嘴唇红得那样鲜艳,抿成个"一"字。

长长的睫毛下,她细长的双眼中发出凛冽的光亮。

"你叫,什么名字?"

"名字?土龙不配知道我的名字。"少女高傲地说。但是他能感觉到她有所动摇。

"我叫流水。"

听到流水说出自己的名字,少女的眼中浮现出一丝困惑,很快又消失了。

"月华。"

"你是来抓我的?"

"来抓你的。"

"你能抓到我吗?"

"能抓到。"

"想试试吗?"

"试就试。"

突然,少女的身影消失了。

转瞬之间,一只手指轻轻触到流水的颈后。

这个碰触冰凉而又温柔。

咻。

他条件反射地蜷缩起身体,抬起左膝,重重撞在少女腹部,发出沉闷的声响。

"咳。"

少女的呼吸紊乱,抽离了碰到流水的手指。流水却没留下一点空子,抓住她的手腕。

她的手腕如此纤细,像是随时都会折断。

"放开我!"

"我放了你,你又打算吸走我的生命力是吧?"

流水的话像是在调侃,少女的脸颊却突然红了。

"这是我作战的方式!"

他捏着少女的手腕,将她压在地上。她的长发在大地上铺开。

"你要干什么!"

"这是我作战的方式。雄性土龙告诉我,这样做之后雌性就会老老实实的了。"

他的唇贴上少女的唇。

好柔软。

少女在流水的唇上狠狠一咬,鲜血横流。

"真是对不住你了。我可不是土龙,我是个候补战士。想用这种办法让我乖乖听话,你做梦吧。"

流水的内心深处有种温热的东西在涌动。

这种感情无法形容,不曾经历,却那么热,像是要喷涌而出。

"月华很漂亮。"

"什……"

月华出现了一丝破绽。无意之间,流水又靠了上去。这一次,他狂暴地占有着她的双唇。

砰的一声,他的肚子挨了结结实实的一击。身材小巧的流水整个人都飞了出去。

"真有你的。"

"别小看我!"月华满脸通红,不知道是因为愤怒、羞耻,还是别的什么。

月华用尖利的眼神盯着在空中灵活回旋后落在地上的流水。

"我要把你活捉回去当龙舟的动力源。"

"你做不到的。"

"要试了才知道做不做得到。"

"放马过来。"

月华的身形一晃,瞬间就在流水的身边站定,然后伸出手指。

"同样的招数我可不会上当。"

流水轻巧地转过身,手直击向月华的咽喉部。

月华像是风一样前行,把流水的手夹在自己的手臂下面。

"你说得对。同样的招数我也不会上当。"

月华一边抑制住流水的动作,一边往他的额头伸出另一只手。

"想都别想!"

流水尽量把头往后仰,同时以手为支点,灵活地转了一个圈。

月华不自觉地也被带着转了一圈,摔在地上。

"咳。"

月华的眼中升腾起杀意。

"你把我当成什么了?!"

月华全身的真气开始膨胀。

真气充盈着她的身体,而她的身体已经承载不下,快要溢出来。

"唉。"流水的口中发出感叹的声音。

他还是第一次看到这样激昂的敌意、憎恨和屈辱。

仿佛面具般毫无表情的面容之下,有种感情正在翻滚激荡。

很有趣,很吸引人。

"有意思。"

他的脸上如此自然地浮现出一个笑容。

这并非刻意为之。谁都没有见过的。这是流水有生以来的第一个笑容。

轰!

月华的真气猛然一下爆发了。

在被冲出去的瞬间,流水条件反射地抱着她纤细的身体。

建在地下的土龙栖息地,快垮塌了!

这个地下空间内,蜿蜒交错的狭窄通道四处穿行,整个地下都被掏空了,在这场冲击面前,不堪一击。

"放……"

她没能说完剩下的话。

她就这样被流水抱着,眼睁睁看着石块不停地从上面落下。

我究竟在干什么……

明明任何时候都很冷静,任何时候都知道自己要做什么。她以这样的方式活下来,如此生存下来。

可现在呢?

连一只土龙都打不过,还把真气全部释放出来,搞到自己被活埋。

作为一个候补战士的资格,我已经失去了。不过,更为重要的是……

月华能感觉到两侧都有岩石和泥土崩塌落下。没救了。她这样想着,闭上眼睛。

温暖的臂膀将她紧紧抱住。

全世界只有这个地方,如此温暖。

这种死法真是蠢透了。

流水能感觉到怀中的月华已经放弃了。

他们不能死在这儿。

可他也不知道该怎么逃出去。

紧抱着的少女如此精致,就连微微隆起的胸部都令人怜惜。

流水一边抱着她,一边睁着眼睛。

他不想被泥土和岩石压碎。直到最后的一刹那,他都相信他们会得救。

他绝不会放弃。

他要找到出去的方法。

让两个人都获救的方法。

随着一声剧烈的轰鸣,土龙的栖息地土崩瓦解,全然崩溃。

地面上,将地金交给师父的黄河回头望去。

"月华?"

他一直能感觉到她处于战斗状态。可刚才真气的爆炸是怎么回事?

这不像她的风格。

这种情况下只能被活埋了。

"师父。"

黄河看了一眼满脸失望、两手抱在胸前的师父,低下了头。

"希望您允许我营救被困的候补战士。"

但是,师父给出的回答很简单。

他说:"不可以。"

"既然他们不能活着出来,这就是他们的实力,他们的运气。不必再管。"

这个回答和他预料的一样。黄河沉默着垂下眼睑。

同期的候补战士中,留在地面上的,只有黄河。

其余的所有人,都被埋在地下。

也许其中还有……

月华。

那个即使被欺侮被蔑视也从不低头,总是昂首向前的少女的面容身影在他的眼前闪现。

但,这都是过去的事了。

"那么,训练结束。"

"嗯。"

黄河不再回头看一眼,将土龙栖息地留在身后。

一些地方还飘着活人的气息,但估计他们很快就会断气了。

如果他们不能凭借自己的实力逃出来,这就是他们的宿命。

黄河的胸膛之中已经没有任何情感。

他是此刻唯一活着的候补战士,也就是说,他离成为龙舟舵手已近在咫尺。

"啊。"

天空中掠过一道黑影。

太阳被遮住,又立刻出现。

那是龙舟。

眺望着盘旋着巨大躯体,把天空当做自己领地恣意驰骋的龙舟,黄河的眼眸里不时闪现出期盼的神色,又渐渐隐没。

这只龙舟飞行的姿势很奇怪。怎么回事?

"小心。"

师父的声音里透着紧张。

就在这时,那道黑影眼看着越来越大。

那条龙舟正在往下落。

以头朝下的方式。

"怎么会······?"

巨大的、属于有机体的龙舟，就在惊呆了的黄河、师父以及失去意识的地金上方——坠落了。

第二章　苍龙和侠士

右手腕骨折,左脚的骨头也开裂了。

这一点伤痛还是能忍受的。在作为候补战士的训练中,骨折过好几次。有一次,食指被慢慢折向手背,甚至能听见指骨折断的声音。

但这次,内脏的疼痛非同一般。每次一动,就会喘不上气。

虽然一直躺着,可腹中好像有什么东西在肆虐。

身体好热,像是整个人从身体内部开始一点点燃烧起来一样。

月华慢慢地、小心翼翼地把储存在肺里的气体吐出去,可就连这样简单的动作,都让她的全身布满了冷汗。

她紧咬着牙关。

有个东西躺在她的侧面。

高热的肉体。

恐怕他比月华发烧发得还要厉害。虽然没有听到一点声音,但她知道这具肉体还活着。

她能感受到那种剑拔弩张的生命力。

虽然现在比较虚弱,可那种生命力依然不容小觑。就算是正式的战士之中,拥有这样力量的也是凤毛麟角。

应该是那个土龙。

她焦虑于自己的头无法动弹,只好将意识集中在身边躺着的那具身体上。

没错,是那个土龙。

就是那个和月华战斗,但又在坍塌的洞窟里将她护在怀中的那个少年。

为什么他不杀我?为什么要护着我?

不管怎么想,她都无法理解。

如果不是为了保护月华,那个土龙少年的伤势应该会轻一些。

说不定,如果只顾自己的话,他完全可以全身而退。

这个土龙的力量就是如此惊人。

除了我和黄河,没人能和他势均力敌。

也就是说,他相当于候补战士的最高水平。

难以置信。

土龙没有力量。他们只会活着,吃了睡睡了吃,所以人类才会利用他们的生命力——这是土龙唯一的存在价值。

可是……

月华无法动弹的脑袋中思绪万千。

这个土龙不一样。很明显,他有强大的力量。

月华暗自揣测这究竟是怎么回事,然后她的视线落在了自己的指尖。

手被染成草色的布条一圈圈包裹着。

是谁帮我疗伤的?

很明显,不会是躺在旁边的、依然处于昏迷状态的土龙。

那究竟是谁?

是谁救了月华和土龙,帮他们疗伤,还把他们安排在这里?

眼前的景象模糊起来。好像是身体已经达到极限,撑不下去了。什么都想不出来。

一个声音从远处传来。

这个声音舒缓低沉安宁，似乎直入脑海。

"睡吧。恢复体力可是战士的一个任务哦。"

确实，你……说的……没错……

在意识渐行渐远之际，月华试图再睁开眼。

可她还是放弃了。

一

什么都不如人意。

受了重伤，发着高烧，一动也不能动，旁边还躺着一个漂亮却不招人喜欢的雌性。而且，好像有人救了他，还给他疗伤，这也让他耿耿于怀。

流水将意识从肉体中分离开来，这样就不会感到痛苦了。

还在土龙栖息地的时候，他就会偶尔令意识游离在肉体之外。

谁都看不见，谁都不会注意到。

这是唯一自由的、让人开心的事。

他往下看了看自己浸泡在草药中、伤痕累累的身体，然后看向身边的那个雌性。

她比自己伤得轻，温度也没那么高。

但是她的腹中好像有什么异样。应该是黑色的血块。如果不小心破了，她就没命了。到时候这个张狂的雌性会挣扎着死去。

流水回想了一下事情的来龙去脉，觉得有什么地方不对。

虽然不知道是出于什么原因，但自己确实保护了这个雌性。她不应该会受这么重的伤才对。

那是这之前发生了什么吗？流水开始回想更久前的事。

在遇见流水之前，这个雌性的腹部就已经受伤了，而且是在本人不知道的情况下。

是他吗？

流水的眼前浮现出一个战士的面容，那个和自己长得一模一样的雄性。

能做到这件事的只有他。难道他一边装作是她的伙伴，一边想伺机杀了她？

或者是因为……

"喂，臭小子，别逞强了。"耳边突然传来一声怒吼，流水吓得差点心都停止了跳动。

"肉体如果没有意识的配合，情况会更糟糕。你那么急着寻死？我可是特意把你们救出来的，少给我添麻烦。"

"别这么说人家，你小时候更是个讨人厌的小鬼头。"

"你说啥？你真是上了年纪了，道。明明我小时候只要一捣乱，你就把我往死里惩罚。"

"哈哈哈，那是怕你走上歪路。不过这孩子不一样。他欠缺的是，更特别的东西。"

"得了，懒得跟你说。喂，小子，赶快给我回到你自己身体里。"说着便伸手拉流水。

他从没想过会有人触摸到意识体。流水连反抗都没有，便一下钻回了自己因为高烧而痛苦不堪的身体里。

"喂，给他降降温。"

"说什么呢，老头子。这种时候就该让他更热，把热毒都逼出去就好了。"

"水分不足的话会死人的。"

"这小子现在靠自己的话连水都喝不了。"

"那你用嘴喂他。"

"你说我？如果是旁边这个可爱的小妹妹我还可以考虑。谁

46

要给这个臭小子……"

"我打心底对你失望啊,你都老大不小了,还这么孩子气。"

我才……不要。

他勉强动了动嘴唇。因为高烧,他的嘴唇干燥得裂开了,渗出了血。

但他再次竭尽全力,终于发出了声音。

"我才……不……要。"

"我就说吧,你看,这小子也不想。"

"这孩子还挺有骨气。"

他听见笑声,拼命睁开眼睛。

首先映入眼帘的是茂密黝黑的胡须,然后是浓眉,深蓝色的独眼,坚实的身体。

这是个很魁梧的男人。

听声音的时候觉得大概有四五十岁,可实际上本人更年轻,大概三十几岁的样子。

"你有这个力气就没事了。我叫尸。外面还有一个老头子。你叫什么?"

"流水。"

"你旁边这个小姑娘呢?"

"月……月华。"

"明白了。你们两个人似乎都还有未竟的事吧。这样说来还死不了。"

"你看过……她腹中的……情况了吗?"

月华的腹中有一个浑浊的黑色血块,是有人造成的内伤。

他怎么也放心不下。

他做不到袖手旁观,也做不到不闻不问。

"啊,你说那个啊。"

名叫尸的健壮男人一脸纠结，用食指挠了挠太阳穴，就连他的手指都刚毅修长。

"这事儿挺麻烦的。如果是个男的，多多少少可以用暴力一点的治疗方法，可偏偏又是个姑娘家。喂，小子，你可听好了。女人的肚子是要好好保护的。那是生命的源头，所以不能瞎弄。总之她一时也死不了，这期间总能想到办法的。在此之前只能让她尽量老实地待着了。"

看着笑得露出白牙的尸，流水轻轻歪了歪嘴角。

这个暴脾气的雌性怎么可能乖乖躺着？

她恢复行动能力之后，要做的第一件事估计就是杀了流水。不对，是把他活捉回去当生命力来用。

他们是敌人。

他们明明是敌人，为什么他还要保护她？为什么他还想救她？为什么他这么在意她？

身材纤长、双眼冷峻的少年浮现在他的脑海里，那个带走了地金，拥有令人恐惧的力量的人。

他现在怎么样了？

龙舟死了。

龙舟舵手好像也同时断了气。两者都一动不动。

师父立刻命令黄河先带走土龙。

等他再回去的时候，龙舟和师父都不见了，只有地上依然留着巨大的坑。

他还没有这么近地见过龙舟。它的全身覆盖着坚硬的鳞甲，听说这是因为它们曾经居住在海里的缘故。

现在，龙舟是在天空，在苍穹中腾飞的交通工具。但在远古时期，在传说中的人类故乡，它们生活在大海之中。

这让人觉得很不可思议。

因为是有机体，所以需要生命力。然而龙舟的体温很低，浑身冰冷。

在操控的过程中，龙舟和龙舟舵手的配合是最关键的一环，而其中的精神感应力尤为重要。

最需要提防的是舵手的精神反过来被龙舟掌控。这是最不吉利的现象，被称为暗龙。

一旦陷入暗龙的状态，就再也不能复原。龙舟舵手会永远失去自己的意识，而失去操控者的暗龙就像是脱缰的野马，将会成为灾难的源头。

虽然有针对此类事件的防御机制，但那些防御方法并不为候补战士所知，一般民众就更不知晓了。

刚才掉下来的就是暗龙吗？

它是面临淘汰，试图逃跑却失败，偶然在此坠落的吗？

站在那个巨大的凹陷里，黄河时不时地想起龙舟——在天空中自由自在地翱翔，在星辰间穿梭往来，从故土把移民们运送到这个星球的龙舟。这样的龙舟是神秘的存在，是超越人类智慧的存在。

"无人幸存。"

黄河低声呢喃着，把思维调动到这个坑更下方的位置。

这下面曾是土龙的栖息地。也许有一些土龙逃了出去，幸免于难。可在战斗中正遇上了洞穴坍塌的月华，是无论如何不可能活下来的。

在同期的候补战士中，他只认可月华的实力，但同时他又很不欣赏她精神上的脆弱。她仿佛背负着一段悲惨的经历，浑身都洋溢着悲壮的气氛，令人不快。

他并不讨厌她，但除非有必要，也不想与她走得更近。

虽说如此,他却总发现自己在不知不觉间注视着月华。念及此,黄河眯起了眼睛。

有时,他会觉得月华无法言喻地耀眼,可他不知道这究竟是为什么。

现在他也还是不明白。

一想到她已经死了,他意外地松了口气。

他从不安定的精神状态中获得解放了。

他不会再一次为理解不了的情感而烦恼。

他虽然感觉到内心的安定,却还是将真气铺满地面,仿佛是在寻找月华的痕迹。

"你没听到我让你回去的命令吗?"

师父严厉的声音将黄河的意识拉回现实。

"真没想到你还会怀念自己的同伴。"

听到师父的话,黄河薄唇的一角轻轻上翘。

"是的。"

他这样回答道,然后转过身。

"如果有人生还,我会一刀了结他。"

一瞬间,师父沉默了。

而就是这一瞬的沉默,也让黄河觉得快意。

二

稍带寒意的微风从远处吹入,拂过脸颊的清风让月华想起了大自然。

骨头上的创伤以惊人的速度在恢复。照这个趋势下去,全身的伤应该很快就会痊愈。

月华超强的恢复能力自然是一个原因,但最重要的还是那个为她疗伤的名叫尸的男人,其医术可谓妙手回春。

他的技艺和草药知识毫无疑问是一流的。

作为候补战士,月华也学过一些基础的医学知识,但对于专业的知识一无所知,因为不能知道。

在这个等级森严的社会当中,不允许有人了解自己所属的阶级和职业以外的知识,因为这会扰乱社会。

当月华问他是不是医生的时候,独眼的男人像是觉得有趣似的笑了起来。

他反问了一句:"你看我像医生吗?"月华摇了摇头。

他怎么看都不像医生,也不像药师。

从外表来看,不如说他更像是个战士。

事实上,光靠草药的话,月华和流水是不会这么快恢复的。

在尸的治疗中,真气的作用不可或缺。

温热厚实的真气流入体内,治愈伤痕,恢复体力。

如果是神官,就能做到。想到这儿,月华又抬头看向尸。

据说神官居住在建筑的深处。虽然他们很少出现在众人面前,但他们应该都留着长发。

尸的头发剪得很短,只把胡须留的又长又多。

不对,他不是神官。

但是,只有神官才被允许在治疗过程中给别人输入真气。

月华能想到的所有可能性都被排除了,她有些混乱。

她之前通过教育得到的所有知识、常识和社会观念,所有的一切,都被这个男人摧毁了。

"差不多你们已经可以站起来了。慢慢来。"

莽撞行动会导致危险,为了不让月华和流水起身,尸一直用一股力量压制着他们——肉眼看不见的、压倒性的真气力量。

就是凭借这强到可以轻易摧毁两人的真气,尸限制了他们的行动。

月华虽然一直想着一有机会就把旁边的土龙抓回候补战士的营地,可问题在于她根本战胜不了尸。她只能默默躺在这里,等待身体恢复。

旁边的那个土龙——流水,恐怕也是这么想的。

他们有时会彼此试探一般地放出真气,若相互撞上了,便以此作战。

那是眼睛无法看见的战斗。

然而,这确实也是可置对方于死地的厮杀。

大概是因为这样的争斗每天都要上演,他们并没有感觉到气力的衰弱。身体不能动弹,力气却反而得到了相应的锻炼。

不止如此,有时两人的真气在无意之间纠缠在一起,悄悄潜入对方的心中。

第一次遇到这种情况的时候,两个人都动摇了。

月华体会到了流水冰冷的情感。

不为人所爱,也不爱别人——流水的心就一直这样冷漠地跳动着。

同时,流水也感觉到了月华的心。

被所有人厌恶、辱骂、嫌弃,但她还是咬紧牙关生存下来——那是一种深沉的绝望和孤独。

等两个人都察觉到情况不对的时候,已经晚了。

他们开始和对方共享自己心中不想让其他任何人窥视的部分。

也许对方也有同样的感觉吧。

月华感觉到一股抑郁的真气飘浮着,然后从她身上离开。

"一样的。"

流水只说了这一句话。

就这一句话,月华便明白了他的意思。流水是在告诉她,我和你一样。

不能相信任何人。不会去相信任何人。不被任何人相信。

她觉得自己一直孤身一人。

她觉得自己以前一直孤身一人。

"喂,起来了。你们俩都起来。"

尸把压制在他们身上的真气移开了。

感觉到松动的月华反射性地一跃而起,把现在能调动的真气全都击向旁边。

砰!

两股真气剧烈地正面相撞。

在战斗模式全开的月华的正对面,是同样摆好作战姿势的流水。

"总算能把你活捉回去了。"

听到月华的话，流水的双眉上扬，像是听到了什么蠢话。

"不可能。你可是要给我生孩子的。"

一瞬间，月华的脑海中一片空白。

不知道什么意思。完全无法理解。

趁着她发愣的间隙，小个子的少年突然抱住了她。

"你不适合战斗。你腹中的黑色血块不知道什么时候就会破掉的。"

"这和你有什么关系，放开!"

她用尽全身的力量挥开流水。比月华稍矮的少年几个空翻之后落在地上。

"这可真有趣。"尸拍了拍膝盖大笑起来。

"你们俩明明是敌人，但靠在一起睡了一个月，现在都爱上对方了?"

"怎么可能?! 等等，你刚才说一个月? 我白白躺在这儿，荒废了一个月时间?"

月华愕然。头发落下来铺在她的背上，发出沙沙的声响。

这么说来，头发长了好多。偶尔尸会来给她洗头，所以她也没注意到这件事。

头发都长这么长了，那指甲又该剪了多少次?

"这不是白费光阴。这是有意义的，月华。"

光线照不到的地方，传来一个老人的声音。是那位名叫道的老人。一直只闻其声不见其人。

根据他的气息来判断，他住在离小屋入口有段距离的地方。如此说来，道还一次都未踏进过这间小屋。

"什么意思? 你能解释一下吗?"

她猛然起身想走出去,却发现膝盖一点力气都没有。

她用一只手撑住墙,骨折过的手腕传来阵阵钝痛。

这么长时间卧床不起,她的身体并不算退化,但下肢还是没什么力气。

"要我扶你一把么。"

"不用。"月华推开尸伸过来的手,颤颤巍巍地走出第一步。

对她而言,这是莫大的耻辱。

她是候补战士,一直都争着想当第一。

她的目标就是成为一个优秀的战士,作为一个龙舟舵手去战斗。

她从未想过,自己会沦落到这般地步。

"流水,你还挺精神的嘛。"

尸的话让月华的自尊心受到了打击。

流水平静地从她身后走来,轻而易举地就超过了她。

那个土龙的身体构造究竟是什么样的!

像是听到了月华心里的声音一样,流水转过头来。

"雌性,你伤得比较重。"

"我不叫雌性,我叫月华。"

"没错,叫人家雌性太没礼貌了。"

独眼的魁梧男人用他宽阔的手推了一下流水的头。流水惊了一下,绷紧了身体。

从来没有人这么碰过我。

流水的感觉刺痛了月华的心。

"啊。"

流水好像没有察觉到月华已经感知到了他的内心。

不知道尸的动作是什么意思,他不高兴地挥开了尸的手。

月华用一只手按着胸口。

她也不知道究竟该有什么样的反应才好,她又一次迷茫了。

"听好了,流水,我们都同样是人,都是一样的。所以用来区别我们的是'男''女',而不是'雌''雄'。那是动物的分类。我们要用的是生而为人的分类。"

尸耐心地告诫他。

"所以你要用'男''女'。"

"我是土龙。"

"土龙也是人。战士、神官、巫女都一样,都不过是人而已。"

"不是的!"

月华突然叫出声来。

"土龙就是土龙。他们和我们不一样,土龙不是人!"

像是觉得有趣似的,尸的蓝色独眼里闪烁着光亮。

"是吗? 你们的身体构造和语言可都是一样的。月华,你说说有哪儿不一样?"

"土龙没有崇高的目标。土龙没有真气的能力。土龙不过是活着的虫子而已。他们只不过是动物罢了,为了给高贵的龙舟提供生命力才让他们繁衍的! 他们绝对和我们不一样!"

一口气喊出这些话后,她的呼吸乱成一片。

月华感到一阵轻微的头晕目眩,只有把上半身靠在墙上,浑身冷汗直流。

有这样的反应,不是因为已在痊愈的骨头——果然,是腹中的那个东西,正在张牙舞爪地侵蚀着月华的身体。

"流水的身上充满了真气。他可是土龙,你要怎么解释?"

像是揶揄一般,尸耸了耸肩。

月华呆呆地想,他好像一座大山。

"他是例外。"

"所以说嘛……罢了,月华,你首先要学会的一点就是:土龙和我们一样,也是人。"

尸一边说着,一边把流水的头发揉得乱七八糟。

流水不知所措的样子,不看也知道。

"流水,你也一样。你自己必须意识到你也是个人。你首先要学会的就是使用'女性',而不是'雌性'。然后,你要学着叫对方的名字。这个姑娘叫月华,我是尸,外面的那个老头子叫道。听懂了没?"

尸推着沉默不语的流水往前走。流水魁梧的身体挡住了流水,月华看不见他,可他混乱迷茫的情感还是传递了过来。

一种无法表述的情感。

"等等。我,也去。"

她想见见那个屋外的老人。

如果有机会,她打算离开这个小屋。

一直被迫睡在这个小屋子里,她连自己现在究竟在什么地方都不清楚。她必须先看看外面,了解当前的状况才行。好不容易才能自由活动了,她可不想白白浪费这个机会。

"喂喂,你别逞强啊。"

尸立即返回,轻松地用一只手把月华圈在怀里。

"放开我。"

"好啊。"

她就这么脸朝下落在床上。

月华默默地红了脸,捂住鼻子。

不知不觉中,已经泪眼模糊。

噗——

在小屋的入口,流水一口喷了出来。

"哈哈哈——"

尸笑得捂住了肚子。

"你说,让我放开,所以我就放了啊。"

"我知道。"

她知道自己现在肯定脸红透了。太丢人了,被人戏弄,被人当成笨蛋。

为了守护住自己的尊严,此时此刻她应该向尸提出决斗才对,这是作为战士阶级,作为候补战士必须做的事。

虽然应该这么做,她却没有这个想法。

月华想,自己的身上有什么东西已经瓦解了,消失了,远去了。

一个很重要的东西。

不对,是她一直以为很重要的某种东西。

"对不起啊,我没想到你会脸朝下落下去。"

尸轻轻架起月华的手,慢慢地往前走。流水站在门口,面无表情地盯着月华,没有流露出一丝半点的感情。

对月华来说,流水就是土龙,是个物体。

对流水来说,月华就是敌人,是个物体。

他们对于对方来说,只是这样而已。

"老头子,两只小羊仔出来晒太阳了。"

尸朝着屋外大喊一声。

屋外传来不知道是"好"还是"高"的声音。响声极大,像是狂暴的飓风。

"老头子,别用一般的方式来发出声音好不好,耳朵都快震聋了。"

"我怎么不知道你的耳朵这么敏感啊,尸。"

"你声音太大了。和你比起来,谁都算得上敏感。"

尸喋喋不休地说着,把流水和月华夹在腋下站在那里。

慢慢打开的小屋门外,蓝天白云向远处绵延开去,一眼望不到尽头。

造成呼吸困难的原因并不只是因为重伤未愈,还因为他们此刻正在一座高得惊人的山上。

这里离天空很近,云朵在他们的脚下翻飞。这座小屋建在狭窄的地面上,周围只有陡峭的悬崖。

就在山顶上,方寸之间,勉勉强强盖着一个小屋子。

如果冒冒失失走出去,估计就会在悬崖边一脚踩空,翻身落下去。

"什么? 这种地方怎么可能……?"

听见月华无意识中的低语,尸像是很开心似的,独眼熠熠生辉。

"我就喜欢看这种反应! 这小屋是怎么建起来的呀,怎么才能到这儿来呀——光是想想这些就很有趣对吧? 流水,你也给我表现得惊讶一点,臭小子!"

尸啪的一声拍了一下流水的脑袋。

本来打算轻松避开的流水,看上去像是根本不相信自己被打到了。他一脸惊讶地仰头看着尸。

"老头子,快出来! 让他们再吓一跳!"

"不管什么时候,你自己都是个浑小子嘛,尸。"

有声音从他们的头上传来。

巨云覆盖住了月华,小屋,还有这座山。

本以为是一片黑云,可接下来,它开始盘旋自己庞大的身躯。

"你们这是第一次见到老夫吧。老夫名叫道,在龙里算是个老头子了。"

那是——黑色的龙舟。

没有舵手的——龙舟。

"难道……"

一阵恶寒蹿过她的脊背。

"这是暗龙?!"

月华的口中发出惨呼一样的惊叫声。

三

人类曾经居住在一颗飘浮于天空之中、郁郁葱葱的绿色星球上。

早在数千年前,祖先们为了躲避灾难,开始乘着龙舟浪迹天空。

故土遥远,早已无人知晓。

只有曾经数次肆虐的大洪水,与其他种族之间不断的战乱,以及丰富多彩的大自然,还为后人传唱至今。

仅此而已。

神官和巫女们在巨大的灾难即将来临之前,向神灵祈祷。而神明的回答非常简单——那就是向天空进发,寻找新的家园。

人们驾驶着训练好的龙舟,将挑选出来的人聚集在一起,五十人一舟,在漫长的岁月中一直流浪。

直到龙舟的寿命到了尽头,人们终于发现了那颗后来成为第二故乡的星球。在漆黑的夜幕之下,这颗星辰闪耀着淡红色的光辉。

因此,它被命名为——桃花。

龙舟和人类开始建设新的家园。新的社会和故乡一样等级森严,有处于社会上层的王、神官、巫女和战士,但光凭他们社会无法运转,还有事先就划分出来的劳动力阶级和奴隶阶级,当然还有家畜。除此之外,还有作为龙舟动力源的生物。

从故土承袭下来的社会体制被代代相传。

神——那是万物的中心,超越人类智慧的存在。

王——能窥见王的容颜的,不过寥寥数人,王同时也是降临在人间的神。是人非人。神圣不可侵犯。

王传达神的旨意。而聆听王的圣言,统治着这个社会的便是神官和巫女阶层——男性称为神官,女性称为巫女。

他们的一个重要工作就是将刚出生的婴儿划分到不同的阶级中去。

守护那些与神相关的高贵之人,维持社会安定的是战士阶级。

陆战士和海战士属于一般战士,他们的主要任务是抓捕并消灭反社会人员,维持治安。

而龙舟舵手作为空战士,位于战士阶级的顶层。他们被数量稀少而珍贵的龙舟选中,身心都和龙舟融为一体,如此一来,便能随心所欲地操纵龙舟。一旦舵手的精神力不再处于上风,就会反过来被龙舟吸收,最后消失无踪。所以能成为龙舟舵手的只能是战士中的战士,是众人憧憬和羡慕的对象。

不过,几乎所有的龙舟舵手都会慢慢丧失人性,死于壮年。在舵手死去之后,龙舟会进入长达数年乃至数百年的冬眠期。据说根据龙舟和舵手之间感情的深浅,这段休眠期的长短会有所不同。从冬眠中醒来的龙舟会选择新的舵手,再度翱翔。

龙舟就这样度过它漫长的生命。

当祖先们移民到新的星球上时,所有人都以为龙舟的使命已经完成了。

产生这样的想法是很自然的。因为移民至此的是一个单一的种族,他们不用考虑和其他种族之间的纷争,桃花星上也未发现原住民。

但是人们还是让龙舟自然繁衍，养育它们，训练它们。

终于，龙舟飞上了一颗离桃花很近的小星球，那个星球上有着丰富的矿产资源以及大量的火山。

土龙最早被迫移居至此，从事繁重的体力劳动。

当居住环境有所改善之后，手工业者等劳动阶级也迁往此处。

这就是最后作为劳动者居住的星球而发展起来的昆仑——桃花的殖民星球。

很快，龙舟便被用来实现桃花与昆仑之间的往来。但就在这二十年间，专制之下饱受凌虐的昆仑开始叫嚷着要独立。

那之后，龙舟便在天空巡回，不时和反叛者交战——那几乎都是由反体制的地下组织发起的袭击。

龙舟是天空的象征，桃花的象征。如果龙舟不复存在，那桃花也不可能继续控制昆仑。

不知何时，龙舟以及龙舟舵手都变成了专制的象征，被昆仑视为眼中之钉。

而事态还不止于此。数年前，人们发现了一条处于濒死状态的龙舟。它的浑身被烧焦，据推测应该是被超强的火力袭击，而依昆仑的实力是做不到这一步的。

奄奄一息的龙舟舵手是个非常优秀的指挥官。与他一同进行巡逻的两个部下和他们的龙舟已在瞬间灰飞烟灭。指挥官的脸僵硬着，在混乱的呼吸中，他说他看见了让人不敢相信的景象。龙舟巨大的身躯也在这时痉挛起来。

他说，没有生命的物体在空中飞翔，矿物的结合体在天空中飞过，向着龙舟吐出火焰。

说完这些话后，他便不再动弹。伴随着一声悲怆的咆哮，龙舟也随它的舵手一起去了，静静地结束了自己漫长的生命。

很快,这件事就传到了神官和巫女那里。

没有生命的矿物在空中飞翔,会吐出火焰,还会攻击和残杀龙舟——这样的事情真的有可能发生吗?

生命才是万物的源泉。没有生命的存在是不可能在天空中飞过的,更别说有自己的意识了。龙舟舵手的报告,从根本上颠覆了社会和人类一直以来所秉持的观念。

一开始,所有人都坚信是遇难者出现了幻觉。

然而,那绝不是幻觉。在那之后,又发生了好几起龙舟在空中被感觉不到生命、没有真气力量的矿物块袭击而遇难的事件。

这种谜一样的物体引起了社会恐慌,成为桃花的最高机密。伴随着人们的恐惧,它被命名为虚舟。

渐渐地,虚舟的传闻在战士阶级中也流传开来。对于龙舟舵手来说,虚舟变成了一种令人忌惮的、传递死亡的存在。

但即使有不吉利的流言蜚语,憧憬着成为龙舟舵手的人依然络绎不绝。

龙舟舵手必须在战士阶级中甄选。

而要成为战士阶级,就必须在出生时立刻进入候补战士阶级。神官和巫女也是一样——出生后的第一声啼哭将决定这个婴儿今后的命运。

最初的那一口气,能代表这个人拥有的真气。

如果气充满力量而又清朗,那就是神官或者巫女。

如果充满力量而又狂暴,就是战士。

对于气没有达到上面两个阶级要求的婴儿,巫女们会进行仔细观察然后做出选择,决定这个孩子将来经营农业,成为手工业者,还是经商。

而最后,缺乏真气的婴儿会被集中在一起,丢弃到数个地方的洞穴之中。将这些弃婴捡回去抚养的,便是土龙。

政府也鼓励土龙相互结合进行繁殖。

两个没有真气力量的土龙,生下来的也几乎都是没有什么真气的婴儿。

于是土龙从出生时起便注定成为土龙。

他们唯一的作用就是活着,作为动力源,为社会提供自己的生命力。

社会中有一个共识——人类让土龙活下去,人类饲养土龙。

土龙不是人,他们只不过是动力源而已,所有人都这么认为。

但是近年来,土龙开始反抗。

唯唯诺诺、从容赴死的土龙正在一点点地减少。甚至还出现了一些极为稀有的,拥有惊人的真气力量的土龙。这些新兴的被称为"新一代"的土龙,开始登上历史的舞台。

与此同时,战士阶级也开始进行相应的训练,维持治安时的打击对象不再限于一般市民,也开始针对土龙。

月华他们这些候补战士所参加的,就是包括狩猎在内的训练。他们的任务是活捉土龙,让其成为龙舟以及其他物体的动力源,提供生命力。

这些事似乎一直都是理所应当,只不过是候补战士的一个日常任务而已——如果流水没有出现的话。

"你说他是暗龙?这话说得好。"

独眼的魁梧男人拍着膝盖大笑起来,垂到胸口的长髯剧烈晃动着。黑龙的鼻息直喷向月华。

她靠自己的力量根本无法站立,只有紧紧贴在门上,看到流水面无表情地在观察着黑龙。

我怎么会输给你?

月华忍住疼痛,两脚发力,牢牢踩在地上。

"我感觉不到你有舵手,而没有舵手的龙舟应该在冬眠才对。既然你没有冬眠,那你就是暗龙。你是不祥的。"

"口出狂言乃是无谋之举,更是愚蠢之举。不过,也让人怜惜。"

黑龙听到月华的话,像是和自己无关似的,不在意地盘旋着巨大的身体。

它的颚下垂着两条长须,眉须都已是霜白。

如它所言,它确实是一条上了年纪的、相当老的龙了。

它的声音像是直接传入脑海一般。

"和老夫同样年纪的龙已经一条都不剩了。它们在从故国迁徙过来的途中疲劳不堪,都没能撑到这个年纪便逝去了。"

从故国迁徙来的途中?

如果它指的是祖先的那场大迁徙的话,这条龙应该已经活了数千年了。

怎么可能?

"本来我族并不叫龙舟。'龙舟'这个称呼源于那场漫长旅途当中。从前,我族被称为'龙',既不是坐骑,也不为人支配。我族类被人类尊敬,被当做神的象征来崇拜。我族可是有血有肉的活物啊,月华。"

月华自然知道龙舟是一种生命体。

正因如此,龙舟的生命力就是它的动力源,龙舟舵手才能和龙舟身心合一,展开行动。没有生命的东西是不会动的。

"在你族的先祖们逃离灾难的时候,我族类曾经鼎力相助。有一些龙留在了故乡,有一些龙离乡远行。那时,老夫还只是个孩子,算是背井离乡的龙族中最年少的。"

黑龙那硕大的黄金般颜色的双眸,仿佛太阳一样熠熠生辉。在它眨眼的时候,周围也跟着时暗时明。

"我对陈年旧事没兴趣。"

她终于还是说了出来。

月华的后背流下令人生厌的冷汗。即使她不想承认,但她在龙舟面前的确完全被压制了。虽然她一直决心有朝一日要成为龙舟舵手,但这是她第一次和龙舟距离这么近,而且还进行着交谈。

"龙舟应该只有编号,没有名字才对。"

"龙是活物,当然会有名字,但老夫可不想被别人用编号来称呼。你也是一样吧,月华。要是被人叫成候补战士21-2,你会高兴吗?"

为什么知道我的编号?!

"这是秘密。"

黑龙抬起头,它的鼻息吹散了云彩。

"老头子,没想到你一大把年纪还这么色,别光顾着和小妹妹说话啊。"

"虽然流水听得见老夫的声音,但是很可惜,老夫听不到流水的声音。"

"这样啊。"

尸低头看向小巧的少年,月华也无意识地将视线投向流水。

黑龙可以很轻易地接触到月华的内心,所以理所应当般地和月华进行着交谈,互相传递思想。但是他却听不到那个有着暗色双眸的土龙少年的心声。也就是说,黑龙被拒绝进入流水的内心,读不出他的心声。

和月华比起来,这说明了什么?

她觉得自己的体内突然有一把无名火熊熊燃烧起来。那是屈辱、愤懑,还有焦躁。

比起月华,流水更加强大和优秀吗?

不可能。他不过是个土龙,都算不上是人!

"你和你母亲……"黑龙突然注视着月华姣好的面庞,"你和你母亲真是大不一样。"

什么?

她全身的血液猛然逆流。汗毛一根一根地竖起来。

"你别胡说!没人认识我母亲!我没有父母!"

面对月华突然激昂的情绪,流水的脸色微微一变。但月华根本压制不住自己的情绪,她将丹田里酝酿的真气一下全部释放出来。

真气撞在黑龙的鼻梁上,但黑龙像是只被蚊子叮了一下似的,平静地继续说道:"没有父母就没有孩子,月华。"

"我没有父母。"

"如果你父母听到你这么说,他们该多伤心啊。"

"根本就不存在的人,何来伤心一说。"

看着如此冷淡的月华,黑龙没再说什么。

"老头子,我说什么来着,你太多管闲事了。都怪你说要救这两个小鬼,现在救是救了,可他们俩连一句感谢话都没有。"

尸的双手指着道的鼻尖。他言语粗暴,这个动作却异常温柔。

尸会不会就是道的舵手?月华这样一想,立刻就否定了。

他们不是龙舟和舵手的关系,感觉不到他们之间有那样的纠葛。

思及此处,月华有些吓了一跳。

因为她察觉到不知何时开始,她已经开始把那个男人叫做尸,把那条龙舟叫做道了。

四

他最初感受到的,便是巨大。

不是压力,不是恐怖,就是庞大。

光说是身体大的话,还不算什么,但那是一种像天空一般的巨大。这个天空也不是夜空,而是没有一丝云彩的万里晴空。

那个名叫尸的男人,是迄今为止他第一次见过到一种生物。

他第一眼就分辨出来这是个雄性,没有雌性能长出这样的肌肉。

不对,应该说男女才对。

从昏迷中醒来之后,流水就一直搞不清状况。

他在土龙狩猎中和月华作战,两个人都受了重伤。

等他苏醒过来的时候,他已经被带到很远的地方疗伤。

躺在身边的月华毫不掩饰自己的杀意和厌恶。只要逮到空子,她就恨不得只用杀气也要把流水给杀了。准确来说,是把他给活捉回去。甚至都不在乎自己身受重伤,连站都站不起来。

总觉得挺滑稽的。可月华说,这是对任务的忠诚。

流水可理解不了。

不过,有一点他是清楚的。那就是他很在意这个雌性。不对,这个女人。

在他的身体恢复到能自由行动的地步之后,他就在那个没有退路的悬崖边上整整站了一天。

看天空,看云,看太阳,看星星,看月亮。

仅此而已。

月华把自己关在小屋里,寸步不出。

那条名叫道的黑龙一天来一次,把饲料和水留下之后就离开。

不对,不是饲料,应该叫食物。

尸实在是有毅力,一遍一遍地纠正流水说的话。

虽然流水觉得既然指的都是一个东西,叫法不一样也没什么关系。可尸会一直缠着他,直到他改口为止。于是他也没有办法,只好由着尸。

当流水改口之后,尸便会笑得很开心。他的一只眼睛惨不忍睹,另一只完好的眼睛是罕见的蓝色。而无论土龙,还是人类,几乎都是黑发黑眸。

流水一开始以为尸是土龙。一是因为他外表看上去像是战士,但感觉不到一丝杀气——没有斗志的丧家犬只能是土龙;二来既然他不居住在人类社会之中,那他也只可能是土龙。

但尸却摇了摇头。不知为什么,他仿佛觉得流水的话很有趣。

"这就是桃花这个社会。"有一天,尸在狭窄的地上画了一个三角形,"顶端是神和王。"

尸在地上嘎吱嘎吱地画了一条横线,隔出一个和顶点差不多大小的小三角形。

"这之下是神权阶级。"

尸在先前那条线下又画了一条平行线。

"月华所处的战士阶级。"

又一条线。

"平民阶级。"

地上的那个三角形被填满了。尸把食指放在三角形的外侧。

"土龙。"

他说得对,土龙是不在这个三角形之内的。流水这样想着。

处于三角形之外的,除了土龙就只有家畜和龙舟了。

尸又把拇指放在三角形之外。

"仙。"

小指放在另一个地方。

"侠。"

尸坏坏地笑起来,从他的气息都能感觉到流水的反应把他逗乐了。

"你不知道对吧。这个三角形之外的可不是只有土龙。还有被称为仙和侠的人。当然还有龙和家畜。"

第一次听到这些名称,流水的双眼微微眯了一下。

尸可没有漏掉他的这个表情,他心满意足地用粗大的手指捋着长髯。

"我就是侠。明白不? 我不属于任何地方,不被任何事物所束缚。我自由自在,相应的,也就得不到一点保护,被人杀的话也没处求救。反正我经常都离死只差一步。"

尸轻飘飘的口吻中,感觉不到一点紧张的气氛。流水默默地凝视着尸。

"等伤痊愈了,你们就回到自己以前的地方去吧。放心,我不会一直把你们关在这儿的。不过……"尸把手放在流水头上,"在那之前,我有很多东西想教给你们。也说不上是'教'这么高尚的事。只不过是我自说自话罢了。你们只要听我说就好,这不难吧?"

流水没有点头,也没有回答。

他只是在惦记着尸放在他头上的那只手。

好大的手,他这样想着。

自己在什么东西的体内。

地金觉得自己快要被吞噬了。

准确来说,他不是会被吞食掉,而是作为龙舟的动力源,被囚禁在龙舟体内的储藏库里。

他的全身插满细细的管子。他本来以为有谁通过这些细管来掠夺他身体里的东西,但又好像并非如此。

看见地金惊讶的表情,旁边的年轻女子开口说道:"这是为我们提供营养的方式。这既让我们不会很快死去,同时又能成为一种制约,让我们无法行动。"

她语气沉着,用词也很有礼数。她和土龙一样肌肤白皙,但目光又和土龙不一样。

"你叫什么名字?"

"地金。"

"我叫柳月。请告诉我你记忆中现在是什么日子。"

"日子? 土龙可不知道这个。"

话音刚落,地金便明白了。这样看来,这个柳月绝不是一个土龙。

"这只龙舟需要有三十个人持续不断供应动力源。我们现在被关在龙舟的胃里。"

"为了拿我们的生命力来做动力是吗?"

她用颇有气质的声音回答说:"是的。"

年轻女子的头微微一侧,地金看见了她的脸。她的长发雪白,眼眸是浅紫色的,唇色苍白。这样的颜色从未有人见过,如此不可思议。

但是地金还是觉得,她很美。

柳月的身上有种任谁都无法玷污的、纯粹的东西。

"难道……你是……巫女?"

"我应该回答说,曾是。"

他曾经听过这样的传闻:神官和巫女,以及战士,有时也会作为罪犯受到处罚。

那柳月是个犯下了罪行的巫女吗? 她所受的惩罚就是像土龙一样被掠夺去生命力吗?

"大部分人过一会儿之后连话也不会再说了。"

柳月低声说。

一抬头,地金便发现他的前面和旁边并列着许多男男女女。但是他们都闭着眼睛,只是稍稍张开嘴,发出很轻微的熟睡中的呼吸声。

"要维持自己的意识,是件很痛苦的事吧。睡着了就什么都不用思考了,可以安安静静地度过这段时间,直到生命力完全流逝为止。"

"我不会这么做的。"

地金不知道该不该相信柳月。

她曾经是个巫女,说不定还是个间谍。还有可能是察觉到土龙的反叛之后,暗中潜入的敌人。

这样想来,只有她还保持着意识,这很让人生疑。

也许只有柳月的生命力不会被夺走。

地金一边心里想着不能相信她,一边往下腹注入力量。

他一定要想尽办法争取到龙舟的控制权,这本来就是他此行的目的。

他还记得自己被强大得令人生惧的对手所捕获,而现在还活着,实属万幸。

而且,和他计划的一样,他被选来做龙舟的动力源。

他必须掌握这条龙舟的情况,还有龙舟和舵手的关系,以及怎样才能断开两者之间的连接。

困难重重。地金不由得苦笑了一下。虽然如此,但他并不准备放弃。不如说,他的身体反而沸腾了起来。

他全身微微颤抖。

这是兴奋的战栗,地金想着,脸上露出一个轻轻的微笑。

柳月发出吃惊似的声音,然后她没有血色的唇上绽放出一朵笑靥。

他还必须打探柳月的底细。

她有可能是敌,但是,也有可能是友。

地金似乎有种感觉,他们也许会并肩作战。

他又一次将视线扫向柳月的双眸。

她直直地看了回来。

她那毫无杂质的清澈眼神,却不知为何,让地金的胸口隐隐作痛。

第三章　祸福相依

这一天,成为特别视察团一员的二十四岁穷小子获得了一项殊荣:他可以从外部仔仔细细地眺望尚在建设之中的空间站。

在地球联邦之中,无论是谁,都对这个空间站寄予了莫大的期待。

其实这和每天疲于奔命、无人问津的穷作家没有一点关系。虽说如此,从幼年开始,他便有一个深切的憧憬。这是因为他父母都是来自地球的移民,他们耗费了许多岁月在宇宙中航行,到达殖民地星球。

那时的情景他已经听过好多次了,可怎么也听不腻,还总是期待着有朝一日自己也能向宇宙进发。但是,他完全没有富余的资金,于是便只剩下了两种可能性:要么就是志愿加入宇宙军,要么就是施展出众的才能以获得特别优待。

遗憾的是,这位名叫天尘·江孜的青年没有一项条件符合。

他学业平凡,没有拿得出手的事业。当然,别说加入宇宙军,就连进入军队都不可能。因为天尘生来就有神经过敏的毛病。就连有风吹过他都会哭着叫痛,沾了一点水就会嚷嚷着快冻死了。即使度过了相当神经质的幼年时期,成年之后他也依然神经兮兮。

他从未想过会和他人有身体接触。

他的父母早年在一场事故中身亡,他靠着保险金和精神损失费,好歹能够糊口,可也渐渐坐吃山空。

既然不适合在社会上闯荡,他便开始立志成为职业作家,可也毫无建树。

估计人类还得再进化个一百年,才能理解天尘的多愁善感。

既然最后横竖都是一死,那还不如尽情做了想做之事再死。天尘·江孜这样想着,毅然决绝地赌上了自己的全部家产,买了三张彩票。

中奖者可以前往正在建设中的空间站——亚特兰蒂斯。不只是眺望外观而已,还可以在已部分启用的住宅区停留三天。

如果中奖的话,他幼时的梦想便可以实现——不仅有机会前往太空,还可以在空间站里居住。更吸引人的是,他将体验到前往空间站的单程两周的太空之旅。等他归来之后,把自己的经历写成一本书,说不定还会大卖,赚一大笔钱。

天尘怀揣着甜蜜的期待,买了那三张彩票。

没想到有一张真的中奖了。

世上之事,瞬息万变。

欣喜若狂的青年天尘,忘记了自己以前的所有不幸、厄运和不安。

一想到自己之前灰暗悲惨的人生就是为这次中奖埋下的伏笔,他觉得一切都不算什么了。

中奖者差不多刚好坐满一个小型宇宙飞船,也就是十五个人。

虽然不是地球联邦上的所有居民都购买了彩票,但这个中奖率也确实算得上相当惊人。

即使今后我终生一无所成,我也毫无怨言——穷作家这样由衷感谢命运。

他做梦都没想到,在两个星期又两天之后,他会开始诅咒当初如此感谢的命运。

一

　　这是他第一次近距离观看宇宙飞船。当然,也是第一次乘坐。

　　在知道这艘宇宙飞船只能坐十五个乘客之后,天尘以为一定是一艘非常小型的飞船。

　　小不要紧,反正带的东西也少。牙刷,替换的内衣,还有笔记本电脑和预备的太阳能电池,这就是他的所有行李。如果有价格昂贵的影像记录设备当然更好,可不巧的是那种东西他只在店里见过。

　　他在指定的时间到了指定的地点。

　　首先是召开了一个声势浩大的祝贺会,然后他便被塞进了专车里。

　　等天尘回过神来的时候,他已经站在了位于行星的空间站里,眼前耸立着一艘豪华飞船。

　　"请问,这确实是给十五个中奖者乘坐的吧?"天尘战战兢兢地询问一个站在近处的警卫。

　　警卫扫了一眼天尘,轻蔑地回答了一句:"嗯,给十五个有钱人准备的!"

　　这不是好像了,而是确确实实看不起他。

　　他也不怎么生气。这种歧视已经是家常便饭,再说了,这个颐指气使目中无人的警卫还不是没中奖。

略带棕色的自然卷头发不易打理,加上睡姿的关系,更是显得乱七八糟。

把快要滑落下来的眼镜扶正,天尘环顾了一下接待室。房间本身并没有太过豪华,但因为不是一般用途,而是用作高档接待室,所以想必待遇会很好。

十五人都落座之后,还有多余出来的空位。沙发和坐垫都很松软,服务型智能机器人随时待命,为客人送来饮料食物还有报纸杂志。

窗外停着好几艘宇宙飞船。

天尘连看见一艘货真价实的宇宙飞船都是第一次。像这样很多类型的宇宙飞船排列在一起的景象,简直让他叹为观止。

在略微兴奋的状态下,天尘把视线收回室内。

中奖者除他之外还有十四人。

首先是个一眼看上去就十分富有的肥胖中年男人。他的手腕上戴着一块古董机械手表,虽然用这样值钱的古董来做装饰,却给人一种很不搭调的感觉。他看上去似乎也不是个怀旧的人,只能认为是单纯地为了装点门面罢了。对这种人来说,只要腻味了,不管是多有价值的古董,都可以随时丢弃。

男人的身边站着一个让人眼前一亮的美貌女人,印象中应该是个著名女星。天尘虽然对于现实中的女性没有兴趣,但还是分得出什么是美女。仿佛为了吸引众人目光似的,她身上缠着少得不能再少的布料,凸显出玲珑有致的身段。天尘想:她可别感冒才好。

第三个人是一个戴着特殊护目镜的少年。他的手脚都异常纤细,不知是不是因为先天性的疾病。护目镜估计也是用来辅助他的视力的。他小小的身体缩在小型电动轮椅上。

他后面站着一个陪同人员，大概是他母亲，两人的面貌非常相似。少年兴奋地不停高声说话，而她静静听着，一直面带微笑。

天尘在心里猜测：不知是他们两个人都中了奖，还是少年中奖后格外允许家属陪同？反正上船之后不久就能知道，毕竟整整两个星期都要在一个狭窄的空间里共同活动。

第五个乘客是一名气质端庄的老妇人。她身穿民族服饰，眼神中充满骄傲，直视前方。

民族和国家的概念已经消失多久了？天尘听说过自己的祖先属于一个叫羌的民族。但这个民族在哪儿，有着怎样的性格，拥有怎样的文化和历史，他一无所知。

地球就是故乡，天尘是地球上人类的子孙。几乎所有的人类都觉得，知道这些就够了。

他想上前询问这是哪个民族的服装，但拿不出勇气。

细细想来，他从没和父母之外的人好好交谈过。写小说的工作也基本上都是用邮件来联系，用不着聊天工具或是打电话。他又一次明确感觉到自己很不擅长与人交往。这个认知让天尘浑身一冷。

难道在两个星期又三天这么长的时间内，都一直非要团体活动不可吗？如果要和别人住一个房间怎么办！光是想想他就已经呼吸困难。

慌慌张张地把眼镜扶上去，天尘想要转换一下开始变得灰暗的心情。

第六个人，好像比天尘略略年长，看上去是个工作能力很强的男人。

第七个人，貌似是个高中女生。

第八个人，从体格看来是个三十多岁从事体力劳动的男人。

第九个人，是个开始步入老年的男性，像是大学教授。

第十个人,发育良好、体型略胖的十多岁男孩。

第十一个人,已经发福、似乎很有钱的中年妇人。

第十二个人好像是个军人,这个年轻人给人一种剑拔弩张的、野兽般的印象。

第十三个人,是个有艺术家风格的男人。看不出年纪。

第十四个人——

当看向最后一个人时,天尘不由得倒吸了一口气。

那是一个黑发在背后扎成一束、身材高挑的女子。她穿着套头毛衣,牛仔裤和胶底运动鞋,薄薄的外套披在肩上。

既不是什么华丽的服饰,也不是显摆财力的装束,她只是随随便便地一穿,却显得很合适,很吸引人。

她应该有很大一部分黄种人的血统。虽然肤色略黄,但眼眸却是仿佛会把人吸进去一样美丽的青灰色。

她的行李也不多,只在右肩上挂着一个稍稍有些大的行李包。和其他拎着许多行李箱的乘客相比,她的东西少得出奇。

她和天尘也许有什么相似之处——那就是只拿最少限度的行李。

天尘的心雀跃起来。

因为神经过敏的原因,他只要被别人碰到就会呕吐或者感到恶寒。他爱恋的对象也只限于小说或者漫画中的人物。因为觉得觉得太过恶心,所以他从未想过会和现实中的女性(也可能是男性)发生点什么。

但是……

天尘又倒吸了一口气。

他心慌意乱,激动地都哽咽了。

虽然泪眼模糊,天尘还是继续偷偷望着那个高个子女人。

如果是她,应该没什么。和她的话,牵手也是可以的。

等等，单程两个星期，往返就是四个星期。

在这个密闭的空间内共处整整一个月，也许会发展出更进一步的关系也说不定。

对，比如说，也许还能手挽手！

天尘感激涕零地觉得命运女神终于向自己微笑了。托了彩票的福。他能远赴做梦都没想过能去的太空，不仅如此，现在还和或许会成为终身伴侣的女性相遇了。旅行回去后写下的历险记绝对会成为畅销书。

怎么办啊？怎么会有这样喜从天降的事发生？

一定是做梦。

不是梦的话，就是圈套。

如果不是圈套，那就是……是什么呢？

两手抱着小小的包，天尘的视线呆呆地越过滑下的眼镜上端，望向他即将乘坐的宇宙飞船。

一切看上去都辉煌灿烂。

没有比此时此刻更幸福的了，天尘这样想着。

他也不知道自己怎么就被派到这个岗位上来了。

他听说自己要做的就是把那些中了奖，心情大好的旅客带到最先进的空间站去。好像是觉得"旅游团"这个称呼太傻了，所以这些人美其名曰"视察团"。

就算叫法不一样，内容也是一回事。

他不属于军队，也不在宇宙开发局任职，既不是语言学家或是人类文化学家，也不是计算机技师或是医生。总之，他一点都闹不明白自己怎么会被派到这个空间站视察团里来。

不过之前确实发生了一件事：两个月前，他拒绝了上司的色诱，让她在部下们面前丢了脸。

她既不是他喜欢的类型,而且年纪还比他大。被这样的女人看上,他当然会拒绝。

而且他还顺便把很久以前就开始耿耿于怀的,她的一些坏毛病也一起说出来了,就只是这样而已。

那个仗着自己位高权重便目中无人的女人,一下红了脸,哭了出来。

不知道她哭是因为他拒绝和她上床,还是因为他说她脚臭鼻子歪。

不管她是因为什么而不高兴,他能想到的原因就只有这些了。

只有可能是因为她怀恨在心,所以安排他来执行这个任务。

他虽然很生气,不过换个角度想想也就没什么了。

只要把这群看上去就很白痴的家伙带到目的地再带回来,他的任务就算圆满完成了。

虽然不知道能不能回到以前的岗位,不过只要坚持一个月零三天,他就可以和这群土包子说拜拜了。一想到这儿,就觉得也没那么难熬了。

再说了,应该会有出差补贴才对。而且现在是二十四小时制全勤,那么也会有超时补贴。估计还会有意外伤害补贴和一些其他补助。

等他回到地球之后,账户里便会小有积蓄。这样想想,这个差事也不赖。

为了打发时间,他开始一个一个地仔细观察这些中奖者。

大家都显得很兴奋。他们互相打量,揣测对方的家产背景。

航班的乘务员们早已就位,开始进行出发前的最后确认。

舒缓的交谈像是噪音一样在他的大脑里嗡嗡作响。

为了防止自己无意中读取别人的意识和声音,他把平时随身携带的药片扔进嘴里——不吃药的话他就会头痛和呕吐。

他像是轻抚一样扫过这些人的意识，没发现什么危险的思想。

最多也就是些崇尚民族主义、无政府主义的人，或者是些拥有狂热信仰的人。这样的人比比皆是，不必在意。

不会有重要人物登上这辆宇宙飞船。就算是亚特兰蒂斯空间站，也不过还在建设中而已，没有重要官员会现在就走马上任。

驻扎在那儿的基本上都是技术人员。

几乎没有必要提防恐怖分子来袭。

药效开始发作，他现在感觉好多了。但即使这样，他也还是比普通人类敏感许多——能控制在这个程度就好。

他必须要装成普通人。

一旦药吃完了，他就只能躲到地下室去藏起来。

如果，宇宙飞船上有地下室的话。

讨厌死了，她心里暗想，那个男人从刚才开始就一直盯着我看，虽然我长得漂亮身材又好，可这也太露骨了。

从今天开始，他们一行人就要出发去空间站了。

她凭着美色搞到了彩票的中奖券。听政府里的大人物说将得到三张中奖券，为了能去亚特兰蒂斯，她和好几个男人上了床。

当中奖券到手的那一刻，老实说，她还怀疑是不是假的。

不过确实是真的。既然是真的，那么那些和她上过床的男人也算不上是阴险了。

到了亚特兰蒂斯之后，她准备用自己偷偷拆开带进宇宙飞船的摄像机把空间站内部拍下来。当然了，手拿话筒播报新闻的人就是她。

就算有人发现了摄像头把它拿走了，她也还有第二手准备。

她一直梦想着成为一个记者，而且是一线记者。

现在还没有一个记者进入过亚特兰蒂斯。并非有限制报道的禁令,应该只是因为空间站尚未完工而已。

一旦空间站对外亮相,一定会有各地的记者蜂拥而至,等到那时就没有她的出头之日了。

她要作为新闻记者第一个进行现场报道。

这要靠她一个人完成,之后她就会把自己拥有独家新闻的消息传出去。

这样一来,一定会有很多电视台抢着要她的独家新闻。

到时候,她就选择一家条件最好的公司,成为亚特兰蒂斯的常驻记者。但是她也有可能会因为提前曝光,而无法再踏进亚特兰蒂斯一步。那样的话,就把独家新闻卖给愿意把她派去别处的公司——条件是足够的钱和理想的工作地点。

她会活跃在第一线,去那些常人无法去往的地方,在镜头前向全世界做报道。

为了这个,哪怕还要再和十个男人一百个男人发生关系,她也能很平静地接受。

作为一个女人,她把这个当做手段何错之有?但有时,她还是会想起自己已经过世的虔诚的祖母,抚养她长大的至亲。

她一直很在意一件事:中奖者中有一个女性和祖母的气质非常相似,那是一个身穿和服、神色严峻的老妇人。第一眼看到时她就觉得那个老人和她祖母是一类人。她在这类人面前总是无所适从,因为好像什么都被看穿了似的。

和这件事比起来,那个一直目不转睛盯着自己的蠢男人简直是小菜一碟。

对那种男人若即若离一些,偶尔赏一个好脸色,让他帮自己拎拎行李也不错。

她盼着能早点坐上宇宙飞船。

这样她就可以尽量离那位老妇人远一些。

他想也许没有人会把他当做一流的考古学家吧，因为从外表上根本看不出来。

这挺让人难过的，不过同时也让人觉得轻松。

光听名字的话谁都会大吃一惊，然后把他当做是同名同姓的路人甲。

他对自己作为考古学家很有信心，可自己的模样却让他提不起勇气。

这样矛盾的复杂心理总是刺伤他的感情，让他烦恼。

他希望可以对得起自己的名声，态度光明磊落，可长相却和这种态度不相符合。

自信和自卑这两种感情总是在不断斗争，即使睡梦之中他的内心也不曾安稳。

但是在这儿，就忘记这些不愉快的事吧。

他运气很好，中了大奖。作为一个幸运的凡人，他只要开心地享受就行了。忘记工作和研究，悠闲地消磨时光就好。

但是有一个人，却让他很在意。

那人有亚洲血统，而且还是中国血统，眼角细长而又上扬。是北方人种吗？长着一张非常罕见的、宣示着纯粹血统的脸。

地球上一直存在混血化趋势，在殖民星球建成之后，血统立即交杂在一起。雅利安人和黄色人种现在几乎已经没有剩多少了。但那个抱着小小的旅行包，看上去反应迟钝的年轻人却有着纯粹的血统。

他看上很是清贫，可一直在留心观察周围的人。

上船之后，不管怎样单程都有两个星期可以与他相处。

到时候去问问关于他先祖的事吧。

如果有家谱的话就更好了，不过这个期望有些过分了。

考古学家原本的专业领域是地球上的古代文明,是对于亚洲尤其是中国的古代王朝的研究。近些年来,中国的古蜀文明更是深深吸引了他。很久以前,在这个国家的西南出土了大量的青铜器、玉器、金器、兽角獠牙,两个出土点离得很近,分别被当时的考古学者们命名为"三星堆遗址"和"金沙遗址"。出土的大量祭祀用品证明,这两个遗址一脉相承,是同一个文明留下来的。根据考古发现,古蜀文明曾进行过周期性的迁居,从三星堆到金沙,然后突然消失在了历史的长河中,成为了永远的谜团。

以他的专业眼光看来,这还是一个神权至上的文明。比较奇特的是,出土的那些青铜人头像双目凸出眼眶很多,体貌特征十分奇异。引人注目的还有出土的权杖,用金箔制成的飞鸟圆环,它们又分别象征着什么?旧时的学者们对之提出了种种解释,但由于无人破解巴蜀图语——一种非常神秘的古蜀文字,真相便不得而知。

他没有想到,自己和这个谜团会结下不解之缘。曾经有人发现在殖民星球上也留有古代遗迹。一听到这个消息,他便怦然心动,主动请缨,在太空中来回奔波,然后提出了一个假说。他预料到自己有可能会被当做神经病,却还是敌不过那颗好奇的心。

他认为,殖民星球上的古代遗迹与中国西南的金沙遗址有相似之处,这可能说明,消失的金沙文明通过某种方式离开了地球,前往了宇宙!

他公开发表的假说被当做是神话,受到了学会的嘲笑,但却在老百姓中大受欢迎。以他的假说为原型创作出的小说、电视剧和电影都获得极大的反响。就连原本只存在于考古资料中的"金沙""古蜀文明"等字眼,也在公众当中有了一定的知名度。

当坐拥无数财富之后,学会的态度发生了一百八十度大转弯,他现在被誉为考古学会的镇会之宝——这让他很怀念当初那些一心一意、毫无杂念地投入研究的日子。

这次去往亚特兰蒂斯的旅行应该能让他好好休息一下，也许新的经历会给自己的人生带来一些不一样的契机和转变。

他有这样的预感。

他对现今的社会体制极为不满。但比起社会体制，更让他不满的是轰轰烈烈进行的宇宙空间开发工程。

一开始，人们只是进行单纯的宇宙调查。而某次意外发现一颗行星上富含一种矿物，可以代替地球上开始干涸的能源，于是开发狂潮就此掀起。在这个过程中，地球开始进行殖民。人们虽然认为这颗星球上没有原住民，但调查后却发现了好几处残留的遗迹。

虽然有些天方夜谭般的说法认为，这些遗迹酷似地球上某个叫做"金沙"的古代文明，但人类现在只知道宇宙中没有和人类同样形态的生命存在。

没有水，没有大气，气温太低，气温过高……有无数的星球就因为这样一些和地球条件不相符的地方，被判定为没有生物存在。

地球是被特别选择出来的星球，是生命的源泉。曾经孕育过生命的星球即将毁灭，不复存在。地球人必须保存生命的火种，必须将生命的火种播撒向更远的地方！

期待着一夜暴富的人，对宇宙怀揣梦想的人，都被这样的口号煽动起来，他们一批又一批赶赴远方，于是一种叫做"地球人"的菌类便开始播撒在宇宙之中，恣意生长。但是人类从未想过，他们有可能携带一些对自己无害、但是对这颗行星有害的细菌。

原本栖息在拥有古代文明遗迹和美丽沙漠的星球上的甲壳纲生物灭绝了，死于地球人带去的大肠杆菌。同样的事也在其他地方不为人知地发生着。

现在正处于建设之中的空间站对于人类来说，是通往宇宙的入口，但在其他种族看来，只不过是侵略的起点罢了。

有传言称发现了虫洞，而这个空间站正是为利用虫洞建造的。

如果确有虫洞存在，那么人们就可以从一个虫洞瞬移到另一个虫洞，前往更远的未知的世界。一开始只是探查，之后就是地球人贪得无厌的开发和侵略。

必须搞清楚这个传言是不是真的。如果确有其事，那就必须有人来为人类的傲慢敲响警钟。为此他愿意付出自己的生命。

他是在保护宇宙。

就算现在为时尚早，总有一天会有人理解他崇高的牺牲。

所以，他找到并杀害了一个中奖者，抢走了那张彩票。

昨天本该是自己的婚礼。

但对方却没有出现。有人嘲笑说这是个骗局，有人担心结婚对象出了什么事，还有人说，早就说过不要被婚姻那种腐朽的制度所束缚。

一个月前，自己收到来自结婚对象的一封简讯。那人说在亚特兰蒂斯，会在婚礼那天回来。

结果，却没有回来。

自己是那么相信那个人，到现在还是深信不疑。所以一定要知道真相——是不想来，还是没能来？是爱，还是不爱？什么是真实？什么是谎言？

如果去亚特兰蒂斯的话，一切都会水落石出。

只有几张中奖彩票是纯粹被抽中的，剩下的都是一开始便内定了的。而如何将中奖彩票拿到手，就是问题的关键。

幸运的是，有一个很关心自己的同事陪在身边。

那位同事曾在宇宙开发局担任要职。就在今天早上，那位同事送来了去往亚特兰蒂斯的中奖券。

"什么都不要说,拿着这个去找你想要的答案就好。"同事这么说道。

能隐隐约约感觉到这个男人在默默喜欢着自己,对此她心存感谢。

在去亚特兰蒂斯弄清事情真相之后,如果自己真的是被背叛了,她打算回来一下宇宙飞船就立刻去同事家答应他。

不然的话,这就太残酷了。

他最近才知道,自己不属于人类。

外表和身体机能与人类一模一样,有感情,也具备理性。

和其他的人没有任何区别,但有一点不同,那就是没有父母。

养育他的,是多名身穿白衣的"老师"。

他不用去上学,只要使用电脑就可以。只要将芯片插在耳边的槽内,就可以轻松地获取任何知识。

最近的年轻人都进行了类似这样的身体改造,他以为自己不过只是其中之一。但是,最终他却知道了真相。

大火,爆炸,喷涌的毒气,老师们都倒下了,一动不动。但只有他一个人站着,从一开始就不明白发生了什么。他就这么呆呆站着,而火焰已经逼近了。

当他觉得"好热"的那一瞬间,他感到了想要活下去的本能。

在他打算逃命的时候,有一个老师微微动了动。他伸出一只手想帮忙,那个老师却颤颤巍巍地说:"这大概是……冲着……你来的。快……跑……能跑多远……就跑……多远。"

在众多的老师中,这是最年长、最温柔慈祥的老师。

他想,快点跑。虽然他并不知道理由。

关在笼中的动物也都死了。

他慢慢地穿过火海,一间屋子一间屋子地确认,然后发现只有自己活了下来。

这是他第一次觉得,也许自己不属于人类。

他一下害怕起来,怕得想赶快远离这个地方,能多远就多远。

去到不为人知的,最远的地方。

他去地位最高的那个人所在的房间看了看,发现那人握着一张纸片倒在地上。

他好奇那是什么东西,便硬生生扳开了那人已经僵硬的手。

原来是一张彩票。

桌上的电脑定格在某一瞬间,画面上显示着中奖号码。

这人中奖了。

奖品是,可以去往离地球最远的、最先进的空间站,亚特兰蒂斯。

他紧紧握着那张彩票,从窗口跳了出去。

跳下去之后才发现这是七楼。等他反应过来的时候,他已经落在了地面上,毫发未伤。

他茫然地想着,自己果然不属于人类。

他想哭,却没有眼泪、

他想起自己从来没有哭过。

也许今后也不会有哭泣的时候吧。

从孩提时代起,就一直做同样的一个梦。

所谓梦,反映的是心理状态,因此通过梦的内容,可以整理白天的记忆。也就是说,如果想要知道梦的含义,就应该全部追溯到现实生活中去。

而预言梦,只是极少一部分特异功能者才拥有的能力,其他所有的梦都只不过是错觉,执念或者牵强附会而已。

而他的父母担心他会就此沉迷在自己的梦里，与现实社会脱轨，于是便带着这个宝贝独生子奔波在各地的医生、心理咨询师、专家和甚至可疑的占卜师之间。

结果，药吃了不少，还是没有治好。

梦还是一成不变，只会做那一个梦。

在两年前，他做了一个手术，稍稍改变了一下大脑中的路径，偏移了神经元突触的传达方向。

那之后确实没有再做梦了。

一睡着，眼前就是漆黑一片，那种黑暗像是快要把自己吞没一般。

他以前从不知道，没有梦的夜晚是如此可怕，如此孤独。

当他知道自己再也无法回到梦的世界，他觉得自己仿佛失去了一切，哭了整整三天三夜。

他知道自己失去的那个世界是怎样浩瀚广大。

父母看他已经形如废人，便以手术意外导致精神失常为由对那家医院提起了控告。诉讼获胜，获得了一大笔赔偿金。但想要恢复到手术前的状态仍然不可能，即使是现代医学也还是有做不到的事。

获得的巨款足以让他悠闲地过完一生。就在他父母为孩子的将来不用发愁而高兴的时候，灾难却不期而至。

因为媒体的连日报道，他们家诉讼获胜拿到巨额赔偿金之事已经无人不晓。

他遭遇绑架，被多人严刑拷问。

对方要求他的家人交出所有的赔偿金作为赎金。不只如此，最后为了灭口，那些绑匪还杀害了他前来交赎金的父母。

那时，他第一次在现实中听到那个声音，那个在梦中相遇的少女的声音。

"抗争吧！是时候战斗了！"

他清醒过来的时候，已经被软禁在医院。

听说他被发现的时候，浑身是血地坐着，身边全是被撕裂的、支离破碎的绑匪尸体。

被抢走的巨款已被转送到了某个银行。看守他的警察告诉他，那笔钱不知道能不能拿回来。

大概是出于同情吧，警察说能帮他实现一个愿望。那时正好开着电视，上面放映着亚特兰蒂斯的画面。

我想去那儿……他这样喃喃道。

于是，现在，他来到了这个接待室。

二

窗外的景色每时每刻都在发生变化。

曾有个著名的宇航员留下这样的话：宇宙并非一成不变，关键在你是否有双能观察到变化的眼睛。

但在眼前的变化如此清晰的情况下，这句话便显得苍白无力。

空间站的建设从五年前开始，现在总算是有一部分的居民区可以使用了，所需的最少数量的人员被派往了此处。

原本的计划是由各个行星建造空间站的一个部分，然后在太空中汇合，进行组装。

这个方法，自人类还无法在月球上自由漫步时就沿用至今。

但无论在哪个时代，计划永远跟不上变化，频发的宇宙风暴使得作业大幅度推迟。

这一片宇宙区域算不上便利，为什么要在这个地方建造最先进的空间站？

调查建设空间站的原因原本并不在他们的工作范围之中。只不过，他们在各个行星间穿梭，浪迹宇宙，还从未在一个地方停留过这么长的时间。

虽然一直把"最先进的空间站"这个噱头炒得沸沸扬扬，但总觉有什么地方让人不安心。

可能是因为空间站在建设之中,那些不应被人看到的线路和脚手架都还露在外面的缘故。空间站十分巨大,用无数通道来隔开居住区、指令区、储藏区和武器库等。

计划确实如此。但实际上现阶段只有居住区大致完工,储藏区勉强可以使用,剩下的还全都在建设之中。

当然,动力部分和主计算机应该早就开始运行了。不然的话,谁都没法在那儿生存。只有当环境维护装置、生命维护装置以及其他各种各样的装置开始运行的情况下,才能够维持生活。

"连个商店都没有,真无聊。"

"慢慢会修起来的。"

"还要等到那个时候啊? 无聊死了。"

"要给你买个虚拟游戏吗?"

"那是哄小孩子的,珠儿才不要呢。"

"珠儿说得对。"

珠儿看着身边朝着她温柔微笑的男人,心里疼了一下。

好喜欢。喜欢得不得了。

"我在想,是不是真的有。"

没有感觉到珠儿热切的眼神,赫尔慢悠悠地说道。咖啡的热气从双手间捧着的杯中溢出,润湿了脸上细细的绒毛。赫尔一直主张用这样的方法来预防肌肤干燥。

"你是说虫洞? 从理论上来说是可能存在的。"

"我想说的是,是不是真的有必要建设这么庞大的一个空间站来探索虫洞。"

他的刘海一丝不落地梳上去,细细的银色护目镜遮住了双眼。听说是在一次救援任务中发生了事故,此后他的眼睛就对光线产生了过敏反应,即使是普通的光线也会觉得刺眼,感觉眼珠像是燃烧起来了一样。

"赫尔,为什么宇宙开发局对虫洞的事情这么执著呢?"

"不只是宇宙开发局。"

他啜了一口咖啡,轻轻咂了咂舌,好像被烫到了的样子。

赫尔是个"猫舌头",特别怕烫。她一想到这个,就忍不住偷偷笑了起来。这和他给人的印象实在是差太远了。

"喂喂,怎么了,别突然笑出来嘛。"

"就是好笑嘛。"巧笑倩兮的余韵依然未散。

珠儿的背还在微微颤抖,她一下子踮起爪子,快速地把嘴贴在赫尔的下巴上。

"喂……喂,突然一下子,干吗呢?"

他慌慌张张的样子也很可爱。

手忙脚乱之中,赫尔的手一晃,不小心把咖啡泼在了胸前。

"烫!"

"真是的,赫尔你太粗心大意了。"

"还不是因为你刚才突然来那么一下。"

他说着说着就满脸通红。赫尔虽然是个退役军人,却也不过才三十六岁而已。

虽然比起十五岁的珠儿,他是她年纪的两倍还多,但这完全不是问题。

"好啦,快点把衣服换了。"

珠儿开始拽他的上衣,他越发慌乱起来。

"不用了,不用你来……啊,你妹的!"

"你说脏话了哦,赫尔。"

满脸困窘、低头看着自己的赫尔,让她满心喜欢。只要是赫尔想去的地方,不管是空间站还是虫洞,不管是过去还是未来,她都愿意跟随他。

只要能和赫尔在一起就好。

"对了,彩票的中奖者们很快就会来了吧。"

"是呀。"

"也许会有和珠儿一样年纪的小孩。"

"我又不需要。"珠儿似乎并不感兴趣。

"别这么说。孩子需要自己的小世界,有年纪相仿的朋友可是很有意思的。"

"赫尔在十五岁的时候已经加入宇宙军,当上驾驶员,在宇宙里航行了,对吧?赫尔不是也没有像一般孩子一样度过自己的童年吗?"

被一语反驳回来的赫尔感叹着,用手指滑过珠儿蓬松柔顺的黑色毛发。

"我就是担心你也会这样。"

这时有人来叫赫尔,他留下一句"待会儿见",然后便离开了。

赫尔肯定不知道,珠儿究竟有多在乎他。

迟钝的男人!所以从来都没交过女朋友,到现在还是孤家寡人。

"迟钝一点也挺好的。"

她觉得这样一来自己还有机会。

她一直以来的梦想就是成为赫尔的新娘,到现在这个梦想也未曾改变。

珠儿悠然地左右晃动着自己又长又大的尾巴,凝视着空间站。

"嗯?"

她听见一种非常特别的声音。那个声音只响了一次,是她从来没有听过的高频声波。

她又一次抬起头,将注意力全集中在听觉上,但什么也没听到。

是听错了吧,她这样告诉自己,轻轻晃了晃脑袋,觉得头有点疼。

窗外看上去小小的太阳吸引了她的注意。

太阳上有时会发生小型的爆炸，也就是太阳耀斑。科学家团队判断说，那并不会有什么危害。但是珠儿却有些不放心，她的第六感一直这样告诉她。

如果是赫尔，一定会相信她说的话。可除他以外的其他人不会相信珠儿的直觉，他们一定会要求她拿出有数据支撑的证据。

"我得调查清楚。"

她伸直了背，目不转睛地凝视着窗外。

如果太阳耀斑真的出了问题，那这个空间站也会处于危险之中。

毫无疑问，这个空间站的构造既能够很好地处理X射线和伽马射线，人们也不用穿着宇航服进行户外作业，接触到足以致死的射线的可能性其实很小。但如果射线量上升到了会导致仪器类失灵的地步呢？如果因为太阳上的小型爆炸，空间站整体都崩塌了的话呢？

她知道，空间站的选址策略足以在理论上和测量结果上都保证不会遇到类似危险。但是……

身为一只宇宙猫，她的直觉在起作用，在告诉她有危险。

而且，是场浩劫。

当赫尔赶到临时司令部的时候，司令官给他的第一句话就是："你先去把衣服换了。"

"啊，我给忘了。"

"我真是服了你了，赫尔。你别忘了自己处在什么地位上。我如果出了事，你可是要代替我来指挥整个空间站的。你行行好，有点自觉性吧。"

一想到这人以被咖啡泼了一身的状态来到了司令部,凯瑟琳都快晕倒了。

凯瑟琳年近六十,在宇宙开发局已经工作了四十年,而且她还被任命为司令官。能来空间站工作,是她的夙愿。

空间站表面上看来是探测外宇宙的据点,但实际上其主要目的是探索虫洞。

汇集探查卫星的报告,进行计算得出的结论是:在这片宇宙区域内很有可能存在着虫洞。

在许多恒星上也留有古代的遗迹,但在这个区域内的一个地方遗迹尤其集中。

政府和开发局都认为那里藏有和地球文明类似的文明,因此给予了莫大的关注。

主张地球是一切生命之源的地球起源学说,现在依然像宗教一般为人们深信不疑。但另一方面,"来自宇宙的种子四处散播,其中之一在地球上生根发芽"这一假说也有相当广大的受众。

对于凯瑟琳来说,这两种学说谁输谁赢都没有关系。

总之地球上诞生了生命,出现了人类,地球在不断发展,并在探索其他星球,建设了殖民星球,成功解决了移民问题。

寻求新的边界,继续冒险的旅程,这比任何事都更让人愉快期待。

在凯瑟琳还是宇宙军教官的时候,赫尔是她的学生。当时,她在开发局任职,同时被派往军队,教授基础知识。

赫尔是一个出类拔萃的优秀学生。他头脑聪明思维清晰,运动神经也很发达,理解能力和运用能力同样高人一等。而且他为人风趣幽默,开朗活泼,是个几乎完美无缺、前途似锦的候补干部。但他在毕业之后没过几年就遭遇了退役的厄运。他受到了太阳耀斑的直接伤害,虽然得以保全性命,但视力和内脏都遭受重创。

凯瑟琳听说，是在援救移民飞船的时候不幸遭遇了一起突发事故。有非官方的流言称，这是伪装成移民飞船的恐怖分子策划的阴谋，但凯瑟琳从来没有当面问过赫尔这件事。

当这次空间站赴任的决定下来之后，第一个浮现在她脑海里的就是这个怀才不遇的优秀学生。

在凯瑟琳劝说他希望他能担任副司令官一职的时候，赫尔有些犹豫。

"我得问问和我住在一起的那家伙的意见。"

那时她以为赫尔说的是他妻子或是女朋友，于是便点头答应了。可当赫尔上任的时候，他带来了珠儿，凯瑟琳大吃一惊，其他的全体人员也都瞠目结舌。

现在大家早习惯了。

大概是在赫尔的悉心照料下成长起来的缘故，珠儿聪明懂事，很讨人喜欢。他对珠儿倾注了自己的爱意，就算旁人看见也会忍不住微笑起来。

"您叫我来是有什么事？"

"你知道旅行团的人马上就要来了吧？"

"当然，这可是空间站自修建以来的首次大规模活动。"

"确实如此。"

这是空间站首次向外部人员开放，自然成为了散播在全宇宙的地球人及其子孙们关注的大事。

"可能会有恐怖分子混进来。"

"原来如此。"

她没有打算委婉地告诉他这件事，但是赫尔依旧很平静。如果这样就沉不住气的话，是没有资格做副司令官的。

"确实是可预见的事。"

"一共有十五名中奖者,还有二十名乘务员。"

"哎哟,人挺多的。"

"他们乘坐的应该是豪华客轮。"

"是吗,我大部分时候可都只能坐单人机。"

"那是因为你坐的是战斗机吧。"

"也可以这么说。"

每次和赫尔说话,总渐渐忘了所谈的事有多重要或多危险。她还从来没有看过赫尔紧张或是兴奋的样子。

"他们会在两个星期之后到达,然后停留三天。在这期间,严格检查,每一个乘客都单独安排人去监视。如果这样都还被做手脚的话,事情就不好办了。明白了吧?"

"也就是说,您想要我和珠儿展开彻底的戒备。"

"没错。比起赫尔你来,我更相信珠儿。那孩子的直觉敏锐得惊人。"

这是她第一次说出自己诚实的感受。她曾坚信科学和知识,完全否定一切无法解释的现象,但这是来亚特兰蒂斯之前的事了。

在凯瑟琳遇到珠儿之后,她不得不改变自己一直都很顽固的世界观。

"那孩子很特别,赫尔。"

"我知道。毕竟我相当于她的父亲了。"

"是啊,她性格很好,也很聪明,真是个好孩子。在戒备这一点上,她比你更优秀。"

"您说得对。"

凯瑟琳很相信赫尔的能力。所以她想说服赫尔放弃在星际之间奔波的私家侦探工作。但是退役之后的赫尔,已经不再是学生时代那个循规蹈矩的老实孩子了。他许久都没接受副司令官的任命,让凯瑟琳意外地费了不少事。就连凯瑟琳也差一点想放弃了。

赫尔的"女儿"珠儿曾笑着说,赫尔算是知道自由是什么样子的了,这件事凯瑟琳到现在都还清楚地记得。所以她给珠儿打电话,仔仔细细分析了现在的情况。

她告诉珠儿,自由固然重要,但考虑到经济上的安定、社会地位、老年生活等问题,为了生活下去,多多少少忍受一下束缚也是有必要的。

说服珠儿之后,事情就变得轻松了。

赫尔确实是像字面意义上一样把珠儿当做掌上明"珠"。当珠儿说她想去亚特兰蒂斯看看之后,赫尔当天就给了凯瑟琳回复:"能雇佣我直到烦了为止吗?"

不知道赫尔的意思是"直到凯瑟琳受不了赫尔为止",还是"直到赫尔对这个工作彻底厌烦为止"。两种说法都通,但赫尔也没再另作解释了。

至少赫尔会一直待在这儿,直到亚特兰蒂斯驶上轨道。不管怎么说,其实他有很强的责任心。如果凯瑟琳遇到困难,他绝不会扔下自己的工作就离开。

"对了赫尔,我有东西要给你。这是包括中奖者和宇宙飞船上乘务员在内的所有人的名单。上面有他们的住址、姓名、年龄、出生地和经历等,大家的都各不相同,我想你会觉得有意思。因为亚空间通讯还不完善,一天只能使用三个小时。如果要查东西,也许会比较花时间。不过距离客人到来还有两个星期,多少能查出一些来。"

凯瑟琳把一张票和一大堆打印出来的纸递给他。虽然用一个小型芯片就能全部搞定,可赫尔就是喜欢纸。他一直宣称:在纸上打印出来的文字阅读起来会更加流畅。

"今后还要考虑经费的问题,所以不能打印太多了。这一次算是特例,明白吗?"

一不小心就用上过去还在当老师时的语气了,凯瑟琳无奈地笑笑,用手按住嘴角的皱纹。

"明白。感谢您的周到。"

赫尔微笑着接过那些资料。他转身打算离开,但像是想起了什么似的停下脚步,回过头来。

"教官,不,司令官。"

赫尔有时也会把凯瑟琳叫错。

"在别人面前要注意,不要叫错了。"

"是,司令官。"

赫尔笑起来。

"刚刚忘了说了。在下有一人生信条。"

"人生信条? 这和你的任务有什么关系?"

"大有关系。"

赫尔直直地站着,语气很严肃。一般来说,当他用这种口气说话的时候,就是要捣乱了。

"好吧,你说。"

凯瑟琳心里想着他到底会说什么,轻轻眯了眯眼睛。

"在下的座右铭就是——和平主义。"

"什么?"

"这是我的座右铭。所以就算有穷凶极恶的恐怖分子来到了亚特兰蒂斯,我也会把和平解决当做第一准则。"

"你可以走了。"

"遵命。"

赫尔啪的一下把脚后跟并在一起,很快转身走了出去。他离开后,凯瑟琳不由得揉了揉太阳穴。

不知道赫尔的话几分是真,几分是假?

她就这样困惑了足足十五分钟。

凯瑟琳开始认真地考虑,硬把赫尔拉来做副司令官究竟是不是一个正确的选择。

三

天尘·江孜泪眼婆娑,满心孤独。

从他登上这艘豪华的宇宙飞船起,已经过了三天。

卫生间和浴室都在自己房间里,屋里甚至还配有冰柜。想要的东西应有尽有。

就算足不出户也能过得舒适愉快。

一人一个房间。大概两室一厅那么宽,比天尘的公寓还要大。但他只是在第一天欣喜若狂而已。

在知道饮食是自动配送时,他心想终于可以很悠闲舒适地生活了,可这也只是一开始的想法。

第二天起他开始不安,第三天开始默默地觉得寂寞。

在这个狭小的密闭空间之内,有很多人共处。然而,他却见不到任何人,不能和任何人交谈,也不知道别人的姓名。

他原本心想,至少中奖者之间总该有个简单的自我介绍吧。

可似乎这艘宇宙飞船执行的是彻底尊重隐私和个人信息的方针。

当然,这确实是必要的,他可不想被别人问东问西。可虽然不想被其他人打探,他却想知道其他人的事。不对,准确来说其他十三个人跟他没有半毛钱关系。他只想知道一个人的名字。

那个个子高挑的美女。这是天尘自打出生以来第一次抱有好感的人。

他想知道她叫什么。如果能和她说上话，那该是多么美好的一件事啊。

他打开房间里配备的资料库，随便浏览起以前的视频。

一个科幻连续剧开始放映。讲述的是一群立志于解决提升瞬移的速度，以超过光速等难题的冒险者们的故事。

他很快就腻了。

对于天尘来说，不管是科学、科幻还是别的什么学问，总结起来一句话——都是过于复杂的东西。

他感兴趣的是人类最根本的生存的理由、生存的本能——这些都是已经被认为落后于时代的哲学——还有文学。

为什么人会活着？会死去？会爱？会恨？

无论是科学还是医疗技术都在发展，重返青春和延长寿命都成为了现实，对于不孕不育的治疗也取得了长足进步，即使不怀孕也能够拥有自己的孩子。

人类的克隆培养因为涉及伦理问题，所以一直被禁止，但相关违法行为却十分猖獗。一些有钱人会移植自己的克隆人身体内的器官，这种情况屡见不鲜，无人提出异议。

然而，无论技术怎样进步，伦理层面上的问题依然没有得到完全的解决。

当天尘的父母发现孩子患有神经过敏的疾病，即使是轻微的刺激也会造成巨大反应时，他们拼了老命想找到治疗的办法。

有人说这是心理上的毛病，所以天尘接受了催眠治疗，让催眠师来给自己暗示，但还是没有治好。

他认为，像自己这样的人，会对从远古以来一直萦绕于人类心中的哲学和文学问题感兴趣，是水到渠成命中注定的事。

天尘叹了一口气,倒在松软的床上。

这张床好像是被称为"无重力床"的最新款式。不知道到底是怎么个无重力法的,甚至连是构造上确有其事还是只是一个名称而已,他都无法分辨,不过这对他的生活毫无影响。

"她会叫什么名字呢?"

浮现在他脑海之中的是那个接待室里的美丽女子。虽然不是让人惊艳的容貌,但十个人里估计有五个都会承认是个美女。

简单说来,只是那个女子符合天尘的一切喜好而已。

他一直以为自己只能靠恋爱小说里的美女度过这一生。因为体质过于敏感,他连和别人有一点肢体上的接触都受不了。就算只是手和手轻轻碰在一起,他也会头疼呕吐。有一次被人拍了一下肩,他甚至差点就这么气绝身亡。

他走上小说写作的道路,也许就是希望有人能够理解这种痛楚。

他笔下的主人公全是身心受创的生物。人,狗,猫,蛇,还有未知的各种各样的宇宙生物。他们都忍受着痛苦,努力生存下去,探究自己为何而活,为何存在。

这样的故事当然没有市场。

他收到的来自粉丝的信也不过寥寥数封。只有唯一的一个热心粉丝,每次在他发表作品之后,都会送来自己认真的思考。

她在信里写道,自己是该上高中的年纪。既然是"该上"的年纪,那实际上她并没有在上学吧。

她总是为了天尘而流泪。每当读到天尘的小说,她会为主人公悲伤,会暗暗祈祷他们获得幸福。而且她还写道,希望以后天尘的笔下能出现幸福快乐的主人公。

幸福快乐?他曾经以为这是绝对不可能实现的美梦。

但现在,他坠入了爱河。

而且更让人难以置信的是,还是一见钟情。

该行动了。

天尘下定决心,站了起来。

如果自己的初恋能顺利进行下去的话——不对,不可能顺利的,总之现在先和她说上话就好——那他的下一篇小说里的主人公会比以前任何时候的都要幸福。

他站在镜子前面,沾水抚平那些因为睡姿太差而四处翘起的褐色头发,但它们立刻又雄赳赳气昂昂地翘了起来。

"不行啊。"

他以前都不怎么出门,当然不会在意自己睡觉的姿势,更不知道怎么才能让这些头发乖乖听话。

"还是别弄了吧。"

天尘磨磨蹭蹭足足纠结了五分钟,最后无奈地放弃了。他想,还是尽量不要白白浪费自己的体力。

然后他用想用冷水洗个脸,仔细一看,发现好像出来的是热水。

"算了吧。"

他不放心地检查了一下脸上,看有没有粘着眼屎。

苍白茫然的脸倒映在镜中,他的鼻子两侧有些浅浅的雀斑,眼睛是柔和的褐色。不变的还是一张看上去很神经质的脸。

"我以前什么时候好好看过自己的脸?"

说来他公寓的房间里有镜子吗?

他带上眼镜,模糊的视野变得清晰。以现在的治疗手段来说,眼镜已经没有存在的必要了,只要一个简单的治疗,近视和散光都能在瞬间治愈。所以眼镜已然成为古董。如果想要根据自己的视力配一副眼镜,需要相当大一笔钱。

但是天尘的体质绝对没办法撑过一个手术,估计会崩溃而死吧。他经受过两次非做不可的手术,当时真的是差点就没命了。因为这个原因,天尘的所有物中价格最高的,也许就是这副眼镜了。

"总之现在先出门,去走廊上散散步。碰见她的话就和她打个招呼,问她的名字。"

天尘下定决心,握着拳深呼吸一下。

"好疼好疼……"

他刚才用力吸了一口气,结果喉咙和肺都在疼。其实这也只是因为身体对一次性吸入过多空气产生了排斥反应,并不是真有哪里不舒服。

他中了彩票,坐上了宇宙飞船,还可以去空间站参观。就凭这些,他已经不在平常的世界里了。所以,拿出勇气,跨出这一步吧。

只有踏出这一步试试看。

不管是一见钟情还是别的一切,都是只出现在这场旅途中的奇迹。等他回去之后,以前的生活又会在原地等着他。

所以,只有趁现在抓紧机会。

他把皱巴巴的衬衫披在肩上,又重新系了一下胶底运动鞋的鞋带,然后站在门前。

"天尘·江孜。市民番号……"

在检测到声纹一致之后,房门悄无声息地左右打开。

天啦!

这到底是什么奇迹!

那个女孩,那个他暗恋的漂亮女孩正好从走廊上走过来。

冷……冷……冷……冷……冷静下来!

他又一次深呼吸。

咳……咳咳。

他太紧张了。

他一下子噎住了，就这么弯下腰去蜷缩成一团。

"喂，你没事吧？"

有些沙哑低沉的声音从头上传来。

"在接待室的时候你也咳嗽了是吧？要去医务室的话，我带你去。"

"那个，不用了，谢谢您的关……心……"

天尘抬起头，像是冻住了一样动都动不了。

因为那个正一脸担忧低头看着他的，就是将头发束到背后，个子高挑，让他一眼就迷上的大美女。

只不过……作为女性来说，她的声音是不是有点太沙哑了？而且还那么低沉。

"真没事儿？"

她的脸慢慢向天尘靠近。

"啊。"

他慌慌张张想要别过头去。

结果还是看见了让他后悔的一幕——那个美女脸上，有没剃干净的胡须。

"这样啊，你是因为紧张才咳嗽的啊。很苦恼吧。"一边说着话一边把盛着水的杯子递到他手上的，是那个让他误以为是美女的年轻人。

二十三岁，货真价实是个男人。

"我叫真宏。你呢？"

"天尘。"

"天尘啊，真的不用去医务室吗？"

"不用了，我一直都这样。反正也治不好的。"

"这怎么行，别放弃啊。你要有信念，向前看。我想在这艘宇宙飞船里探险,你要不要一起来？一直不出门活动活动的话,脚会退化,吃饭也不香的。"

微笑着的真宏果然是个美人。

想什么呢,他可是个男人！

天尘的双肩垮下来,眼里都是泪。

什么初恋,什么一见钟情,不过如此！

什么事实,什么人生,都只有残酷的一面罢了！

"我说,天尘,你看了房间里的电视了吗？"

"看了科幻和新闻。"

"你这过的什么日子啊,你不知有劲爆的色情电影?"

"啥？我没兴趣。"

"这怎么行？回房间之后一定要看看！据我判断,那可是够得上违禁处理的梦幻之作啊。"

"什么跟什么啊?"

"太厉害了,豪华宇宙飞船！连这种东西都有那么多,还这么富丽堂皇！我乱感动一把啊!"

天尘决定,不去细想真宏会在哪里,怎么表示自己的感动。

"我给你说,我实在是太无聊。我不知道我这叫个人主义还是什么的,可工作人员就丢下一句'你们自己想干吗就干吗,这儿的服务很周到什么都有',然后就让我们自己过自己的,简直就像是SM里面把人吊在那儿活受罪嘛。我可没有这个爱好。我想和人说话,我想和人交朋友。"

朋友？

这是天尘并不熟悉的一种存在。

"我说,能不能和我做个朋友？好不？不行吗?"

对着他笑嘻嘻的真宏实在是太可爱,太漂亮了。

"朋友"这个词听上去像是有魔法一样。

还没意识到的时候,天尘已经点了点头。

"太好了!来,作为我们友谊的见证,让我们比赛谁先跑到那个拐角的地方!"

"啥?"

那人才没空回答呢,真宏已经飞快地拔腿跑了出去。

不能在走廊上乱跑——这在天尘还是个孩子的时候就知道的。

"朋友嘛。"

虽然他的初恋以无比快的速度惨无人道地彻底破碎了,但他换来了另一个东西。

有生以来,天尘第一次有了朋友。

第四章　神官和巫女

雪华呼出的气息在空气中变成了耀眼的白色。冬天快到了，仅是身着薄衣，肌肤上就能够感觉到料峭的寒意。

她穿着按规定的步骤和手法用布匹巧妙卷成的衣裳。从左肩斜着向右胸伸展的布料质地稀疏，而且很薄。

她以前穿的布料质感更佳，品质上乘，但现在她因为被贬，便只能穿这样的布料做成的衣服。

她的双臂和脖子都露在衣服外面，在严寒酷暑的时候总是很难熬，但这样的痛苦正是修行的重要一环。

头上是和身上同样质感的布料。细长的布一圈一圈把自从出生就从未剪过的长发束起，发梢垂在脸的右侧，差不多快到齐肩处。

头发的长度和刘海的角度根据地位和身份有着严格的规定。在她被贬以前，她的头发高高束起，乌黑闪耀。但现在的她却显得如此寒碜，她也自知看上去很落魄。但是，这都是无可奈何的。

雪华慢慢走上塔内的阶梯，小口小口地吐出气。

一，二，三……

她有时候会弄不清楚，自己是在数气息的频率，还是在数阶梯的数量？自己究竟在干什么？自己究竟想干什么？

这时,雪华总是会想起她的姐姐,比她大十五岁的姐姐。

姐妹同时都被选为巫女并不是一件稀罕事。

真气的力量很容易遗传。在给婴儿划分等级之时,当然不是根据血统和家世来选择,但有时候确实会出现兄弟姐妹全都属于神权阶级或战士阶级的情况。

拥有这类血统的家族,依然会成为名门望族。

而雪华两姐妹不知道自己的父母是谁,也许属于战士阶级,当然说不定也属于劳动者阶级。但只有一点可以肯定,不可能是神权阶级。

神官和巫女都极度重视神圣性。对他们而言,婚姻意味着污秽,是对神灵的亵渎。

然而……

雪华又呼出一口气。白色的气体因为手中拿着的蜡烛的火光,一瞬间朦胧地亮了起来。

她姐姐却私奔了。姐姐明该知道这是何等的罪大恶极,是多么严重的背叛行为啊。

即使在巫女之中,雪华的姐姐也拥有特别强大的能力。听说,她本已被内定,成为这个国家一人之下万人之上的人。她本该成为神的妻子,和神官一起接受神谕,起到连接王和神的桥梁作用。但她却成了堕落的巫女,成了被唾弃的、不祥的存在。

姐姐已经不在这儿了,无人知晓她的行踪。

不自觉地,雪华不停地叹着气。

不知不觉中,她走到了塔的顶层。这座塔就算在白天,内部也是一片昏暗,基本没有光线射进来。顺着漫长的螺旋阶梯往上走,尽头就是一个小小的房间。

雪华的工作就是每天两次,把食物送到这里来。

因为姐姐的私奔,雪华被贬至倒数第二的位置。

石制的门被从外面封印着，无法打开。

她把饭菜推进一个小小的窗口，过一会儿会有用餐过后留下的餐具被推出来。

什么也不能说，什么也不能问。

她遵守这个规矩，一直持续了五年。

但今天总有点什么不一样。

也许是因为她一直在想她姐姐的事；也许是因为在踏进塔之前看见的，高挂在天空的双月实在太过美丽。她不知道理由。

但雪华悄悄地开口问道："你是谁？为什么会在这里？"

回答她的是黑暗和沉默。

收拾好餐具，雪华转过身。

她还必须再顺着那条单调的螺旋阶梯走下去。

在她踏出第一步的时候，一个平静温和的声音在她背后响起。

"我，被称为——王。"

雪华惊得停下脚步，她转过头，真真切切地感觉到像是有谁在那扇门的后面静静地微笑。

"温柔的女子。我很喜欢你。"

扑通。

雪华的心脏怦然作响。

一

在桃花这颗星球上，一天有二十五个小时。

在离它很近的地方，是小小的殖民星球——昆仑。

昆仑总是同一个方向朝着桃花，看上去就像总是静止的一样。所以昆仑有一半永远是白天，另一半永远是黑夜。

在比昆仑更远的地方，有一颗被厚厚的云彩遮蔽，无法靠近的星球。

在过去，桃花的居民曾有好几次将龙舟派往那颗星球，但结果都没能抵达。那些厚厚的云彩似乎含有对龙舟有害的物质，好几只龙舟都在途中坠落，再也没有返航。

那颗被云彩遮蔽的星球名叫嫦娥。

在阳光之下，它五彩的光晕绵延开去，美轮美奂。

到了夜晚，它的光芒就会变得像是平静的大海一般闪烁摇曳。

昆仑和嫦娥，人们把它们叫做"双子之月"，大小迥异的"双子之月"。

"双子之月……"

雪华呢喃着，解开缠着头发的布条，黑色的长发哗地一下散落在她的背上。

昨晚一点也没睡着。

她其实没太意识到自己破坏了在塔中不言不问的大忌,而这个规矩是被明确要求必须遵守的。但是她实在太过震惊,以至于都忘了还有这个忌讳。

"怎么可能。"

她向着只有巫女能够触摸的圣泉走去,解开腰带,轻轻地脱下衣服。

雪华赤裸着身体,用脚碰了碰冰凉的泉水,一阵寒意袭来。

已经快要入冬,但巫女们只能在这个圣泉里清洗身体。

昨天她都被冷得一直在打寒战。但今天这种冰冷却让她心旷神怡。

她静静地滑进泉水里,让泉水漫过肩膀,然后用特定的修行方式让全身放松下来。

"我是不是做梦了?"

她的自言自语落下来,被吸进泉水里。波纹形成了优美的圆形,渐渐扩大,在水面泛起涟漪。

王。在塔里的那个人这么告诉她。

这不可能。雪华在心里否定了他的话。

王是位于这颗星球最顶端的人。她一直被教导:王就是神降临人间时的姿态。神官和巫女将话传递给王,再由王传递给神。或者神向王下达神谕,王再告诉神官和巫女。那是何等神圣而高贵的存在。

王在神殿的深处安静地生活着,每日斋戒沐浴,仅以清朗的自然之气为食。她一直接受的是这样的教育。

而连接王和一般人类的神权阶级是特权阶级,担任处理政事、统治社会的作用。

战士阶级代表"武",神权阶级代表"文"。他们各自发挥自己的优势,共同协作。

虽说如此，但事实上大权在握的还是神权阶级。

一旦遇到什么事情，神职者就会立刻向神灵请示，依靠神谕来控制这个社会。

战士阶级并没有仅凭自己的意志来行动的权力，必须事先获得神灵的许可。

正因如此，出于对神权阶级过于独揽大权的担忧，神权阶级中有着相当细致的阶级制度，以此为凭分担各自的职务。

神官和巫女大体上分为两类，一类是纯粹侍奉神灵的神职者，另一类是通过合议制参与政事的人。雪华的姐姐属于纯粹的神职者。所以对这类人的神圣性有着更苛刻的要求，他们必须拥有毫无一丝杂质的身心，身体上不能有任何疾病和伤痕。

为了让他们连一根头发都没有污垢，他们会在极度细心的照料之下成长起来；而为了让他们的灵魂保持纯洁，他们也会在特殊的环境下接受教育，就连食物都要再三甄别之后才能入口。

就算在这样的环境下长大，突然有一天，姐姐还是不知所终了。

虽然这个社会当中基本上不重视血缘关系，但雪华还是得知了姐姐的事情。她那时正以自己的姐姐为榜样，私底下进行着艰苦的修行。但现在，她不得不成了一个下级巫女，忍受着屈辱。

她的姐姐犯了大罪。这事看来和雪华并无干系，但事实上却并非如此。

因为两姐妹的气质实在是惊人的相似。有人得出结论，雪华拥有和她姐姐一样成为污秽之人的气质。

她已无回天之力。

一旦成了最下级的神官或巫女，就再也没有出头之日。

雪华不知道最下层的神官和巫女有什么职责，那是只有身处最下级的人和上层人物才知道的事。她也不想了解。

幸运的是雪华只被贬到倒数第二的位置上而已。

如果从现在起勤加修炼多加努力,还是有可能升级的,虽然只是理论上而已。

冰凉的泉水让雪华混乱的思维清晰起来。

昨晚的对话不是梦,但也并不值得相信。

也许那是个咎人。

在神权阶级当中,有非常稀少的丧失了和神灵进行意识交流的能力的人。这些人被称为"咎人",他们用自己的身体背负整个世界的苦难,代替所有的人承受他们的痛苦。

咎人是谁都不能接触的。

因为他们把伤害和罪恶转移到自己身上,净化世界的存在。如果和咎人有了接触,自己也会背负上罪恶。

只有很少一部分的神官和巫女知道咎人们居住在哪里,而像雪华这样的下级巫女当然对此一无所知。

入口被封印住的永恒的牢笼,那座塔。

一座塔里只幽禁着一个人,而且出入口还被完全封死了,这一定是因为那个人是咎人的缘故。

当咎人的生命终止之时,世界的罪恶也会得到相应程度的净化。

咎人必须是自然死亡。如果咎人死于意外事故或是被人为杀害,那么费尽千辛万苦才封印在体内的罪恶就又会跑出来肆掠。

那个人一定就是——

——咎人。也许他是因为无法承受这样沉重的心理负担,所以就把自己幻想成了王。

"天啦。"

雪华捂住因为寒冷而变得苍白的嘴唇,全身颤抖起来。

"我和他说……说话了。"

117

如果他真的是咎人的话,和他交谈过的雪华也背负上了罪孽。

她被玷污了。

已经当不成巫女了,不仅如此,她还会被关在某个地方,直到死亡。

"不要。"

她一直单纯地相信自己作为巫女的地位和职责——她出生之前就注定好的命运,还有她从神灵那里接受的使命。与权力抗争的心态,她一点都没有。但她还是忍不住。

"不要。"

一开始她的声音轻得连自己都听不见。

第二次她的声音更清晰了。

雪华没有隐藏自己的声音,她低声呢喃着。

"不要,我不要。"

然后,雪华低头看向倒映在水中的天空。

住在塔里的那个人,雪华突然想到,他又何尝想要这样的命运?

这是雪华有生以来第一次感到困惑。

正在加工摇钱树的神官延珠忍住了他今天的第二个哈欠。

他虽说是个神官,但从事的都是跟神与王没有直接关系的工作。

但也不是在社会上服务的侍奉之职。

他从小就和书籍做伴。作为神官,他处于下级神官的低位,但他觉得现在史记官的工作比什么都更适合他。

史记官主要有三个职责:一是记录现在正在发生的事件;二是调查市面上流传的文章,决定是否予以禁止发行的处分;三是对以前的古书进行整理和分类。

延珠毛遂自荐,很开心地接下了没有人愿意负责的古文书整理工作。

最近开始整理的是被称为《大移民时代》——从故乡所在的星球到桃花的大迁徙——的旅行记录。

只不过,有时无论如何都会犯困。

为了打起精神,他会去保养摇钱树,而这也成为了每日的必修课。

摇钱树的枝和干是珍珠,叶子由黄金制作而成。

传说中,摇钱树是能汇聚财富的宝物,但事实上,它只不过是具备考古学意义的文物而已——这是先祖装在龙舟里带过来的仿制品。他们相信摇钱树能带来好运,哪怕仅仅是仿制品。而原物,则听说是由于太大,不易携带而留在故乡了。

不过,在先祖们带来的东西中,确实有好几件小巧的真品——一种以极薄的金箔制成的圆盘,上面刻有盘旋的飞鸟,那是先祖们祭祀用的神器。这种圆盘虽精巧,延珠颇有兴趣,但因为是少有的珍品,所以储藏在深处的密室里,就连延珠想接触也要大费一番周折。故至今为止他也没见过几次。

"呜啊……"

他咽下了今天的第三个哈欠。

打哈欠是因为精神松懈的缘故。所以作为神和人的中介的神官,连打哈欠都是不被允许的。

可是困就是困。肚子饿了就会想要吃东西,既然是活生生的人,也会有性欲。

能够真正从所有欲望中解放出来,成为没有一丝杂质的纯洁生灵的人,实在是少之又少吧。延珠默默地想到。

至少自己作为一个神官是不够格的。

作为神权阶级职务之一的医师或者药师其实是很适合延珠的。他也受过这样的训练。但却在面对毫无防备的治疗对象时,身体有了反应,于是只有在闯祸之前就辞去这个工作。

"为什么我要是个神官啊。"他对着摇钱树说。

"我也有同感。"

"哎呀,这不是密探吗。"

"我都说过了,别这么叫我。"

一脸不悦走进来的是和他同年进入神职界的巫女,以倾听他人烦恼为职责的蓝玉。

虽然她不管是从说话的口气还是外表看来都像个男人,其实却是个女人。不过,见过她的人大概都以为她是神官吧。

"我让你查的事怎么样了?"

"嗯,果然先祖的社会正如传言一般,是个等级森严的社会。"

"我是说之前的事。"

"神话?"

"对啊。我不是说过吗,想知道关于神话的事情?"

"你对我们所了解的神话已经不满足了。"

"没错。"

抬头看着比自己还要整整高一个头的蓝玉,延珠不由得想:她真漂亮。

她的神色严峻,一举一动都缺乏女人味。

她除了有倾听人们的烦恼的职责,同时还是个搜索反社会分子的密探。

蓝玉经常无法忍受自己矛盾的职责。

延珠心里清楚,其实蓝玉比谁都温柔善良。

"神话,和反社会分子有什么关系?"

"别这么慢吞吞地拖着声音说话,延珠。听得我都不耐烦了。"

"怎么办啊? 你试试让我闭嘴?"

眼尾上吊的细长眼眸闭成了一条线,一笑起来延珠的眼睛就像猫一样。

"啧！你，干吗?!"

"知道了。你又要说我们是神权阶级是吧。"

蓝玉像是困惑不解一样地站在那儿，延珠飞快地舔了一下她的嘴唇。

"所以，我一直都在说，早点把神官巫女什么的给辞了，咱们一起去昆仑。"

他把蓝玉推倒在床上，把脸埋进她的秀发里。她的头发有嫩叶的清香。

"我们两个人，早就是仝人了。"

"还……还不行。"

"嗯?"

"还……不能去……昆仑。"

蓝玉泫然欲泣。

延珠的双手悄悄绕过她的后背。

"这样啊，其实像现在这样，刺激的感觉也挺好。"

"你啊……"

"听我说，我不会对你做坏事的。你能不能叫我的名字? 别叫我'你'。如果你听我的话，我今天就放过你。"

巧笑嫣然的蓝玉把自己的唇凑上延珠的唇。

"那我偏不叫你的名字。"

"嗯?"

"这样你就会对我做坏事了吧?"

延珠一下睁开眼，然后笑了起来。

"这个，我很乐意效劳。"

余光看了看资料室的门，确定是锁好了之后，延珠就开始全身心投入到他身为神官不被允许的行为中去了。

二

神官和巫女,都已经腐朽了。也不知是从何时起,蓝玉开始这么认为。为此她被狂信的巫女长安上了不敬的罪名,遭受了鞭打的惩罚。

比起安安静静地祈祷、侍奉神灵这样的生活,她更憧憬战士阶级风驰电掣的日子。但作为巫女来说,她的个子有些太大了。

楚楚可怜,弱柳扶风,气质高贵,容貌美丽,这是巫女的重要标志。

选择巫女不仅仅是看真气的力量,还要看这个婴儿的长相。

她从小就一直觉得自己是被选错了。她也没有怎么特别锻炼过身体,结果个子不停地长,手和腿也越来越长,最后就变成了一个肌肉结实的大个子女人。

嘴和鼻子都挺大的,可眼睛却很细长。个子又大长得又不娇美,怎么看都看不出是个巫女。

她经常被人当面骂,说她长了一张劳动阶级的脸,一点气质都没有。

就在她每天疲于应付这些的时候,她遇到了延珠。

个子矮矮的,又瘦又小,看上去只是个少年的延珠却是和蓝玉年纪一样大的神官。

他那时正在进行成为医师和药师的训练。

蓝玉被巫女长鞭笞得浑身是伤,只能自己忍着。延珠偷偷地帮她疗伤,于是他们便相遇了。

"你很漂亮,她们是在嫉妒你。"

她以为这只是一个不入流的玩笑。但她想错了,延珠说的是真心话。

"咱们一起逃吧。"

延珠对她说了好多次。

他认真地劝说蓝玉,再这么下去的话两个人要不然是被杀,要不然就是作为咎人被监禁起来。

听他这么说,蓝玉心里很高兴。

神官和巫女该做的是爱戴神灵,怜悯百姓,他们不能拥有自己个人的情爱。

有爱,就是罪孽。

会爱,就是污秽之身。

一旦被定罪成污秽之人,要不就是变成咎人被监禁起来,直到老死,要不就是在动力不足的情况下作为动力源被使用。

即使知道这些,延珠还是为蓝玉着想,所以她才会欣喜。

"神这种东西,我既感觉不到,也没见过。在我眼前的蓝玉,才是最重要的。我不知道这招谁惹谁了? 怎么就不可以?"

蓝玉很高兴,但同时也很害怕。

光凭延珠的想法,就已经可以将他定罪了——一旦暴露,他毫无疑问会变成咎人受到惩罚——就连蓝玉这种高兴的心情,都是被禁止的。

蓝玉困惑,烦恼,苦闷。

最后,她选择离开延珠。为了不和延珠碰面,蓝玉自荐去外面完成任务——这被称为"侍奉之职",由处于神权阶级低层的神职者去完成——去平民社会中,倾听民众的烦恼,向他们宣扬对神灵的信仰和敬畏;同时,如果出现了反社会分子,就要向上层汇报,视情况还会派遣战士们出去。

蓝玉原本是一心为了从神职者圈子这个令人喘不过气的环境中逃出去,才选择了侍奉之职,但很快她便感觉到了另一种痛苦。她在教导民众的同时,又必须化身成密探去告密。

无法相信任何人,也不能够相信任何人,丝毫的粗心大意都不被允许。

已经有好几个参与了侍奉之职的神职者被杀或者下落不明,据说是愈演愈烈的反社会运动造成的。传言称,这还和殖民星球昆仑有关。

蓝玉从来不认为这个社会是绝对正确的——一个人们互相怀疑、互相告密的社会怎么可能是良性的? 这个社会在生病,在流脓,像是烂熟的果实,只等着腐烂凋落。

她持续不断地自问自答。

对劳动者阶级的榨取掠夺,还有从未见过的土龙阶级,许许多多的事都让蓝玉痛苦、烦闷。

她不知道自己该怎么办,等她反应过来的时候,已经站在了资料室的门前。

她听人说起延珠在不久前搬来这里以便完成工作。

她只想见见他,看看他那张快乐悠闲的脸。

本来只是这样打算的而已。

想到这儿,蓝玉的脸猛地一下红了。

从那天起,他们俩就成了负罪之人,成了咎人。

蓝玉的心中还有一丝悔恨,但延珠笑着吻她。

"别郁闷了,这是作为生物理所当然的追求。人都想和自己珍惜的人组成家庭,留下子孙。"

是这样吗,是理所当然的追求吗?

蓝玉还不知道答案,她给不出答案。但是,一看到延珠的脸,她便安心了。

无法和延珠见面的日子越是漫长,她的心就越痛,越想流泪。可一旦见面了,却还是想哭。

因为觉得不好意思,所以她就没告诉延珠。

她一边想一边走,不自觉地已经走出了神权阶级居住的领地。

虽然有马或者驴一类的坐骑,但蓝玉还是喜欢步行。

每一个阶层都有不同的居住领地,除非有万不得已的事件,就不能踏入其他阶层的领地,因为这可能导致社会混乱。

蓝玉在无意识之间好像解除了好几个真气形成的结界,然后走了出去。她用的独特解法,可以消除真气的结界。即使她把这个方法教给延珠,他也无法使用,而只会被当做逃跑之人,立刻被发现,然后被捕。

他到底打算怎么去昆仑?

自由之地——昆仑,已经成了延珠的口头禅。

听说那里的居民有九成都是土龙。

在那里,就可以抛弃神官和巫女这些束缚人的身份;可以和土龙一起,冲着充斥在这个等级森严的社会里的矛盾叫嚣呐喊。

延珠一直这样坚信。

蓝玉却总是回答他,现实没那么简单。

一直生活在神权阶级世界中的延珠大概永远无法理解这是为什么。但对于曾经与战士阶级和劳动者阶级有过接触的蓝玉来说,无论是人还是社会都复杂而奇妙,十分不可思议,充满了不信任、恶意和欺骗。

"雪华。"

在神权阶级和战士阶级的领地之间,绵延着一片沙漠,沙漠之中有星星点点的泉水和绿洲,那里面建有一座塔。

蓝玉想,那应该就是囚禁咎人的地方——不为下级的神官和巫女所知的一个秘密之所。

她远远地看见雪华倚在泉边冥想的姿态。四周都是用真气拉起的结界,所以雪华不能从那里离开。

这就像是个牢笼一样,蓝玉心里想着,轻轻呼出一口气。

在蓝玉看来,雪华就是个典型的巫女。她娇弱清秀美丽温顺,虔诚地侍奉神灵,不抱有一丝不敬和疑问,忠于自己的职责。她应该在不久之后就会升级成上级巫女吧。

为了向雪华致意,蓝玉稍稍地释放出一些真气。

雪华很快就察觉到了,将一股柔和安定的真气波动返回到蓝玉这儿。

根据规定,在塔里侍奉的巫女不得进行交谈。她们能做的只能是在擦身而过的时候,互相交流真气,来简单告诉对方自己的存在而已。

这被称为"沉默修行"。

之所以有这样的规定,据说是因为沉默和单纯的劳动最适合锻炼一个人的精神。耐不住这样的清修而失控,几度遭受鞭刑,还被关入地牢的,不只是蓝玉一个人。而这些巫女的下场大都是变成了咎人,从此人间蒸发。

蓝玉之所以能幸存下来,是因为她运气好,赶上了外出进行任务的机会。这也多亏了延珠。

蓝玉走过了雪华所在的领域。一片巨大的黑影笼罩在雪华和蓝玉之上,很快又消失了。

她抬起头,只见一艘龙舟正离去。

龙舟,以生命力作为动力源的生物体飞船。传说之中,先祖在逃离故土之星时,就是乘坐龙舟开始星际漫游的。

关于这段故事，延珠非常熟悉。因为蓝玉最喜欢的，就是神话。

古文书之中的记录和口口相传的神话，总是似是而非。

她很在意这其中的差异，总是会想：究竟哪一种才是真相。

对于延珠来说，古书中的记录就是事实，它们几经变化，成为了神话和传说，同时也是人们所相信的历史。

故土之星。

传说中，那里有浩瀚的水域和绿野，广袤的大地，还有植物动物，以及不同种族的人类。发源于大河之畔的祖先们，以王为顶点、以神权阶级为中心兴盛起来。

但祖先们最初并不是诞生于故土之星。

他们源于一种背上生有双翼，脸上覆有青铜面具的不可思议的人类。这些人的指尖放着火，伴随着轰鸣声从天而降，然后留下了两对夫妇后便离开了——这两对夫妇就是王和神权阶级的祖先。

战士阶级以下，都是这个地方的原住民。这一族人当时尚未知晓文字，也不会使用火种，只是生活在洞穴之中，以母亲为中心，由女性掌管所有的事情。

覆盖青色面具的两对夫妇教会了他们使用火，使用文字，信仰神灵，以及构成社会。

历史从此开始。

身为神权阶级所能了解到的，也就只是这个程度而已。延珠知道得还要更详细一些。

他最感兴趣的是：那些最初传播火的用法和文字的人究竟来自哪里？古文书中没有明确记载这些人从天而降的时候，他们使用的是什么样的移动工具？

蓝玉想的是，照一般情况想来，他们乘坐的应该都是龙舟，然后给当地的原住民留下了几只。恐怕绝大多数人都是这么认为的。

她有时会弄不明白延珠的想法。

这是因为他太过聪明,有时会陷入一些出人意料的空想之中。

她感觉到人的气息。

已经到了战士阶级的领地。守卫的战士们站在那里,他们已经认识蓝玉了。

"又要回去?"

"是的。汇报完了嘛。"

"虽然你是负责劳动者阶级的,但咱们这儿也经常会有负责战士阶级的神官来。会做这种工作的巫女还真是少见。"

"奉献的精神无论是神官还是巫女都是一样的。"

"如果冒犯你了的话,我给你道歉。"

"我并没觉得有所冒犯,不用在意。"

之后就简单地用真气对蓝玉进行了一下检查,确认一下是不是本人。

行者很快就来了。

从这里进入劳动阶级的世界需要一个瞬移。在战士阶级的领地之内也有诸多机密。

文武独立是社会安定的基石。为了防止相互泄露情报,都要严格遵守未经允许不得踏入的准则。

"开始瞬移了。"

她被行者释放的真气包围起来,看不见周围的景象。

耳朵深处响起高亢的,生理上难以承受的响声,她感到头晕和呕吐感。不管瞬移了多少次,她都无法适应。

蓝玉死死咬着牙,心想如果是延珠的话估计早就晕倒了。

"到了。"

面前是一片沙漠。穿过这片沙漠，就是劳动者阶级的领域。

"谢了。"

"不用谢。"

蓝玉像往常一样结束了简短的交谈之后，转身欲走，一个男人突然用力抓住她的手腕。

"怎么了？"

是那个连名字都不知道，只是面熟的行者。他是个战士，而且还很年轻。有时，他的气会乱掉，从这一点来说，他也许算不上是个优秀的战士。

"我该怎么办？"

"什么怎么办？如果有烦恼的话，去对负责战士阶级的神官说，我负责的是劳动者阶级。"

"不是这样的。"

"我不知道你想说什么，但你先把手放开。"

"我好像喜欢上你了。"

"什么？"

不知不觉中，她的气乱了。

听到这句出人意料之外的告白，蓝玉默默地抬头看着对方的脸。

"我该怎么办？你是个巫女，做不了我的妻子。"

"既然你知道，那就什么都不用说了。忘了吧。"

她挣开他的手。不知道是不是因为他刚才用力握着的缘故，她的手腕上残留着微微的疼痛。

这是延珠不曾拥有的强劲有力。

"对不起。但是我想让你知道我的心情。"

男人的话里藏着真情实意。她的眼前浮现出延珠上扬的双眼。

"没事。"

蓝玉转身离开，走了几步她停下来转过头。

"我还没有问过你的名字呢。"

本来快要哭出来的男人突然笑了，露出略带稚气的笑容。

"赵健。"

"我记住了。"

蓝玉举起一只手稍稍挥了挥，又转身向前走去。

下次还会不会在瞬移的时候见到他呢？

如果把赵健的事告诉延珠，他会不会吃醋呢？

总觉得有点害羞似的，蓝玉缩了缩脖子，偷偷笑了出来。

她想见延珠。

明明不久前才分开而已，可她就是想见延珠。

为什么她会这么喜欢延珠呢？真是不可思议。

三

"京京,我来了。"

出现在蓝玉面前的这座房子千疮百孔,杂草丛生,看上去一派凋敝的景象。

任谁都不会想到,这里曾经生活着一个清贫但却温馨的家庭。而如今,生命和爱情早已了无踪迹。

以前蓝玉曾经问过,从事农业是不是很辛苦,但京京安静地微笑着回答道:"食物是生命之源。这个职责比其他所有的工作都让我们觉得更自豪。"

蓝玉曾经暂时借住在京京家,她家从事的是农业,她丈夫自然也是个农夫。

一般来讲,同一个阶级,最好还是同样职业的人组成家庭是最好不过的。但是,京京在生孩子的时候大出血而死。孩子也没能保住。她的丈夫勇勇在葬礼之后,就行踪不明。

社会对劳动者阶级的基本要求就是居住在规定的地方,从事规定的工作,过着规定的生活。

因此勇勇被冠上私自出走的罪名,成了通缉犯。

蓝玉轻轻地把花束放在空荡荡的房间中,凝视着已经一片荒芜的农田。

听说京京之所以会死，是因为医师没能及时赶到。

京京的分娩原本就被认为是很危险的，因为腹中的孩子是个逆产儿。

勇勇拼命四处找寻医师和药师，但所有的医师都抽不出空前来。

劳动者阶级中的医师和药师所占的比例微乎其微，平均一百人里不足一个。

他们所在片区的医师出诊去了，勇勇就只好去别的片区，但那个区域的医师也出诊了，他便只能去更远的地方。

就这样用了半天来回奔走，等他终于找到医师赶回去的时候，京京已经断气了。勇勇在葬礼上，喃喃地对蓝玉说："神权阶级和战士阶级里有数不胜数的医师对吧？"

"数不胜数……倒也没有那么多。恐怕战士阶级里是最多的。"

听到蓝玉吞吞吐吐地这么说，勇勇递给她一块小石头。

那块石头发出彩虹色的光亮，那是为了保佑平安生产，蓝玉送给京京的。

"对不起，没帮上忙。"

"你是我老婆的朋友。我老婆总是说，在巫女里也是有像你这样的人的。她死之前说要把这块石头给你。我不知道她是想还给你，还是说……"

她从没问过他当时没接着说下去的话是什么。

当天晚上，担心勇勇的蓝玉来到他家，却只看到空无一人的房子。

她怕勇勇会自杀，四处搜寻之后，得出结论是他逃走了。

就在她犹豫要不要向上层汇报的时候，负责相邻片区的神官把这件事报了上去。

她并没有把上司的责骂放在心上，而是以一个朋友的身份，担心勇勇的安危。

他会不会做傻事？如果他真要做什么的话，一定要拦住他。但是，从那之后过了两年，她依然不知道勇勇的行踪。她听到的只是激进的反社会运动的传闻。

当她在反社会分子中看到勇勇的名字时，她心中冒出的词语是"果然如此"。

"京京，如果你在的话，肯定会明白吧。我该怎么办？"

由阶级关系产生的歧视，还有痛苦和悲伤，都历历在目。

也许确实正如延珠所说，这个社会需要被从根基上颠覆，重新来过。但是在这个过程中，将会有无穷的痛苦相伴，血流成河。

她只是想避免这样的惨状出现而已。

蓝玉叹了口气，苦笑起来。最近她净在叹气了。

"打起精神来！"

她深深地呼吸，把大地之气吸入体内，却察觉到一点异样。

"怎么回事？"

她用真气周游全身，想找到异样的源头，却还是没弄明白。

"是我想多了么？"

蓝玉一头雾水，走了出去，打算回到城市的中心，继续观察人们。

延珠的脸浮现在她眼前。蓝玉遮着嘴角，露出轻轻的笑意。

今天不知怎么总是想起延珠。

下次见到他，把这件事也告诉他吧。

这么说来，她还一次都没对延珠说过。蓝玉这么想着，抬头望向天空。

下次见面的时候，一定要告诉延珠。

告诉他，她珍惜他，爱他，超过一切人一切事物。

远处,龙舟在飞翔。

猛地吸进资料室里飞扬的灰尘,延珠狠狠地咳嗽起来。这就是他刚刚打算把藏在书架最里面的几册书掏出来的结果。

脏污泛黄的纸已经十分干燥,多处都已破损。

"修补这些书可真辛苦。"

话虽如此,他心里其实很愉快。只要和书籍有关,无论什么工作他都不会觉得艰辛。不过这事若是换蓝玉来做,应该会抱怨"麻烦死了"吧。

这就是妻子吗?

结婚当然不必说,就连恋爱都是严格禁止的。但是在延珠心中,蓝玉早就已经是他的妻子,且是他的挚爱。

她的可爱之处在很容易害羞,说话不会讨人喜欢,性格也很直。

可爱在总是很在意自己个子太高。

可爱在性格坚强而又内心温柔善良。

可爱在手和腿都长长的。

总结起来,就是蓝玉的一切都很可爱。

他想去一个能和蓝玉真正成为夫妇一起生活的地方。延珠觉得,那个地方只能是昆仑。

虽然蓝玉半信半疑,但延珠一直坚信昆仑是片乐土。那里没有神权阶级也没有战士阶级,在一个只有土龙的世界里,不是什么歧视都没有吗?

"嗯?"

他的气乱了。有人在接近资料室。从对方真气的感觉来看,是高位的神官和巫女,除此之外⋯⋯

"这可真是麻烦了。"

还有战士阶级的人同行。

"是被别人知道了么。"

延珠心里盘算着:是不是会被当做歹人抓起来?但从对方的真气中又感觉不到杀气和敌意。

"好吧,看看情况再说。"

他老老实实一手拿着书坐在椅子上。片刻后,有人敲了敲门,推门走了进来。

"请问各位有何贵干?"

和他先前推测的一样,面前是三个人,神官,巫女,战士。

"延珠,你有新的任务了。"

"是什么?"

"你和蓝玉走得挺近的,对吧?"巫女长开口说道。那个总是嫌弃、欺负蓝玉的人便是她。

延珠没有露出什么特别的表情,只是侧着头像是在思索一样。

"这个怎么说呢,我们好歹也是同年进入神职界。她说对神话很感兴趣,所以经常来找我给她讲故事。"

"原来如此。"

神官副长和巫女长互相看了看。

延珠的胸口突然冷下来,他感觉到一种像是被冻住了一样的恐惧。

"蓝玉她怎么了?"

他表面装作十分平静的样子,却暗暗地攥紧了拳头,汗缓缓地流过全身。

"她死了。"

战士简短地回答道。

"她被反社会运动的爆炸袭击了。准确点说,是为了保护平民孩子,受了重伤,不治身亡。"

"你在说谎……"

延珠呢喃着。

他们上午才分别的,那时蓝玉看上去还那么鲜活美丽。

"还有一件很难启齿的事。"巫女长有些犹豫地开口说道。

延珠仰起头。

神官次长接着巫女长的话说下去。

"蓝玉怀了一个孩子。这太可怕了!"

"你是说……她怀孕了?"

看着脸色苍白的延珠,巫女长像是在说"我很明白的你的心情"一样点了点头。

"多么严重的事情! 她已经是咎人了。"

"咎……"

延珠木然地重复着。

两人相爱,上天赐予他们一个孩子,这是罪吗?

"在她死之前,虽然严刑逼问她对方是谁,是哪个阶级的人,但她没有吐露只言片语。"

战士用冷淡的口吻轻蔑地说,厌恶咎人的态度溢于言表。

"就我们猜想,对方会不会是劳动者阶级的人。如果真是这样,那她也许是遭受了强暴,毕竟叛乱的人对于神权阶级的反抗是不争的事实。我们在想:蓝玉是不是成了反社会分子的牺牲品?"

"巫女被派往劳动者阶级从事侍奉之职的情况原本就很少有,就是因为害怕会出现这样的事故。"

神官次长接着战士的话说下去。

"但是巫女长还是同意了派蓝玉去。"

延珠终于打断了还想再说些什么的神官次长,只说了这一句话。

"因为她既没气质又长得不好看,就算被派往劳动者阶级,我

136

确信她也不会被当做女性遭受这样的袭击。"

延珠沉默地注视着巫女长端庄的脸庞。

"但是,经此一事之后我算是明白了。对于那些令人厌恶的野蛮人来说,外表和气质都没有关系,只要是个巫女,什么样的都可能成为目标。"

"正是如此。我们决定商量一下,应该赶快采取对策才是。"

战士用严厉的目光直视延珠。

"我们决定让身为蓝玉友人的你,代替她去同一个区域进行侍奉之职。希望你能找出犯人,向我们汇报。你一定可以为你朋友报仇的。这样的悲剧不能再发生第二次了。你说对吧?"

"延珠,这不是长时间的派遣工作。你找出犯人之后就可以回到这儿,想怎么整理书籍、怎么读书都可以。"

"蓝玉很适合去倾听那些卑贱灵魂的倾诉。听说她和劳动者阶级的人非常亲密。你作为她的朋友去接替她的工作,一定可以获得必要的信息的。"

有那么一段时间,延珠沉默着,视线在面前的三人脸上逡巡着。

他的脑中一片空白,完全无法理解他们说的是什么意思。

"延珠,这不是请求,是命令。"

神官次长伸出一只手。

"后天你就出发。我们准许你调查蓝玉的房间,看能不能找出什么线索。"

"此事保密,切勿告诉他人。"

看着三人离去,延珠的身体一下从椅子上滑落下来。

他的膝盖,他的腰,没有一点力气。

"她,死了?"

怎么可能,他喃喃地念着。

"她，怀孕了？"

怎么会这样，他碎碎地呢喃着。

那是他的孩子。

是他们爱情的结晶。

妻子和我的孩子。

他的双手覆在脸上。他以为自己会泪如泉涌。

然而，一滴泪都没有流下来。

为了不呜咽出声，他死死咬住自己的手指。

但是，既没有哭声，也没有绝望的呐喊。

死命咬住的手指上流下鲜血，他完全没有感觉到疼痛。

反社会运动的爆炸，保护孩子……这些话翻来覆去地回荡在延珠心里。

"确实是蓝玉的作风。"

他只能说出这一句话。

无论是舍生保护别人的孩子，还是被爆炸袭击，这都能让他感觉到蓝玉的风格。

然而他无法忘怀，无法原谅的是——

"在她死之前，虽然严刑逼问他对方是谁，是哪个阶级的人，但她没有吐露只言片语。"

那个战士刚才说的话。

到底是谁严刑逼问了身受重伤而且还有孕在身的蓝玉？

蓝玉真正的死因并不是爆炸，对吗？

不，确实是爆炸吗。

他完全无法思考？

他现在只明白一件事，那就是——蓝玉，已经不在了。

第五章　战士们

当被问到是否要去之时,她回答的是要去。

两个月的时间,他们待在一个小小的屋子里,但几乎没说什么话。

她腹部的内出血也基本上好了。但是尸和道都告诉她,要完全治愈是不可能的。这是由真气之力带来的伤害,所以并不是单纯的损伤。

听到这个消息之后,月华简单地回答了一声:"既然如此那就这样吧。"

比起完美无瑕的身体,带有一丝瑕疵的身体会让生物更加坚强。因为为了克服这个弱点,生物必须变得更为强大。

名叫道的黑龙,名叫尸的侠士,他们都告诉了月华和流水很多很多事情。

但是月华的心里没有产生一点共鸣,她想的只是早点回去。

她已经有两个月没有参加候补战士的训练,都不敢想象自己已经有多落后了。

她的唯一目标就是成为龙舟舵手。除此之外,月华一无所求。

身世上的问题本来并不会起到决定性的作用,因为每个人的命运都是由真气的力量来决定的。但是月华却是特殊的。

听说她的母亲是个咎人,而且还是堕落的巫女。

她本应该在出生之前就胎死腹中才对。

只是她被命运垂青,抑或是为命运所弃,直到出生都没有别人发现。

在她落地之时,被前来灭口的人发现。那人因为她天赋异禀的力量,给了她一条活路。

对于月华来说,成为位于战士阶级顶端的龙舟舵手,是她生存的目的,存在的意义,对自己能够活下去的证明。

"看来你心意已决,即使我们再怎么阻拦也没有用。"

尸苦笑着,拍了拍道的龙面。

"老头子,让老年人再奔波确实太对不起你了,但你能不能帮我送一下月华?"

"应该的。"

黑龙轻轻地把头放到地上,身体像是在空中蜿蜒一般,他把全身弯起来。

"上去吧,月华。"

"好。"

她轻巧地跃起,翻身坐在道的脖子上。她握着龙鳞,腿上用力,夹住龙巨大的身体。

她往下望去,看见那个孤零零的小屋。在狭窄的空地上,站着尸和流水。

流水一言不发地凝视着月华。

一瞬间,两人的视线正面相撞,交织在一起。

我们还会再见面吧。

流水的心声传达到月华那里。

那时我们就是对手。我会把你活捉回去。

是吗?

　　在被送到这个小屋之后的一个月当中,身体无法活动的两个人一直用真气来牵制对方。

　　最后,真气交汇在一起,变得能够聆听对方内心的话语。

　　现在他们仅仅凭着意志就能明白对方的感情。即使什么都不说,也能用心互相交流。

　　虽说如此,但流水终究是土龙,是被狩猎的那方;而月华还是战士,是狩猎的那方。

　　这一点不会改变。

　　永远不会。

　　月华。

　　第一次,流水唤了月华的名字。

　　在这之前,他都只叫她"女人"。

　　流水。

　　这也是月华第一次叫流水的名字。

　　仅此而已。

　　他们再也没说什么,也没有什么可以告诉对方的了。

　　"走吧。"

　　黑龙缓缓地移动起来,从天空,到大地,到人们居住的那个世界去。

　　狂风带来的压迫感袭满全身,月华不由得微微闭了闭眼睛。若不用力抓紧,很可能会从龙身上摔下去。

　　话说回来。

　　她回了一下头。小屋已经看不见了,眼前只有绵延万里的白云。

　　忘了给他道谢了。

　　她说的是把他们从坍塌的洞窟中救出来,为他们疗伤的尸。

　　然后,少年没有一丝表情的脸庞浮现在月华眼前,即使闭上眼睛,也还是久久不散。

一

具体的情况，她自己其实完全不了解。

就算硬要让她回答，她也没什么可说的。

在一个狭小的屋子里，月华不时看看师父严峻的表情和审问官冰凉的眼神。

"你两个月不曾联络，实在是太失态了。"

师父只说了这么一句话。

她把自己在一个神秘的地方疗伤，还被一个比她更强，称呼自己为"侠士"的男人软禁起来之事一五一十地说了出来。但见到黑龙、和土龙一起生活的事情，实在说不出口。

但她把能让别人知道的信息都说出来了。

月华实在是不理解，在她这么做了之后，为什么还是被当做罪犯一样对待。

"在劳动阶级里暗藏着反社会的运动。"审问官开口说道。

从这人的真气来看，似乎是战士阶级，但是又有神权阶级的感觉。

他的气非常复杂。

与此相对，她一点都感觉不到师父的真气。在成为一个一流的战士之后，就能做到让对方察觉不到一丝真气。

142

月华心想,这样看来,尸还是没有达到师父这样的境界。

尸确实能放出气势强大的真气,令月华和流水无法反抗,但他的气总是浮于外侧。

他的真气温暖、浩瀚、从容,像是绿荫覆盖的大山一般。

即使处于紧迫的情况之下,一想起尸和道,不知为何,月华紧张的情绪开始松弛下来。

她心里暗想,事到如今也没有别的办法了。

不管怎么说,月华没有选择的权利。除了候补战士这个阶级,她没有可以继续活下去的地方。

不知是怎么理解月华的反应的,师父点了点头。

"我没什么要问的了。下面就交给你了。如果她还能活着回来,就把她还给我。这一年的候补战士就只剩下月华和黄河两个人了。"

"这一学年还真是不景气。"像是在嘲笑一般,审问官的嘴角大力上扬起来。

月华心里觉得这人庸俗粗鲁,应该不会是神权阶级。

"月华,下次再见了。当然,前提是如果还能见面的话。"

前提是如果还能见面的话?这是什么意思?

她想追问一句,但在她开口之前师父的身影便消失了。

审问官缓步向月华走近。

"为了以防万一,我要把你绑起来。"

"以防万一?"

"现在我要开始审问。有些人即使没有反抗的打算,但也会在无意识之间有暴力的举动。所以要事先绑起来。"

"你不是说我们这一年学生不景气吗?难道你还怕像我这样的候补生?"

"别不满了,小姑娘。"

"真是失礼了。"

语毕,月华的全身就被弹出去,撞在后面的墙上。

虽然她在一瞬间启动了防御姿势,但还是没能完全抵消这次的撞击。她被呛住,不由得咳了出来。

"真是不错。普通人的话早就疼得动不了了。"

"听上去,你是……在……夸奖我,是吧。"

她勉强吐出一句话,感到腹中缓缓作痛。

"果然还是要把你绑起来。"

审问官刀锋一样锐利的眼眸里闪动着暗喜的光芒。

用真气凝炼而成的特殊绳索缠绕上月华的全身。她的双手绑在身后,双脚绑在椅子腿上,上半身像是没有一丝缝隙般地和椅背贴在一起一般,被紧紧地束缚着。

"如果是男人,我就让他这么站着不能动。不过你是女人,所以特别优待你,让你坐着好了。"

"我是不是该向你道个谢?"

"我倒是很想看看你能嘴硬到什么时候。"

月华从正面仔细观察了一下靠近自己的审问官。

黑色的衣服。修理得十分整齐的短发。细长锐利的双眸。残酷尖刻的嘴唇。能隐隐约约看见他的脖子上有一条很大的伤痕,他的衣襟立起,像是为了遮挡伤痕。他的手套和鞋都是黑色的,腰间别着不同于战士的武器。那是鞭子吗?

"你叫月华是吧?"

"是。"

"你在这两个月都做了什么?"

"我已经说过很多次了。我被一个自称侠士的男人软禁起来,接受他的治疗。"

"就这些?不可能只有这些。"

审问官猛然向后扯住她的头发,力气大得让她觉得头发都快从头皮上被扯掉了。

"那个侠士叫什么名字?"

"我忘了。我只听到过一次。"

她有种感觉,如果把尸的名字供出来,事态会变得更加严重。

审问官的脸一下凑了过来。

"侠士是男的,而你是个女人。"

"那又如何?"

"恐怕你已经丧失了作为一个候补战士的尊严了吧?"

"什么意思? 我不明白你在说什么。"

审问官的脸更近了,月华感到一股腥味扑面而来。

"你已经是他的女人了吧,那个侠士的女人?"

"你这是侮辱! 我要求你道歉!"

她没有移开视线,毫不动摇地直视着对方。

在这件事上,尸是非常绅士的。就连月华本人不太在意的事,他也总是会照顾到。

他没对她做任何令人感到羞耻的事,她也一直洁身自好。

"我问你,他有没有对你做这种事?"

话音刚落,审问官的舌头开始又滑又腻地舔月华的脸颊。

她想别开脸,可头发被死死攥着,一动也不能动。

"不管是巫女还是战士,女人都是弱者。一旦被男人占有过,就会身败名裂。因为女人的身体里住着淫荡的生物。"

黏腻、恶臭的舌头碰到月华的嘴唇,难以言表的生理上的厌恶扩散到全身。

"怎么样? 如果你说老实话,就不用受这些苦了。"

"我从一开始就说的实话。我没说谎。"

她的声音有一点点,一点点的颤抖。

她的颤抖来自于厌恶、屈辱、难受,而根源,则是恐惧。

"是吗?那就只能我来确认了。"

"确认?"

审问官的眼睛嗤笑起来,像是在回答她一样,他的眼里似乎带着一丝狂意。

"确认你究竟有没有成了那个侠士的女人。"

她打了一个寒战。

她想要保持镇静。如果有一丝动摇,就正中对方下怀。她必须抑制自己的感情、表情和恐惧。

可她做不到。月华还只是个少女而已。

审问官也察觉到她的害怕,他的喉头微微动了一下。

"我劝你还是老实回答为好。我动作粗暴,不会手下留情的。"

"随你!"

她费尽全力,简短回答道。

厌恶感随着审问官像是在她周身舔舐一样的视线,爬满全身。

"你太瘦了,作为女人少了点魅力。不过……"

他伸出右手。

她的胸被捏住了,疼痛和屈辱让月华的脸染上红晕。

"反应不错。果然是和那个侠士睡过了吗?"

那人的左手往下伸,伸进了她的两腿之间。

"你!"

她死死咬住嘴唇。月华唯一能做的仅仅是死死盯着对方。

我会杀了你。我一定会杀了你。

"你眼神充满叛逆。不愧是堕落了的巫女生下的女儿。"

审问官一脸无所谓地嗤笑了一下。他的两只手还是在之前的地方,微微地动着手指。

"她是个很美的巫女,却突然失踪了。还是我把她找到的,和你的师父一起。他看到才出生的你,就把你当做战士带了回去,而我就得到了一个美丽的女人。"

他用语言和手双重蹂躏着月华。

月华紧咬牙关,牙齿相错发出声响。

"遗憾的是,你母亲很快就被当做咎人带走了。如果能再多点时间,就能像现在这样,让我好好乐一乐了。"

这个男人,已经坏掉了。

月华这样想。

但是,所有的人类,都有残缺之处。

人无完人。

虽然如此,眼前的这个男人,很明显已经癫狂了。

这就是战士吗? 这就是地处高位之人吗?

我想成为的,难道就是这样的人吗?

月华倍感失望。

冷静。一定还有没有残缺的生物。

没有残缺的生物,说不定……

说不定……

月华想起一个巨大的身影。

安宁的金色双眸。微有白须的龙髯。黑色的巨龙。

没有舵手,自由自在地生活,思考,垂垂老矣的龙。

也许,那才是真正完美无缺的生物。

和它比起来,无论是自己,还是这个审问官,都是如此的卑微渺小。

审问官的触碰和蹂躏已经变得不那么令人发指了。

只要活着,就足够了。

她不再要求更多。

她不是巫女,贞洁观念什么的不要也罢。他如果想要,就给他好了。这样一来这个男人就会罢手，她就能重新成为候补战士。

他想怎么玩弄，都随他去。

恐惧和厌恶都烟消云散，月华带着泰然处之的神态，看着一脸奸笑的男人。

大概是感觉到了月华的变化，审问官的手指停下了动作。

他哼了一声，拿开了两只手，像是很烦心一样狠狠呼出一口气。

"很遗憾，看来这个方法对你没什么用。"

"是吗，那真是太可惜了。"

"虽说如此，但是对你拳打脚踢也是没什么作用的。你毕竟算是个候补战士。"

审问官伸出双手，捧着月华的脸，居高临下地看着她。

他一改刚才的口吻，温柔地说："我相信你。告诉我真话吧，说吧。"

"我已经说过了。"

"是吗。"审问官接着说，"那这次换你来问我。你有很多困惑对吧？"

她的直觉告诉她这是个陷阱，可是就算她一味沉默，事态也不会出现任何转机。

她用舌尖润湿了不知何时已经变得干燥无比的嘴唇。

"你刚才说过有反社会运动，我是第一次听到这个词。"

她慎重地挑选措辞和内容，没有一刻将射向审问官的视线移开。

"这些话本来是不能告诉候补战士的。不过，算了，给你开个小灶好了。"

审问官拿开手，坐在月华正对面的椅子上。

月华忍耐着如释重负的心情，继续装作面无表情的样子。

"那是以劳动者阶级为中心,近年来日渐猖狂的非正式运动。他们宣扬现在的世界是荒谬的,要消灭特权阶级,简单来说就是想要自己统治社会。虽然发起人是劳动者阶级,但是据我们观察,好像其他阶级里也混入了间谍。"

"所以你们才会怀疑我对吧?"

"就是这样。"

"那侠士和这场反社会运动有什么关系?"

"你不知道?侠士本来指的就是那些不处于任何阶级的人。他们被认为是否定阶级制度的象征。他们比什么都来得更危险。"

"居然是这样。"月华一不注意就说出了自己真实的想法,"我之前一无所知。救我的是这样的人吗?"

月华忘了审问官的存在,自言自语道:"原来如此。这样的话也怪不得我会被怀疑了。"

她轻轻吐出一口气。

"虽然并不是出自我的本意。"

审问官的眼睛都瞪圆了,然后抱着肚子笑了起来。

这次轮到月华瞠目结舌了。

这个男人的反应出乎她的意料之外,使得她困惑不已。

"原来如此。他就因为喜欢你所以把你带回去疗伤了。胆子还真大。"

月华盯着审问官,觉得这个人变了。

刚才玩弄月华时的审问官,现在她面前的审问官,出现了截然不同的两种人格。

最初感觉到的那股复杂的真气,随着审问官的一言一行发生着变化,就像是她的面前有好几个人同时存在一般。

现在面前的这个男人散发出一个纯粹作为战士的真气。

既感觉不到厌恶,也感觉不到恐怖。

"你还真是绝处逢生呢。"

绑住她的绳索一下就解开了,落在她的脚边。

"经过我的审问还能毫发无损的,你可是第一个。"

审问官笑起来。他向月华伸出一只手。在考虑清楚之前,身体就行动了,月华握住了对方的手站起来。

审问官的唇凑到月华的耳边说道:"你记住。我并不是完全相信你的。"

"是吗。"

用石头建成的狭小房间的门打开了,风吹了进来。

月华的肺因为新鲜的空气而惊喜不已。

"月华,到他……你师父那儿去吧。在那儿问问关于仙和侠的事情。"

"明白了。"

迈出第一步的时候,月华才反应过来。

那个男人,第一次叫我——月华。

"你的名字是——"

她回过头,那里已经空无一人。

"还真是麻利。"

她伸展了一下背部的筋肉,看着前方,跨出一大步。

她又能成为候补战士了,这让她无比兴奋。

看到返回训练场的月华,师父什么也没说,只是像以前一样开始了训练。

黄河也什么都没说。

两天前,当看到重返训练场的月华时,黄河的脸上没有一点表情。而师父只说了一句"你还活着",然后紧紧抱住了她。

那时月华切身地感觉到,自己的归宿是这里,只能是这里。

正是因为有这样的决心，所以她才能从和审讯官的对峙中挺过来。

"他让我来问师父您关于侠和仙的问题。"

听到月华的话，师父点了点头。

"确实，你们差不多也该知道了。黄河，你也过来坐下。"

像是理所当然一样，黄河坐在了月华旁边。

他的手碰到了月华的手。刹那之间，他们的手指相触，然后又离开了。

黄河？

从他端正的脸上看不出任何变化，任何感情。

和流水一模一样的脸。

流水也和黄河一样，不会流露出一点情感。

快点把土龙的事给忘了。

黄河的真气没有一丝凌乱，但月华的手指上还真真切切残留着黄河指尖留下的触感。

不过，只是个偶然吧。

月华很快就把这件事抛在脑后。

"我们所在的桃花是个阶级社会，但是却存在着不属于阶级体制内的人，也就是侠和仙。"

师父用缓慢的口吻开始讲述。

"两者都拒绝进入社会体制之内，而是按照自己的意志浪迹天涯。他们不受社会和法律的束缚，相应的，也就不接受其保护。他们是一个选择了自由，却反被不自由所扰的矛盾群体。"

月华想起尸说过的话。

他半开玩笑地调侃自己经常命悬一线。言下之意，也许即是有人杀了侠士也不算犯罪，因为他们的身份不受社会保护。

"侠崇尚的是'武'。他们像是战士。但是他们的行动理念是

'义'，只为自己坚信的事情去拼命。他们不相信神。不，也许他们相信神，只是否定神权阶级而已，进而否定神官和巫女的存在。他们是暴动者。在纠纷的背后，几乎总有侠在暗中活动。"

"就因为这样，所以我才会受到怀疑对吧？"

师父点了点头回答月华的问题。

"不管是好是坏，你都是个诚实的孩子。我从没想过你会说谎，但审问官他不这么看。经他审问过的人，十有八九都会在身体和心灵上留下伤害，有一半没能活着出来。"

月华终于知道自己有多么幸运了。虽然当时她的遭遇令人发指，但她从没想过那会生死攸关。

所以师父在临走之前会说了一句，"前提是如果还能见面的话"。

那句话说的就是这个意思吗？

也许是师父在以自己的方式告诉她，接下来会遇到的情况非常危险。

"而所谓的仙，是和侠一样脱离阶级社会的一群人。他们崇尚'文'，重视学问。他们不认为神能代表一切，而这样的想法是被禁止的。据说他们的共同目标是从神话和传说之中找出真相，矫正现在这个阶级社会的弊病。"

"真相？弊病？"

她无法理解。月华一脸困惑地转向坐在身边的黄河。

"黄河你怎么想？"

"没想法。"

他的回答十分冷淡。

"战士不要求思考。战士的职责只是战斗。"

"说得没错。"

如果是以前的月华，会有和黄河一样的感觉，不假思索地这样回答吧。

连一点怀疑都没有,深信不疑。

但是……

她和没有舵手的龙舟相遇了。

不对。道说它们的族类"不是船"。它们不是交通工具,而是被称为"龙"的生物。

道的存在本身就和她一直以来接受的教育背道而驰,它就是个活生生的反例。

"具体情况我也不清楚,不过仙的主张是,神是不存在的。我听过他们的说法,他们认为当初降临在故土之星上的并不是神,而是来自其他星球的访客。"

"师父对这个情况非常了解啊。"

听到月华诚实地说出自己的感想之后,师父的脸色稍稍阴沉了一些。

"没错。"

师父用手握拳锤了锤自己的腰,表示谈话该结束了。

"这些事情是你们要成为战士所必须知道的。以后你们也许遇上侠和仙,到那时,最重要的就是不要被他们的言辞所迷惑。"

听到师父说了一句"继续训练"之后,月华像是弹跳一般站了起来。

这是她作为候补战士的回归。

她没有一丝迷茫。

他首先想到的是,她怎么还活着?

在他为自己能接受师父一对一的严格训练而暗自欣喜之前,发生了意想不到的事。

同年成为候补战士的人之中,除了黄河之外,都死了。这强烈刺激了隐藏在黄河内心中的某些东西。

但就在这时,月华却突然回来了。

在一瞬间,月华散发出的真气让他以为面前是另外一个人。

他从没感受到过如此坚毅、如此刚强、充满悲壮之感的真气,显得如此沉稳而又悠然。

不变的是她内心一如既往的坚强。

他心里琢磨着:究竟发生了什么?

这两个月内,月华身上究竟发生了什么?

她以前总是面无表情,看着下方。只有当感觉到有人故意找麻烦的时候,才会仰起脸盯着对方。当她独自一人之时,会茫然地站着,遥望远方。黄河只见过这样的月华。

他不认识这个眼神明朗而温柔的少女。

这不是月华——黄河执著地这样认为,这样感觉,这样告诉自己。

这不是月华。

不管是她散发出的真气,还是看向前方时坚毅的眼神,都只能让他觉得这是其他人。

审问官很快就来了,在和师父商量之后,月华被带走了。

他曾在无意中听到关于一点关于审问官的传闻,他知道审问官会用多么残酷的方法来击溃人心,也知道审问官是多么以此为乐。

师父告诉黄河,月华也许回不来了。

"她会回来的。"黄河毫不犹豫地回答。

如果是以前的月华,也许她的内心会被击溃。但是他确信,现在的月华一定会挺过去。

黄河自己也不知道为什么会这么想。

果然,半天时间不到,月华就回来了。

听说审问官的调查有时是半个月,有时根据情况会持续好几个月。

然而,月华却毫发无伤,带着仿佛什么都没有发生一样的表情回来了。

她的心变得异常强大。

充斥在她身体内的真气跟她失踪之前的真气相比,有了相当大的飞跃。

一种从未感受过的焦躁在黄河体内狂奔。

但是,在那个时候,他的手不经意间碰到了月华的手。

一种无法抑制的情感支配着黄河。

他想再触摸月华,更了解月华,离月华更近一些。

他们的手指无意识之间交错在一起,他很快把手撤了回来。

鼻子的深处猛然痛了一下,这是他出生以来第一次体会到的,不可思议的感觉。

在听了师父讲解侠和仙之后,像往常一样继续训练,然后他回到了宿舍。

他在狭小的房间内躺下,闭上眼睛,调整精神。

本来应该死去的月华回来了,而且比以前更强,发生了剧烈的变化。黄河得出结论的是自己也有失身份地产生了动摇,仅此而已。

知道了原因,就没必要烦恼了。他就会继续修炼,以成为战士、成为龙舟舵手为唯一目标。

仅此而已。

几个小时后,开始迷迷糊糊的黄河被叫了起来。

双月高高悬浮在天幕之上。

嫦娥占据了天空中的相当大的部分,昆仑反而显得比较小。

夜空被厚厚的云层覆盖，略微带着点红色。风很温和，携带着大量的湿气。雨季马上就快到了。

黄河到的时候，师父、审问官以及战士总长已经等在那儿了。

候补战士是很难有机会踏入这座石制的坚固建筑的。

建筑物共有两个大门。

南门是候补战士使用的，北门是战士阶级使用的。

当从建筑物内穿过的时候，候补战士就被认可成为战士。

黄河心中暗想，怎么如此快？

他被叫到这儿来，也就意味着他将会升级成正式的战士。

但是按照通常的训练期间来看，至少还有一个月才对。

"候补战士，所属番号21-1。"战士总长严肃地说，"从此时起，你成为正式的战士。你的所属是战士部队的候补龙舟舵手。"

这算得上是最高的荣耀。

每一年的候补战士中只有一个人能成为候补龙舟舵手，也就是说月华没有被选上。

黄河心高气傲，觉得理当如此，但同时一种感慨掠过他的心间，如果所属不同的话几乎就不会再有见面的机会了。

"衷心感谢。"

他低下头，屈起右臂放在胸前。战士总长拔剑出鞘，放在黄河的左肩上。

"生为战士，死为战士。"

"终生不忘，战士之荣。"

他许下了誓言。

战士总长很快转过身说道："把你的东西都扔掉，那和你的新身份太不相配了。龙舟舵手部队的负责人现在在北门那儿等着。你快去。"

"我明白了。"

他毫不犹豫地脱掉衣服，赤裸着身体。他不能带走任何东西。这是一个仪式，象征着终结了之前的人生，获得了新的生命。

"黄河，自己保重。"

"师父您也是。"

在微微低头示意的瞬间，黄河的大脑之中作为候补战士的记忆全部消失了。

师父，月华，还有同年的候补生，关于他们的回忆都烟消云散。从出生起到今天为止的黄河已然不见。

从现在起，他是一个战士。

"我去了。"

他穿过大厅，看见一条长长的走廊伸向远处，从南向北，笔直伸展。

他缓缓地大步向前走去。

北门从外面被人推开。

门外站着两个男人，身穿方便行动、象征战士阶级身份的服装。

一人佩剑，身材魁梧，稍稍上了点年纪。另一个人身材纤细，还很年轻，一只手拿一把长枪，腰间缠着鞭子，是个龙舟舵手。

"战士阶级，所属番号为青龙21-1。谨记。"

黄河接过衣服，是耀眼的青色。右边是长袖，左边袖子只到肩膀，取而代之的是戴在左手上的，一直到手肘上方的黑色皮制手套。

龙舟舵手在黄河的脖子上轻轻缠上布条，把鞭子绕在他的腰上——现在还不能给他发枪。

"对你破例破格晋升一事，你应怀有感激之情。除此之外，为自己的成绩而骄傲吧。"

"您说的破例，是出于什么理由？"

龙舟舵手回答道："最近各地战乱迭起,此外,龙舟舵手的损伤也不小,这件事以后还会再说,加上和你同年的候补战士几乎全军覆没。这是综合考虑各种原因做出的决定。"

"我明白了。"

佩剑的魁梧男子转向别处。

眼前绵延着一片沙漠。在每个阶级居住的领地和领地之间,都必定会有一片沙漠,形成天然的屏障,使人不能轻易地徒步穿越。

"来吧,该进行成为战士的仪式了。"

黄河踏出第一步,周围的空间便开始发生变化,这是靠真气来进行的飞跃。

围绕着三人的空气将无数的颜色融化其中,浑浊地流动着。如果一直睁着眼睛的话,就会感觉头晕目眩。

高亢而令人不快的声音在脑海中回响,黄河尽力压抑想要按住太阳穴的冲动。

"到了。你去活捉三个人回来。"

黄河第一次来这个地方。街上的房屋排列,显得充满了活力,大概是劳动者阶级居住的地方。因为是深夜,所以路上空无一人。虽然如此,但四处都洋溢着有人在此生活的气息。

"不管男女老少都可以,这是举行你的仪式时需要的东西,你自己选择就好。"

"请给我五分钟。"

话音刚落,黄河便瞬间离开。

他去的是面前第三间小小的木制建筑。

里面的人似乎正一家团聚。看上去像是父母的一男一女,还有一个年轻男人和一个年轻女人,所有人都围着餐桌。

一家人惊诧地看着出现在门口的黄河,脸色瞬间一变。

"饶了我们吧!"

"救命啊!"

尖叫声不绝于耳。

这和他都没关系。

黄河的手放在那个年轻美丽的女孩肩上。

"这是成为战士的仪式。我选择了你。"

女孩发出一声细弱的惨叫,晕了过去。那个年轻男人拿起桌上的小刀冲向黄河。

"住手!"

在母亲叫出声之前,年轻男人的头撞到天花板,然后落下来砸在地上。他的嘴里吐出鲜血,大概是肋骨折断了。他发出痛苦呼吸的声音,似乎是断掉的骨头刺穿了肺部。这样的情况下肯定没救了。

"啊——"

母亲惨叫着奔向儿子身边。

这家的父亲像是已经绝望了一般,看着黄河,他的女儿,还有他的妻子和儿子。

他什么也没说。

黄河也什么都没说。

他一手抱起那个女孩,离开了这个屋子。

附近的居民听到动静后聚过来想看看发生了什么,之后都慌慌张张逃回自己家里躲起来。

"这是第一个人。"

他把女孩交给等在原地的两个战士。

"眼光真好。很漂亮,而且是个处女。"

黄河轻轻地跑开。他在稍稍有些距离的一块农田中央感受到宁静的真气力量。

他钻进牛棚里,那里有一大堆蒿草。

他把手伸进去，被咬了一下。但这对黄河一点威力都没有，他默默地把里面的人拽出来。

是一个少年，长着一对大眼睛，面容出奇地精致。

"请饶了他吧——"

"三年前，这孩子的姐姐也因为战士的仪式被带走了。"

站在牛棚入口的父母哭得伤心欲绝。

"你们应该感到光荣。"轻轻压制着不停挣扎的少年，黄河这样说道，"你们的两个孩子都被选中了。"

"嘻嘻嘻。"那个母亲翻起白眼，紧接着嘿嘿地笑了出来。

她疯了。

"你也是要结婚生子的！难道你就不会心痛吗?!"

紧紧抱着尖声傻笑的妻子，丈夫绝望地呐喊道。

"心?"

黄河的双眸慢慢地张开。

"战士不需要那种东西。"

他把第二个人带了回去，身材高大的男人又一次点了点头。

"嗯。这孩子真气的力量不错，长得也好看。还是童贞之身，未受玷污。"

他选择的第三个人，是一个在稍远的森林中沐浴的少女。

和她同行的母亲嘶吼着说"让我去吧"，但黄河置若罔闻。他冷淡地抱起那个浑身湿透，全身赤裸，不停颤抖的少女。

"去哪儿?"

像是不知道发生了什么一样，少女抬起纯真的眼眸看向黄河。

"大哥哥，我们去哪儿?"

她有些口齿不清，仿佛她的心理年龄和实际年龄并不相符。

黄河把少女放在两个战士面前。看见那个开心笑着的少女，魁梧的战士耸了耸肩，"这次是心灵极度纯洁的人啊。原来如此，真是再好不过的人选了。"

远处围观的人在往这边望,向他们投来的是恐惧、憎恶、绝望的目光。

他什么都没想,什么都没感觉到,他只是做了身为一个战士必须做的事。

"该走了。"

被选出来的三人和三个战士,一共六人被真气包围起来,开始飞跃。

一瞬间,他们就到达了目的地。

这里也是黄河从没见过的地方。

沙漠之中有一个孤零零的三角形建筑,由巨石累积而成,顶上是个平台,能看见有神官和巫女站在上面。在下方,貌似是上级神官的人列成长长的一队,把这个建筑物围了起来。

其中还有一些战士,应该也是处于高位,散发出的真气力量不同凡响。

"战士,青龙21-1,上前来。"

建筑物上没有通往顶层的阶梯。黄河调整呼吸,腾空飞跃而起,调节真气之后,轻巧地落在顶上。

月亮,一片血红。

他突然这么想。

那两个战士很快就跟上来了,抱着黄河选中的三个人。

三人都昏迷不醒,但确确实实还活着。和缓的呼吸在寂静的空间中蔓延。

"战士仪式现在开始。一生不得诉于他人。"

"遵命。"

神官将祝福的白布,巫女将战斗的红布挂在跪着的黄河肩上。

"将选中之人带上前来。"

三人被送了过来。

有人在他们的腹部轻轻一按,他们渐渐恢复了意识。

他们还没弄清发生了什么,面露不安地环顾四周。

"第一人敬神。"

黄河接过递给他的剑。

大概是因为反复使用过好多次的缘故,剑上留下了擦拭不掉的血腥味和油光,在月光下反射出混沌的光芒。

"不,不要!"

女孩的手腕被神官抓住,因为恐惧,她的脸变了样,再也看不到秀美的容貌,显得丑陋而凄惨。

"第一人敬神。"

黄河的手慢慢落下。

伴随着一声钝响,女孩的头滚落在地上。

血从断颈处喷涌而出,像是雨一样撒在所有人身上。

"第二人敬王。"

巫女把少年推上前。

惊恐之余,少年已经什么声音都发不出来,他既没尖叫也没挣扎,只是茫然地站在那里。

身后的战士递给黄河一把长枪。

"第二人敬王。"

枪笔直地送出。刀锋穿过这个孩子的腹部,刺了出来,露在身体外。

血红的双月。

鲜血从少年的嘴、耳朵和鼻子流出。

黄河拔出长枪。少年这时抽搐了一下,血从腹部的伤口滚滚涌出,内脏掉在地上。

"第三人敬己。"

站在身后,身材高大的战士把一直在微笑的少女推出来。

"第三人敬己。"

他说完这句话,迟疑了一下。

既没有给他剑也没有给他枪,似乎也不能使用鞭子。

该使用什么武器?

敬己。

他的脑海里浮现出这句话。思及此处,他的双手放在少女的脖子上。

笑靥如花。

少女没有一点怀疑,只是真挚地,单纯地,对着黄河绽放出一个微笑。

他自己也知道,他的气乱了。

四周传来冰冷的视线。

他睁大双眼,一动不动地凝视着少女,她天真无邪的笑容灼伤了他的眼睛。

黄河手上用力。

就在一瞬间,伴随着咔嚓一声,她的颈骨被折断。少女还是面带笑容,慢慢滑落在地。

他的双手,还残留着肌肤的触感。

他的眼前,还浮现着如花的笑靥。

"仪式完成。你选择的祭品非常好。都是没有瑕疵的人。"神官评价道。

巫女接着说:"我们也认可你在对待祭品时选择了合适的手段。"

周围有人低声附和。

"仪式成功。神、王和我等均认可你作为一个战士的资格。"

巫女取走挂在黄河肩上,已经沾满鲜血的红布白布。

"日后，用此布缝衣，亲授予你。"

"衷心感谢。"

神官和巫女的气息消失了。他们已经离开。

围绕在四周的战士们也一个接一个消失了。最后剩下的只有三具尸体和黄河，还有前来迎接他的两个战士。

"祭品放在这儿就好。食腐鸟会飞来。他们被鸟吃了之后会像鸟一样在天空中飞翔。多么幸福呀。"佩剑的男子这样说道，向黄河伸出一只手，"干得好。十个人里会有一个人在举行仪式的时候失败。"

"失败了的话会怎样？"

男子耸耸肩说道："不能晋升。"

"当然，也当不了龙舟舵手。"持枪的男人接着说道。

"而且，在必要的时候会被当做龙舟的动力源来使用，只能成为一个预备战士。"

听完后，黄河只回答了一句："是吗？"

他的全身散发出一股血腥味，无比黏腻。

"还是早点返回，清洗一下吧。"

两人像是什么都没发生一样笑了起来。

"来了个好战士啊。"

黄河没有回头。

但在瞬移之前，黄河抬头看了一下夜空。

鲜红的，月亮。

这是黄河心里唯一的感觉。

只要还活着，也许永远都不会忘记这轮鲜红的月亮吧。

还有少女那时的笑脸。

月亮，鲜红如血。

无论洗了多少次，也总是洗不去那刺鼻的血腥味。

二

他第一次见到"货币"这种东西。

货币只在劳动者阶级和战士阶级内流通,土龙和神权阶级是不使用的。

神权阶级几乎拥有他们想要的一切东西,所以并不需要货币。

而土龙与此相反,他们什么都得不到,加之土龙本身就没有买卖的概念,因此也用不上货币。

"那是商店。你可以用这些钱去换取相等价值的东西。"

月华离开之后没多久,流水也离开了山顶小屋。尸跟了上来,自作主张要带他四处参观。

他以前居住的洞穴已经垮塌,成了一片废墟。他既没什么想法,虽说离开了小屋,但也无处可去,只能被尸拉着在劳动者阶级的领地内四处晃悠。

无论是看到的、听到的、还是摸到的,都那样新奇,让他很感兴趣。

在土龙的世界之中,所有人永远都在担心什么时候会被抓,这就是他们唯一关心的事情。他们小心翼翼地隐藏在幽深的洞穴中,必需品要不自己制作,要不就是从垃圾里捡回来。

流水第一次切身感觉到,那就是最底层的生活。

"神权阶级和战士阶级的生活又是另一个样子。劳动者这个阶级人数最多，而且充满活力。也许你听我这么说会觉得意外，但特权阶级就算再怎么耀武扬威，也是敌不过劳动者的。因为不管是人数，还是丰富的物资和心灵、文化的发展，都是劳动者占据上风。"

尸热心地履行自己作为导游兼教师的双重任务。

如果是以前那个只知道土龙世界的流水，一定只会觉得他又啰唆又烦人，而自己不痛快吧。

但是，在山顶小屋的两个月生活的确改变了流水。

想去了解事物的欲望，好奇心，那些迄今为止从未出现过的东西开始在他体内发芽。

不仅如此，尸和道还充分地给予了流水他从不曾知晓的情感——那就是与爱意相似的关心之情。

他们照顾他，一直关心他，为他考虑。

从来没有人这样对他。

也许有过，可他从未在意。

于是流水迷茫，迟疑，困惑，想要对他们不理不睬。

对于流水这样的态度，尸和道很有耐心。

尤其是尸，不管流水再怎么做出一副不把他放在眼里的样子，对他再刻薄，他都还是带着开朗的表情，喋喋不休地告诉对方很多事情。

世上流水不知道的事情还有很多，而自己所熟知的那个世界是如此狭小，如此悲凉。

在他的自我认识开始萌芽的时候，月华却离开了。

一直到最后，他都没能和月华好好说过话。

留在两人回忆中的只有下次见面时会互相厮杀这样的话。

流水忍不住想，确实只能如此。

作为候补战士和土龙。他们两人之间没有任何共通点。

"流水,看见那片沙漠了吧?为了隔开每一个阶级的领地,在边界之外都会的一片广阔的沙漠。要想徒步横穿沙漠异常困难,就算骑马或者骑驴也是件难事。最简单的方法是驾龙。除此之外就是用真气的力量来瞬移。"

"真气的力量?"

"没错。"尸挠了挠脸,茂密的胡须摇摇晃晃。

"'瞬移'基本上是只有战士阶级才能掌握的一种移动方法,神权阶级内也有很少一些人会。当真气的力量到达一个程度之后,掌握了诀窍的话谁都可以做到——但战士阶级垄断了这个方法。"

"她就不行。"

反应过来他说的"她"是指月华后,尸点了点头。

"嗯,月华只是个候补战士,还没有成为正式的战士。换句话说就是还处于训练阶段,她获得的知识和情报都很有限。说起来,这和土龙的情况也挺相似的。每天都在一个封闭的空间内训练,只要一犯错就会被毫不留情地惩罚。没有自由,一无所有,真是可怜。"

听到尸的话,流水稍稍皱了皱眉。

坚强的月华浮现在他的脑海之中。

"她没有觉得自己可怜。"

尸苦笑着回答了一声"确实",他坏掉的那只眼睛抽动了一下。

"这就是最关键的问题,流水。你也面临同样的问题。你以前也对土龙的生存抱有疑惑,但仅此而已对吧?你有没想过为什么会有土龙这个族群存在?为什么你们会是土龙?你想过原因没有?你想过改变局面的方法没有?月华也是一样。她对战士阶级和现在这个阶级社会不抱一丝疑问。不过话说回来,她所能掌握到的,能帮助她客观了解自己所在的社会现状的信息实在是太少了。所以首先要去了解,从这里出发。多见识,多体会,多学习,在这个基础上进行思考。只有不停地思考过,烦恼过,才能看见很多东西。看到之后再去思考。在这个过程中,你就会明白自己想做什么,自己该做什么。总结起来一句话:活着,就是这样一个重复的过程。"

流水没怎么听明白,但是他能感觉到自己听见了很重要的东西。

不知道尸在看见流水一成不变的表情之后作何感想,他只是沉默着拍了拍少年的肩膀。

"说多了你也理解不了,总之现在就是尽量多体验就好。总有一天……对,总有一天你会理解的。到那时,你一定要想起我说过的话。"

流水无言地慢慢环顾四周。

面前有一条宽阔的大路,两旁排列着许多商店,店门前还有一长排小铺子。无论男女老少,所有人都充满了生命力。

买家,卖家;偷盗者,追捕者;祈求的人,威胁的人。

职业不同服装也就不同,为了让人能一眼认出来,服装上也有严格的规定。

从事农业的人,无论男女,都身穿上下两件的服装,下身是长及膝盖的裤子,腰间围有麻绳。据尸说,即使在这些人当中,也会有人在身上佩戴饰品来彰显自己的地位和权利。的确如此,经常会有肥胖的中年男人在他们的脖子和耳朵上戴着叮当作响的金色饰品。

经商之人身着一种盖着头部,往下蒙得严严实实的长衣。男人的衣服一直到脚踝,女人的则是到膝盖以下。腰间缚以黑布。用首饰的多寡来表示地位的高低,似乎是无论哪个职业都有的共同之处。仔细一看,男女的衣领也有区别。男性的衣襟稍稍挺立,遮住喉头,略显拘谨;相反,女性的衣服上没有衣领,线条优美,展示出女性纤细的颈部。这似乎也是男女差异的一个特征。

流水注意到稍远的地方站着一群人,全都是男性。尸告诉他,那些是工匠,他们的职业以手工业为主。他们的头上都缠着布,衣服没有袖子,露出两只胳膊。上衣遮到大腿,裤子长及小腿,腰间缠着很粗的草绳。当然工匠里也有女性,尸如是说道。位高权重的那些人戴在身上炫耀自己财富的装饰品,大部分都是出于女性工匠之手。

"劳动者阶级里就只有这三个职业吗?"

听到流水的问题,尸坏笑起来。

"怎么可能? 这样的话就没地儿找乐子了。"

"找乐子?"

"没事儿没事儿,你现在看那个还太早了。"

也不知道为什么,尸看上去好像很高兴似的,欢快地走了出去。流水也赶紧跟上。

周围的人们停止了交谈,目不转睛地盯着流水他们。甚至有些人很明显地在回避他们。

在流水开口问是怎么回事之前,尸先回答了他的疑惑。

"我们俩的衣服和他们不一样,很明显不是劳动阶级。我们是异类。"

流水现在穿的衣服是尸给他的。两人都穿着一身黑色,上衣的袖子到手肘处,裤子到膝盖以下,黑色的皮靴把小腿给包了起来。他们的腰间都没有围任何东西。

流水察觉到,围在腰上的东西似乎象征着此人的职业和地位。

尸和他自己的腰上什么都没有。在这个阶级社会中,这就意味着此人不属于任何一个阶级。

"仔细想来,侠、仙和土龙都是一样的。他们都游离于社会规范之外,是自由之身。"

听到尸的话,流水只是稍稍歪了歪嘴角。

"不是的。"

"从你告诉我的话来看,侠和仙都是根据自己的意志做出选择,但土龙并不是这样。"

这算是流水说过的最长的一句话了。

"你说得对,抱歉。"

干脆地道歉之后,尸用自己有力的手抓住流水的手臂。

"好了,进去吧。"

这是一条大路旁的背街小巷,略有些荒凉。路上到处都是成堆的垃圾,空气里飘浮着恶臭,硕大的虫子爬来爬去。

眼前是一间看上去绝对算不上干净,显得很寒碜的小屋。

尸一推开房门,就响起了一声骇人的尖叫。

"哎呀,好久不见——"

看到目瞪口呆的流水,尸闭上他那只完好的眼睛。

"这是找乐子的地方。我们能进的地方也就只有这儿了。虽然既不高雅也不高档,却有很多真气力量很强的家伙在这儿。"

屋里烟雾蒙蒙。流水听说这能满足一些人的嗜好,可他怎么也习惯不了这个味道。

上半身几乎裸着的男男女女在忙碌地四处穿行。

"尸,我还在想你是不是把人家给忘了呢。"

朝他们靠过来的是一开始尖着嗓子叫了一声的人。这个男人上半身一丝不挂,头发很少,他摇晃着肌肉松弛的身体,用尖利的嗓音和极快的语速喋喋不休。

"哟,看上去混得不错嘛。"

"这孩子是谁? 是你儿子?"

"算是吧。"

这个脂肪块朝他靠过来，嘴上还说着"多多关照"。流水不知道该有什么反应才好，困惑不已。

不，他困惑的根本原因也许是尸刚才说的那句话。

尸说他算是自己的儿子。

他被亲生父亲疏远，在土龙社会里一个人生存下来。不被人所爱，不被人信赖，也不爱人，不信赖人。然而，尸却承认他，将他当做自己的儿子一样看待。

尸认可他。

流水一时间无法正视尸的脸。因此，他才不知道该如何是好。

"有这样一些人，他们的职业就是提供快乐，展示自己的技艺。这跟我们刚才在大路上看见的，那些被称为平民的人又有所不同。"

把点的饮料放在流水面前，尸接着说："唱歌，跳舞，画画，这些工作都是一样的。他们处于平民之下，土龙之上，被称为游乐之众。比起其他劳动阶级来说，游乐之众的人有些不一样。如果说得好听点，就是不管是战士阶级的领地还是神权阶级的领地，都可以前往，不过前提是需要对方的许可和邀请。"

"没错。我们身份低贱，所以只能住在劳动者居住区的小巷子里。不过，像赫赫有名的诗人李甫，大概就可以去任何自己想去的地方。听说连王都很宠信他！"

先前那个肌肉松弛的男人给他们送来水果，然后接着说："干吗呢，干吗呢，你在教这孩子世上的事情？"

"算是吧。毕竟我也没法一直和他在一起。"

"也对，你可是战士阶级恨得牙痒痒的人。你是他们的眼中钉呀，比如那个战士，叫什么来着……他就恨不得把你大卸八块对吧。"

"他也真是不嫌烦。"

"这也是当然的,自己的部下全被你一个人给击溃了,当然会对你恨之入骨了。"

"是他们先挑起的事端。我不过是自卫而已,碰巧搞成那种情况了。"

"他们可不这么想。人家可是大发雷霆,说是你先挑起的。"

"啊,我好怕啊。我要不要找个地方藏起来缩成一团打寒战?"

"说得倒好,难道你不是跃跃欲试? 说是打寒战,其实是兴奋得抖起来了是吧?"

"也可以这么说。"

嘿嘿笑起来的尸,让人想起狰狞的野兽。土龙的世界里没有这样的人——看似温和,却极具攻击性。

如果他是朋友,他是最让人放心的同伴;可如果他变成敌人,他就是最有杀伤力的武器。

"我告诉你一件重要的事。"

趁着尸去厕所的间隙,中年男子赶快凑过来小声地说。

"尸大爷有一个忌讳。只有这件事你绝对不能提起来。"

"忌讳?"

"也许你有所耳闻,是关于一个名叫董的仙。只有关于董的事,你是绝对不能问的。不管尸大爷有多么疼爱你,只要你触及到这个话题,没得说,他肯定和你恩断义绝,最惨的情况你也许还会身受重伤。这一点你一定要记住。"

流水微微点了点头,说了一声:"知道了。"

如果是以前的自己,别说恩断义绝了,就连可以拿来绝交的交情都没有。

流水自己也能感觉到尸在他心里的分量越来越重。这让他不能理解,不能捉摸。

还有,那个表情冰冷、拥有孤独灵魂的少女,她依然占据着流

172

水内心的一个角落,不曾离开。

他能感觉到自己发生的变化。

昨日,今日,现在,时时刻刻他都在发生变化。

这样的变化最后是好是坏,究竟有什么意义,流水现在还一无所知。

但是……

流水望向自己的双手。他的双手曾经毫无知觉,冰凉彻骨,就算失去一根手指都不会有任何感觉,不会疼痛,也没有血液在其中流动。

现在不一样了。

他的手发生了变化——有温热鲜红的血液流过,不要说失去一根手指,就连受伤都会感觉到疼痛。

也许他变弱了。

也许他变强了。

又或许,两者皆有。

也许是他面无表情目不转睛盯着自己双手的模样让人觉得奇怪,一个坐在在稍远一些的座位上小口喝水的年轻男人向他走来。

"初次见面,你好。"

流水默默地抬头看着对方。

从年轻男人身上溢出的真气很与众不同,从他进入店门的那一瞬间流水就感觉到了。

站在眼前的这个身材纤细的小个子男人,很明显有什么地方不对劲。

"哎呀,这是怎么了,神官大人?"

"神官?"

像是要堵住流水的话一般,胖胖的中年男人简要解释道。

"这位是侍奉之职。接替上一任的工作刚刚上任的。没想到竟然到咱们这个穷乡僻壤的小店来了。这位大人平易近人，感觉还不错吧？"

流水心中暗想，这人的眼神好灰暗。就像自己和月华一样，旁人能从这样的眼中窥视到孤独和绝望。

"你是……侠吗？我是负责这个片区，履行侍奉之职的神官。"

年轻男人措辞优雅，边说边向流水伸出一只手，大概是想打招呼。

流水可不打算在不必要的时候和他人进行身体接触。

流水依然沉默地凝视着对方，对方尴尬地笑了一下。

"看来是对我严加防备呀。"

"当然了。"

从头上传来一个声音，是尸回来了。不，准确说来他已经回来好一会儿了，但好像一直在观察着事态的发展。

"会有侠在神官面前放松警惕吗？"

"哈，这可真是遗憾。我本来想和所有人都搞好关系的。"

"对不住了，这不可能。"

"还真是不留情面啊。"

对于尸不加掩饰的尖刻言语，神官只是嘻嘻笑着，并没放在心上的样子。他微微一笑，对着流水低下头。

"我们还会见面吧。我的名字叫延珠，请谨记。"

他低头致意，留下一句"再会"，然后向店门口走去。

"啊，对了。"他一只手放在门上，回过头对着流水高声说道，"你的名字，我记住了——流水。"

门啪的一声打开，又关上。

"这家伙不简单。"尸饶有兴趣地评价说。

神官，延珠。

流水在心中慢慢重复这个名字。

不知为何，他感觉得到他们还会再见。

三

去训练的时候,月华发现只有自己一个人。

师父简单地告诉她,昨晚黄河破例升级成了正式的战士阶级,还被选为了候补龙舟舵手。

她没有感到艳羡或是嫉妒,仅仅是觉得这是黄河应得的。

或者说,能够远离黄河,反而让她松了一口气。

虽然不想承认,但黄河确实长得和流水很像。如果只是从相貌来看,几乎是一模一样。两人就像是孪生兄弟一样相似。

不过,相似的也只有两人的外表而已。他们的发型、服装、举止自不必说,就连真气也有天壤之别,性格、想法还有之前的身世,一切的一切都完全不同。

虽说如此,每当看见黄河的时候,她还是会想起流水。

那人最开始叫自己"雌性",在尸和道喋喋不休的纠正下,他开始叫自己"女人"。

两人分别的时候,他第一次叫自己"月华"。

他们之间仅此而已。在小屋狭小的空间内肩并肩躺着,却什么都没有发生。

有时他们互相用真气来决斗,但在最后的两个星期内连这个都没有了。

不如说,是他们在互相回避。

无法形容的凝重充斥在两人之间。

如果师父下令杀了流水,她大概也能毫不犹豫地下手。

这一点上,流水应该也是一样,他也会不带一点困惑地杀了月华。

然而,他们却活了下来,得到别人的帮助,得到别人的治疗,被困在一起。

在同一个空间内,土龙和候补战士,这是多么不可思议的组合。

月华知道,正是因为发生了一系列不可思议的事,才使得两个人不知道该怎样面对对方。

她一见到黄河就会想起流水。

但她和流水在一起的时候却几乎不会想起黄河,即使她和黄河从还是婴儿时就在同一个环境里生活,并一起长大。

她有种很奇妙的感觉。

月华不知道这其中的差别在哪里,以及为什么会这样。

她觉得,不懂也好。

无论是流水还是黄河,都已经和月华没有半点关系了。

"把气凝聚起来试试。"师父说道。

"是!"一瞬间,她将真气汇聚到眉间。

伴随着轰的一声,月华的周围形成了一个以她为中心的小型真气漩涡,状似龙卷风,刹那间变得巨大无比。

"收!"

"是!"

她将真气在体内扩散。即使龙卷风一样的真气流已经消失,月华的头发和衣服还在哗哗作响。

"看来这两个月内,你的精神修炼已经完成。无论是真气的威力,还是细微的控制,都已经接近于完美了。"

"谢谢您的称赞。"

师父没有问她发生了什么。

这就是师父的风格。他从不问多余的事,从不说多余的话。

他的话很少,但他教的东西都十分重要,不能忽略任何一点。

"月华,你之前有什么缺点,你自己明白吗?"

"我认为在所有事情上的修炼都还不够。"她认真地回答道。

师父无奈地笑了一下。

"谦虚不是坏事,过于相信自己的实力很危险。但是,有时谦虚会被当做实力不够。这点你要注意。"

"是。"

师父缓缓地告诫她。

"你的弱点,就是精神。你的精神太过于紧绷了。就像是世界上的一切,哪怕是一粒一粒的细沙都在与你为敌一样。这样一来,水满则溢,弦紧易断。你的精神既提高了你的力量,但同时也成为你的枷锁。"

师父问道:"你明白了吗?"

月华沉默着点了点头。

现在,她能理解了。

在和尸与道相遇之前,她在夹缝中求生存。

虽然这样狭小的空间是她的支柱,但却一点空隙都没有。

而万事万物,都需要从容,需要空间。这就好比装水的容器一样。

曾经的自己,在容器里注入了满满的水。只要再有一滴,就会立刻溢出。哪怕是一点轻微的震动,水就会荡出来。她就是这样的状态。

而归来的月华,身上发生了变化——那就是容器变大了。

水量并没有变化,但却有了更多的空间。少许的摇晃不会让水溢出,还可以再往其中注入更多的水。

这一点,月华自己也深有感触。师父想说的,应该也是这个。

"这是好事。"

听到师父的话,月华的心中思绪万千。

她被侠士所救,跟一龙一侠,还有土龙一起生活了两个月。

作为一名候补战士,这是失格之事。但是,那两个月的生活却改变了她,而且还是朝着良性的方向发展。

这究竟是怎么回事?

她陷入了沉思。师父静静地看着这样的月华。

"月华。"

过了一会,师父出声叫道。

"在!"

"虽然还早了一些……"

"什么事?"

"你要试试升为战士阶级吗?"

因为过于意外,月华什么都说不出来。

这个站在面前的四十出头的男人,她的师父,他的真气力量和战斗技巧却得上是出类拔萃。他曾经因为拒绝升级成战士而闹得沸沸扬扬。

拒绝成为战士阶级的人将会面临严厉的惩罚,他们会成为龙舟的动力源,被当做土龙一样对待。但为师父惋惜,认为将他当做动力源实在太过可惜的呼声此起彼伏。

最后,师父被安上了指导候补战士的职务。

他永远也不能晋升,地位甚至在候补战士之下。

即使如此,依然有许多人尊敬师父,就连正式的战士和神权阶级也自叹不如。

月华和其他人一样,都不知道他为什么会拒绝成为战士。

她想,师父也不会向任何人提及吧。但如果今天不问,她觉得以后就再也没有问他的机会了。

决心已定,月华开口问道:"当年师父为什么会拒绝升级成战士?以师父的实力,就算想成为龙舟舵手的队长也不是难事。"

师父的嘴角上刻着深深的皱纹。

大概过了五个回合的呼吸,终于,师父缓缓地开口说道:"月华,你也会体会到的。要为一个战士,必须经过一个仪式。"

"仪式?"

"能不能成为战士,就看你能不能从仪式中挺过去。"

也就是说,师父没能熬过那个仪式。

月华难以置信地睁大双眼。

像师父这样的人,无论是多么严苛的仪式,都应该能撑下来才对。

连师父都无法忍受的仪式,究竟是什么样子?

"月华。"

师父一声叹息,沉重,绵长。

"确实,我很强。如果对手是现役的战士,十有八九我都会赢。但……算我有很强的力量,我也不具备将之应用到实践的东西,那便是我所欠缺的。"

月华一直以为,师父是完美无缺的。

面对迄今为止一直让自己坚信不疑的师父,面对他令人意外的推心置腹的话语,月华只是静静站着,什么也没说。

"我对谁都没有说过这些话,月华,但是我告诉你。你现在变强了,也长大了。但同时,你也变弱了,比以前更脆弱。"

月华吞下已经到了嘴边的反驳,继续听着师父的话。

这是师父在为月华饯行。最后的一课。

"在仪式上你就会知道自己有多强,自己有多弱。到那时,如果你能撑过去,你就会变得强大,但痛苦绝不会被遗忘。若是能忘记所受的痛苦,那就已经不成为一个人了。就算能成为龙舟舵手,也做不到和龙舟在真正意义上的心灵相通。我相信,总有一天你能真正理解我话中的意思。"

眼泪,落了下来。

为什么?眼泪不停往下落。

她从没想过,和师父的分别竟是如此的切肤之痛。

师父对待所有人都一视同仁,并没有哪一次特别偏爱月华。

每一天的严格训练。

一如既往的寡言少语。

但是,她却感觉到了,师父在用自己的满腔爱意守护着每一个弟子。从他们还在襁褓中的时候开始,就这样养育他们,训练他们,教导他们。

为什么之前没有感受到呢?

是因为心里没有一丝空间吗?

现在,就在这个离别的时刻,她才第一次察觉到。

"月华。"

师父的大手犹豫了一下,轻轻放在月华肩上。

"哭了的候补战士,你是第一个。"

她也没去擦拭不断涌出的眼泪,只是直直地注视着她的师父。

"我一定会成为战士。但是,我绝不会忘记师父的教诲。"

"希望你能成为一个优秀的龙舟舵手。"

"我不会辜负您的期望。"

这是她和师父最后的对话。

月华抖擞精神,向那座建筑物走去。

就在昨晚,黄河也曾去过那座处于候补战士阶级和战士阶级之间缝隙地带的建筑。

"和你同年成为候补战士的黄河，昨晚正式成为了战士，并且作为候补龙舟舵手进行培养。"

战士总长这样告诉她。

他似乎是步兵队的战士长，身上佩有两把剑。

"虽然你身上有许多问题，但破例准许你进行挑战。一般来说，来到这里的人都会自动晋级成战士，但你的情况特殊。你和侠共处两个月，却并没有受到处罚。"

"是的。"

审问官也在现场，和师父并排站着。一瞬间，她想起了发生在她身上那些令人不快的经历，微微皱了皱眉头。

"如果你能顺利完成仪式，就认可你成为战士。这是特例，你的实力是得到承认的。你应以此为荣。"

"衷心感谢。"

"完成仪式之后，回到这里来。之后再宣誓成为战士。"

"我明白了。"

"就穿这件衣服去吧，不必换衣服。"

"是。"

她低下头，再偷偷瞅了师父一眼，然后便向着成为战士阶级的那扇门走去。

门外有两个女战士在等候，是海河部队的战士和龙舟舵手。

"在我们对你的性格进行判断之后会决定你进入哪个部队。本来所属都已经决定好了，但你还真是喜欢搞出很多例外呀，候补战士。"大个子的河海战士说道。她的性格似乎很开朗。

"一般情况下是从劳动者阶级里为仪式挑出三个人，但你还需要再选出两只土龙才行。"

“是。”

在回答的同时，月华领悟到了“仪式”的真正意思。

师父没有坚持下来的仪式，指的就是这个——神权阶级觉得理所应当，不断重复的，献上祭品的仪式。

恐怕就是要自己亲手选出牺牲者，用自己的手屠杀他们。即使对方没有任何罪过，双方也没有任何仇恨。

师父的脸浮现在她眼前，她明白了师父为什么最后会放弃。月华轻轻地呢喃了一句。

我不一样。

她先是被两个战士带到了土龙的洞穴。既然是挑选祭品，那当然是污秽少者为佳。

月华很快选出两只土龙。一个是呵呵笑着的婴儿，另一个是哭喊着的年轻美丽的孕妇。

“嗯，婴儿和怀孕的雌性，选得好。”河海战士说道。

“很少有候补战士会做出这样的选择。”龙舟舵手开口道。

将两只土龙交给战士之后，月华闭上眼，等待着被送往劳动者阶级所住的地方。

哭泣，挣扎，微笑，都和月华无关。

成为战士，成为龙舟舵手。她所有的只是这一个信念。

“到了。去吧。”

从未见过的世界在她眼前延伸开去。

充满活力的，许许多多的人类在此生活。这就是劳动者阶级的世界。各式建筑，商店，迥异的服装，不同年龄的人们。

候补战士都是些年岁相仿的孩子，他们被聚集起来，一起长大，住在孤零零建在沙漠之中的宿舍里，很少遇到和自己的年龄相差较多的人。

曾经这就是所有，这就是整个世界。

然而,劳动者阶级却不一样,是如此的多姿多彩。

月华一时不敢相信。

她从没想过,还有这样的空间存在。

"你要找的是拥有强大真气的人。"

"如果容貌美丽,那就更好了。"

两个战士的话催促着月华。

她迈出了第一步。

噪音和所有的真气猛然向月华袭来,像是要把她击溃一般。

这是真气的瀑布。月华什么措施都没有采取。

每一个人的真气都绝对算不上强大,但这样众多的人无意识地放出真气,还是拥有相当大的威力。

月华一阵头疼,感到想吐,脑袋里一片混乱。

待头晕目眩的感觉好了一些之后,月华开始凝神寻找。

她感觉到一股柔和安定的气息,而且没有感觉到一丝污秽。

"是那边吗。"

月华一迈出去,所有人的动作都停下了,眼神里充满惊恐,纷纷从她身边逃开。

她的服装很显眼,一眼就能看出是个候补战士。

"怎么可能!"

"昨晚不是才来了的吗?"

"怎么又来找祭品了……"

"快藏起来!"

"快跑!"

这样的感情像是恶意,又接近敌意,但根源上却是一种艳羡之情。各种复杂的情感交织在一起,倾注在月华身上。

月华无视四周的动静,进入了一条背街的小路。

眼前是一个脏兮兮的小店,月华推开店门。

空中满是酒味和鸦片的袅袅烟雾。赤裸着上半身的男男女女不停穿梭往复。

"就是你。"

她抓住一个正在厨房洗盘子的少女。

"不要这样啊。"

一个大腹便便的秃头男人向她走来。

"你干吗啊。"

"她被选中参加我的仪式。感恩吧。"

"不……不行啊。"

男人声嘶力竭地叫了一声:"快来人啊——"

但店里的客人和服务员都沉默不语,所有人都低着头,没人往他们这边看。

"我们不能允许这种事情发生啊,我们得救她啊。"

"真碍事。"

她挥出一只手,想把男人甩开,但出人意料的是,男人却纹丝不动。

"你可别把我看扁了。"

他的肚子摇摇晃晃。

"别看我这样,我可是有两下子的。"

男人飞快地取下挂在腰上的菜刀,刺向月华的腹部。

就在这时,月华的脚往上一踢。

"究竟是谁把谁看扁了?就凭你这三脚猫功夫?"

一边这样说,月华的脚一边往下狠狠劈去。

男人的动作意外地敏捷,想要躲开月华的攻击。这时,月华的脚改变了方向,踢进了男人的下颚。

伴随着下颚骨碎裂的声音,男人的身体远远地飞开。

谁都没有开口,甚至没有人往这边看。

抱起害怕得已经晕死过去的少女,月华缓缓地穿过店的中央。

这些人就像虫子一样渺小,她心里这样想。

他们胆小如鼠,不去反抗,也不去守护自己的同伴。

没有必要同情这些虫子一样渺小的人。

她把手放在门上。

就在这时,一阵像是要撕裂她一般的真气向她劈来。

她一回头,看见一个少年站在那里。

流水……

他穿着和尸一样的衣服。月华不会认错。

那就是流水。

"放下她。"流水冷冷地说。

"如果我说不呢?"月华回答道。

流水的眼睛眯了起来。

她记得这个表情。

"我会杀了你。"流水说这话的时候冷静,严肃,不带有任何感情。

他们之间的距离不过五步。

然而……

却远得像是永远触摸不到。

第六章　通向幸存或是自立的序幕

自古以来,无论在哪儿,都不乏拥有狂热信徒的宗教。

其中既有历史悠久的古老宗教,也有像泡沫一样瞬间即逝的宗教。

新兴宗教层出不穷,不知为何,必然会出现对之深信不疑的人。

一个消失了,又一个诞生了;一个瓦解了,另一个又建立起来了。

这是一场永远不会停止的循环,这是一个环形的迷宫,这是不断有捉鬼人加入的捉迷藏游戏。

人类为何会需要宗教,并对此抱有信仰?

有时人们对其加诸科学的名号,有时冠以哲学之名,有时为其带上艺术的桂冠。

人们依赖的、信仰的对象,是人类所必需的吗?

对于人类心理的研究,也许会永远处在黑暗之中。

一

有着天鹅绒般手感的黑色皮毛的巨大宇宙猫缓步行走着。

整个空间站内，没有人不认识她。

她是个语言学的天才，掌握了包括宇宙通用语在内的数十种星际语言。还有传闻称她拥有七个博士学位。

这样的珠儿也不过是个情窦初开的十五岁少女而已，而她的暗恋对象是抚养她长大的亲人——赫尔。

穿梭于行星与行星之间的赫尔，在某个星球的古代遗址里发现了她。

她那时刚出生没多久，眼睛都还没睁开，个头小小的，就和普通的地球猫幼崽一样大。

这个古代文明相传在遥远的数千年前就已灭亡。在遗迹深处，神圣的祭坛之上，有一个带有冷冻睡眠装置的箱子，上面雕刻着花纹，而那时的珠儿就安稳香甜地在箱子里熟睡着——如果赫尔的话是真的——据说，他听见了一个声音。

"在此等候你多时了。"

那不是珠儿的声音，而是一个年迈的男声。

等他仰起头望去的时候，箱子的盖子已经打开，幼猫即将从漫长的睡眠中苏醒过来。

终于,幼猫的睫毛颤抖了一下,睁开眼,露出耀眼的金色双眸。她看见了赫尔,在他的心里留下一句"原来是你"。

遗憾的是,珠儿并不记得这场令人感动的相遇。不知道是因为当时年纪太小不能记事,还是只因睡得太久了,还没有从迷茫的状态中回过神来。

在赫尔教会她说话之后,她很快就能应用自如。不管教她什么,她都像沙漠吸收水分一样飞快地熟记,掌握。

等到赫尔察觉的时候,珠儿已经可以熟练使用电脑查询资料。经过自学之后,她已经比赫尔更博学多才了。

赫尔对自己的爱女既不嫉妒也不恐惧,只是对她倾注了满腔爱意。

只要是珠儿想要的,不管是多么昂贵的书籍,他都会想方设法拿到手给她。

他假借人类的名义,帮珠儿接受远程教育,取得了好几个博士学位。

赫尔是个微不足道的私家侦探。这个工作风险很高,收入却相对较少。好在他还有大笔的退职金和存款,不过这些钱也全都毫不犹豫地花在了珠儿身上。

对于赫尔不求回报的深情厚谊,珠儿发自内心地感激,感动。

他们没有任何血缘关系,可他却把她当做自己的亲生女儿来关切爱护,不,比对亲生女儿还要好。

所以,她想尽量帮到赫尔。

五年过去了,对于赫尔来说,珠儿已经成了一个很好的搭档。

两人联手解决了许多困难的事件和委托,每次完成之后就会去悠闲地度个假。即使现在珠儿也还是觉得,那段日子并不算糟糕。但她也会忧虑:这样的生活对于赫尔来说,真的好吗?

在和珠儿相遇之前,赫尔似乎就是个废柴。他总是说,遇见珠儿以后他才又重新活了过来。是在珠儿看来,做着私家侦探工作的赫尔一点都不开心。甚至让她感觉,他是在找一个赴死的地方。

对于赫尔来说,适合他的地方,适合他的工作到底是什么呢?

就在这时,赫尔曾经的老师凯瑟琳联系上了珠儿。

她听到了前所未闻的赫尔的过去,赫尔退职的事情。在知道了来龙去脉之后,珠儿恍然大悟。

赫尔真正热爱的是军队,他为军规纪律和军人的使命感到无比光荣。离开军队之后,赫尔也失去了生活的支柱。现在,赫尔拥有珠儿,她就是他心灵的支撑。

但是,赫尔。

慢慢地左右摇晃长长的尾巴,珠儿停下来,透过窗户望向太空。

珠儿不能永远和你在一起。珠儿会比你先死。这是无法改变的命运。珠儿很清楚。似乎也总是能感觉到自己会什么时候死,知道自己还剩多少时间。

所以,珠儿接受了凯瑟琳的提议。

为了让赫尔在自己死后也还能好好活下去,为了能让他找到新的支撑——

亚特兰蒂斯。

在听到名字的瞬间,珠儿的胡须就动了动,她知道必须要去那里。

前面等待她的是无法描述的危险。即使这样,也必须去。

珠儿的命运和未来都这样告诉她。

对赫尔而言也是一样。

那里将会成为他的重生之地。

等到赫尔读完大量书籍的时候,已经是两天之后。他似乎把睡眠吃饭和洗澡给抛诸脑后了。

在这段时间里,连珠儿也不会去接近他,因为她很明白此时会被赫尔完全忽视。

只要他的全部精力集中在一件事上,就会这样。他会全身心投入,就算有火灾或者暴乱在身边发生,他也不会察觉。他就依靠这种方式将大量的知识放入大脑之中。如果是锻炼身体的话,就会让身体记住所有的动作。

一旦他掌握之后,所有的资料和教材就都不需要了。赫尔的记忆力异于常人。

他曾被怀疑是基因更改的产物,但经过数次检查都没有发现一点更改痕迹。

最后得出的结论是,赫尔似乎是天赋异禀。

但赫尔本人都不知道,超群的记忆力究竟是不是上苍对他的厚爱。

不,也许当想忘记的事怎么都忘记不了的时候,这并不是什么好事。

迄今为止的经历,还有那些苦难,赫尔都明明白白地记在心间。

那场大火。

人们的尖叫、恐惧、绝望。

像是陷入疯狂一般的悲痛和自责。

时间久了就会忘记,就算无法忘记,也会冲淡记忆,这是上天对人类的恩赐。凭借这个,人类才能从深深的心灵创伤中重新站起来。

然而,赫尔却没有这样的幸福。

一闭上眼,孩提时代开始的所有精力和回忆就像走马灯一样真真切切地在眼前苏醒。

即使想要忘记,也无法遗忘。

那是永远无法痊愈的,灵魂的炼狱。

他找过心理咨询师,找过医生,住过院,喝过药,甚至碰过毒品,最后却还是没有一点效果。

但寻死,他又做不到。

就在他自暴自弃的时候,一个柔软温暖的小生命来到了他的怀中。

她有熠熠生辉的金色双眸,带着纯真的眼神,冲着他微笑。

那一瞬间,赫尔得到了救赎。他已经无法想象没有珠儿的人生。

"赫尔,我想你差不多也该结束了。"

珠儿没有敲门,悠然地走了进来——这是只有珠儿享有的特权。

"你臭得我鼻子都快掉了。先去洗个澡吧。珠儿会准备吃的。你已经两天不吃不喝了,不能吃固体的食物哦。先喝一点虽然难喝,但营养丰富的汤吧。好不好?"

"知道了。珠儿,把这些纸质资料给我销毁了。这些是个人信息,而且是绝密信息。"

赫尔耸耸肩,嘴角上扬。

"司令官好像觉得这一行人没什么特别的。"

"这些人的组合还挺有个性的。"

珠儿已经事先浏览过存于芯片里的信息了。赫尔需要知道的事情,珠儿也必须知道。

"有恐怖分子嫌疑的只有一个人。不过……其他人也有很多让人在意的问题对吧。"

"没错。"

胡子邋里邋遢,穿着白色的T恤和运动裤,这副打扮的赫尔怎么看都不会让人联想到他会是空间站的副司令官。

"以后再说吧。你现在臭得像块烂抹布一样。"

"这话太过分了吧。请称之为男人味。"

"明明就是污垢头皮屑和汗臭嘛。"

吵嘴的话他可赢不了珠儿。赫尔挠挠头,走进珠儿已经准备好的浴室。

"耳朵后面也要好好洗。"

"知道了知道了。"

"真是的,没有珠儿的话你可怎么办啊?"

珠儿一边说,一边伸出前面两只脚,麻利地把资料捆起来。

"嗨哟。"她把东西拿到垃圾箱边,扔了进去,然后按下"粉碎""可燃"两个按钮。很快,资料就全都被销毁了。

"旅游团马上就要来了,还真期待。说实在的,还真有一个特别想见的人。怎么办呢,是不是该打扮一下呀? 得让赫尔帮我刷一下毛才行。就算他说两只手没力气,也不能让他偷懒。他都把珠儿扔在一边两天了,这么点事也该答应吧。"

她熟练地在操作台上的菜单栏里按了几下,很快,"虽然难喝但营养丰富的汤"就做出来了。

"赫尔——脚底也要好好洗哦。"

"我都说知道了,大小姐!"

珠儿浑身都能感觉到汤溢出来的热气,她的胡须稍稍弯曲了一些。

"哎呀,直的胡须才漂亮嘛。"

珠儿碎碎念着,眯了眯眼睛,跳上赫尔平时坐的椅子,蜷缩成一团,喉咙发出咕哝咕哝的声响。

"能像现在这样幸福的时光,不会剩太久。到那时,就无法再像现在这样安宁了。"

192

　　她无法把自己的想法传达给赫尔。

　　不，是因为她觉得不能告诉他。

　　虽然没有人这样警告她，但与自己的命运息息相关的事情，是谁都不能说的。她这样觉得。

　　"船到桥头自然直，那可是赫尔啊……"

　　被赫尔的味道包围着，珠儿开始昏昏欲睡。

　　"而且凯瑟琳也是很有本事的……"

　　从浴室出来的赫尔，一眼就看到仿佛幼猫般甜甜睡着的珠儿，他的心中升腾起一阵幸福感。

　　"为了你，我可以做任何事。因为我是你父亲呀。"

　　如果珠儿听见了这句话，应该会很失望吧。

二

事态变得相当严峻。

其实事情早就变得很糟糕了，只是发觉得太晚而已。

天尘察觉到这一点，是在宇宙飞船出发之后的第十个早上。

如果顺利的话，还有四天就能抵达一直憧憬的空间站——亚特兰蒂斯。

目的地就在前方。

虽说如此，他心中也并不全是欣喜之情。在这艘被称为豪华客船的宇宙飞船内，他的日子过得孤独无聊而又单调至极。

飞船上的客房，两两相靠，两个房间与其他客房之间又隔有娱乐设施之类的东西，相离较远。这样的环境下不太可能轻轻松松地就和谁擦身而过，萍水相逢。结果到头来，天尘最后认识的人只有第一天遇见的真宏。其他的乘客似乎也只是和附近房间的人走得近而已。

怎么说呢，这种状况不是和当初宅在屋子里写那些卖不出去的小说时一样吗？

虽然允许自由活动，但是飞船里有很多禁止进入的地方。

所有的问询和接待都是由电脑负责的，到现在为止还没有见过一个乘务员。

活到这么大，天尘还是头一次这么想和别人见见面，说说话。

这也许是宇宙飞行的这种特殊环境所导致的。

唯一能和他说上话的真宏，也并不经常来看天尘，他似乎正忙着欣赏那些秘藏的色情电影。

"往返一个月内，我一定要横扫所有的片子！"

虽然天尘真心不觉得看黄片值得让真宏卖力到眼睛都充血的地步，不过个人兴趣还是应该尊重的。

种种原因之下，天尘也只好每天熬夜，从库里翻出旧电影和旧书来消磨时间度日。

"嗯，就快到空间站了吧。"

他往上伸出双手，看了看表之后，擦了擦眼睛。

他像平常一样舒舒服服地睡了一个懒觉，在以地球标准时间来算的话是早上11:02的时刻起来，穿着睡衣走下床。

天尘擦了擦鼻子，胡乱揉揉自己蓬乱的头发，打了一连串哈欠，然后呆呆地对着电脑下达准备食物的指令。

但是电脑却没有给出任何反应。

正常情况下，电脑应该会发出哔哔的器械音，然后给出菜单上推荐的料理。可现在却什么动静都没有。

天尘不在意地想，难道是因为睡过头了，所以惩罚他不能吃早饭吗？所以他就又用很大的声音清楚地说了一遍。

"给我来一份养胃的菜，不要动物性蛋白质。"

他等了一会儿。

然而，却还是没有任何回音。

天尘终于觉得不太对劲了。

他急急忙忙脱下触感柔软的纱织睡衣——这是用有机无农药栽培方式产出的棉花做成的——因为脱得过猛了，皮肤上都能感觉到疼痛。

极度敏感的体质在宇宙中也没有任何改变。

他找出适合过敏体质的人穿着的触感柔滑的衣服，小心翼翼地从头上套下。

他平时穿衣服的时候也会尽量避免纽扣和拉链，橡胶也不行，基本上他的都是没有一点装饰的T恤和系腰带的裤子。

在穿上运动鞋之前，天尘又试着连接室内计算机，高声说道："乘客号003，天尘·江孜。"

电脑还是没有反应。

"是只有我的房间坏了吗？中了奖能去空间站参观，有得必有失，所以房间里的电脑坏了吗？"

天尘怎么都无法习惯突如其来的幸运。他一直相信，在幸福的背后，一定会有同等分量的不幸在等候着。甚至有的时候他会想，难道这不是在还债吗？

所以天尘并不特别慌张，他放弃了声纹识别，很快试了试掌纹识别。

不行，这也没动静。

他将眼睛对上机器，想尝试用瞳孔来识别，但也没有用。

"天啦。"

电脑完全无法运行了。

所幸的是生命维护装置和环境维护装置似乎还没有出问题。不然的话，早就没命了。

"得先把这个情况告诉乘务员才行。"

可说是这么说，在电脑无法运行的情况下根本没法联系到乘务员。

"走着去吧。"

在房门前站了三分钟，天尘终于发觉了事态的严重性。

"电脑瘫痪了的话，门也不会自动开启关闭了。"

他被完全困住了。

没有食物。

没有联络外界的手段。

也出不去。

他去卫生间和浴室确认了一下，发现也不行，那里的电脑也没有反应。

"这种时候，全自动简直是个噩梦。"

天尘自言自语道，重新坐回松软的床上。

他盘腿坐下，静静思考着：自己能做什么？会不会有人察觉到异样然后来救他？会不会有人发现问题然后去修理电脑？

不管怎么样，现在只能自己想办法。

"可不要小看'家里蹲'哦。"

天尘摸了摸右耳后方，那里有一个不显眼的非金属质地的小盖子。打开盖子之后露出一个小洞，他从里面拉出一根细细的纤维。

"既然坏了，那就只有修理一下了。"

他摆弄了一下室内计算机的主板，发现没法轻易地取下来，于是他拔下右手食指的指甲，皮肤很顺畅地剥离开来，露出里面非金属质地的工具。

他的手指在一次事故中断掉了，现在的手指是当时安上的替代品。

一个一个找工具太麻烦了，所以就全装在了断掉的手指里。

之所以没有采用金属来制作，仅仅是因为金属给他很冰冷的感觉，让他很不舒服。

不过也多亏如此，他才能通过严格的安检，就这样坐上宇宙飞船。

虽然不是有意为之，现在也只能说自己确实很幸运了。

安装在他手指里的是用自己的细胞制作而成的非金属活体材料。这虽然是最新技术，但天尘当时偶然成为正式投入使用之前的试用者，以很便宜的价格便安装了。事实上，因为这项技术被用于恐怖袭击的可能性越来越大，这样的问题产品也就没能进入市场销售。

"好了。"

他把操纵板卸了下来。

复杂的电路，密密麻麻地绕满了线，看上去很原始。

光用肉眼来看的话，电路依然还在运行，似乎电源也并没有脱落。不停闪烁着的红蓝黄三色灯也能证实这一点。

"究竟是哪儿出问题了……?"

很遗憾，天尘不具备一个工程师的专业知识水平。他只是因为长期窝在家里，所以有大把大把的时间来读各种各样的书，仅此而已。此外他为了让自己的居住环境更舒适，便学会了自己修正计算机环境，对于简单的修理也很熟练。

像宇宙飞船这样复杂而高难度的东西，他连碰都没有碰过。

可被困在一个完全隔音的房间内，这样的情况下他只有一条路可以走——那就是试着修理自己也许能修好的部分。

"能不能连接这里?"

他将从耳后的小洞里拉出来的神经索连接到电路的一个末端。

因为神经过于敏感，天尘有很多物质都不能碰，所以唯一称得上是他的武器的，也就是这根神经索了。

他几乎是搭上命做了一场大手术，术后他的大脑就具有了可以和计算机相连的功能。

天尘不能专业修理计算机，也不怎么理解计算机的构造，但只要用神经索连接上计算机，他就能依靠直觉和视觉来认清计算机的内部。

在这种情况下，大脑会采取适合人的方式，来让人理解，算得上是因人而异。

具体到天尘而言，他会看到很多书籍。

数量庞大的书籍整整齐齐排在书架上，塞得满满的。一个理想中的巨大图书馆在他的身边延伸开去。而天尘的意识，就站在图书馆中央。

天尘环顾四周。

有好些个地方的书都倒过来或者是倾斜了。

书看上去比天尘还要大。

他用上全身的力气想把书重新放整齐。虽然感觉上像是汗如雨下，但这是虚拟现实，实际上并没有汗滴下来。

终于，天尘整理好了所有的书，累得瘫坐在地上。

这样一来，至少某个房间的电脑该修好了吧？

肩膀不停地上下起伏，天尘喘着气，仔细地检查书架。

神经索能够产生作用的原因在于它使用的是神经元突触。一旦开始使用，人的大脑就会感到非常疲惫。有时甚至会产生无法挽回的损害，陷入脑死状态的情况也不在少数。

天尘宁愿冒着危险，忍受手术带来的痛苦，也要安装神经索，是有原因的——为了不用外出也能生存下去，为了尽量避免与他人接触也能继续生活，为了获取更多的知识，有时候也为了做一些不太合法的事情。

对于天尘来说，神经索是不可或缺的。

当然，因为体质的原因，他的神经索使用的是非金属活体材料。

天尘找到了一个对他的特殊体质抱有浓厚兴趣的医生，请他将自己作为人体试验的对象来进行了安装——因为普通的神经索里面无论如何都会含有少量的金属，所以天尘的情况是相当特殊的，是医生很重视的难得的实验对象。

"这就完事了？"

天尘放下心来，呼出一口气。他准备切断连接，于是将手放在耳后的小盖子上。

就在快要抽走神经索的那一瞬间，他的余光扫到有什么东西在动。

他之前除了书之外没见过别的东西。

计算机的内部系统通过天尘的神经索转换之后，一般只会呈现出图书馆的样子，他以前从没见过其他东西出现。

而且，这东西还会动。

吱——

一阵尖锐的叫声传来。

他感到毛骨悚然。

不可能！

在书架的深处，有两只闪烁着混沌光亮的眼睛在窥视着天尘。

慢慢的，它露出了脚，也看得见尾巴了。

那是一只，巨大的，灰色老鼠。

"有病毒！"

吱吱——

老鼠在专心致志地啃着书。

天尘慌忙跳进书与书之间的缝隙里，逃向书架的深处。那里布满了尘埃，似乎没有好好保养过。

他听说过病毒会变化成某种形态进行攻击，但之前却从来没有遇到过，这次是第一次亲眼见到——病毒幻化成了会把书啃得破破烂烂的老鼠。

如果就这么放着老鼠不管，书会被损坏，变得残缺不全。如果图书馆一塌糊涂的话,就算想修复也无能为力了。可是,话虽如此……

他也想不出什么办法可以抵抗状如大象般的老鼠。

还是先切断连接,先从计算机内部出来才是上策。面对这么一个对手,我也无能为力。

就在天尘打算拔掉神经索的时候,他停下了手上的动作。

但如果我就这么弃之不顾的话,计算机无法修复,就只能处于关闭状态。如果放任不管,整艘宇宙飞船的计算机都会崩溃。

最糟的情况下,宇宙飞船会遭到破坏,所有的乘客和乘务员都会化作宇宙中的尘埃。

用神经索进行连接的时间是有限的,因为这会对大脑造成很大的负担。一旦连接上,虽然根据体力不同时长会有区别,但最多只有一个小时。到下次再连接之前,至少需要休息一个星期。如果强行进行连接,大脑会出现短路,陷入"烧焦"的状态。

从身体的感觉来看,从开始连接到现在已经过了大概三十分钟。如果现在切断连接的话,就会有一个星期什么都做不了。

一个星期被关起来不吃不喝?选择和飞船上的人一起葬身宇宙?

还剩三十分钟,先把能做的事都做了!

他还不想死。

他还没有看到憧憬的太空站。还没有写出名列畅销榜第一的小说。也还没有经历过两厢情愿的爱情。

他还想再拥有一些时间。

老鼠好像还没有发现我,那现在该怎么办?

天尘的大脑全速运转起来,拼命回想那些军事游戏和战略游戏,希望能找到一个好办法。可他实在想不出在这种没有武器也没有别的措施的情况下,单人徒手跟巨型生物搏斗的游戏。

吱——

他听到老鼠的叫声。

行走的声音，呼吸声，还有叫声。据此判断，现在老鼠离天尘似乎还有一定的距离。

咯吱咯吱——

既像是用力挠，又像是啃食东西的声音在空中回响，那是老鼠在破坏书籍。

也就是说，病毒正在破坏计算机的程序。

这样下去真的会造成无法挽回的后果！

恐惧。

如果被老鼠伤害，被杀死，那天尘就再也无法恢复意识，大概会陷入完全脑死的状态。

恐惧。

这样下去宇宙飞船将无法航行。也许会四处漂流行踪不明，也许会发生爆炸变成粉末。

无论是哪种结局，都是死路一条。

把书推下去试试吧。

他只能想到这一个办法。

这样做也许会对程序造成一些破坏，但现在也顾不得这个了。

情况紧急。

天尘一边注意着老鼠的动静，一边悄悄地从缝隙里探出身体。他拼命压低脚步声，屏住呼吸，慢慢移动巨大的书架。

书架与书架之间距离相等，其中放置着一把长长的梯子。现在能做的就是爬到梯子上，从老鼠的上方推下一本足够重的书。

吱——

老鼠正在专心致志地，对着面前的书又啃又咬。

天尘慢慢接近梯子，用颤抖的双手抓住。恐惧和紧张让他的膝盖以下完全没有力气,他全身软绵绵的,几近崩溃。

"现在只能把书推下去了,原来你也是这么想的呀!"

突然有人在他的耳边低语。一惊之下,天尘差点从梯子上滚下来。

撑住他的,是一双柔软的手。

"还真是吓了我一跳。你每次侵入计算机内部,看到的都是这个景象吧?原来,谁先进入计算机,呈现出来的就会是这个人体验到的虚拟世界。我以前还不知道呢。"

小声对着他说话的,是一个十五岁开外的少女,她也是乘客之一。她火红色的头发扎成一个马尾,穿着吊带和超短裙,手脚修长,皮肤是健康的小麦色。她戴着一副红色边框的圆形眼镜——因为现在矫正视力非常简单,所以很少有人会戴眼镜。

从这个女孩的样子看来,她似乎是通过使用眼镜来进入计算机内部的。

"如果你要被老鼠发现了,我就去吸引它的注意力。我还以为只有我一个人的房间里的计算机停止工作了呢。"

"总……总之你要小心。"

"你也是。"

少女在天尘的背后往上推了一把,摇晃着马尾从他身边离开了,大概是打算去分散老鼠的注意力。

这……这可不是自己一个人的安危了。

如果不抓紧时间的话,就连那个女孩也会被老鼠害得陷入脑死状态。

天尘在颤颤巍巍的双脚上拼命用力,开始往梯子上爬。

"啊!"他一不小心叫出声。

梯子突然剧烈摇晃起来。

吱吱吱吱吱——

老鼠就在他的正下方,用身体撞击梯子和书架。

"哇啊啊——"

梯子的顶部已经快要悬空了。天尘死命地用双手双脚抱住梯子,闭上了眼睛。

整个书架也开始摇摇晃晃起来。

天尘突然想到,最坏的情况下还可以把书架推到老鼠身上去压死它。

只不过毫无疑问的是,天尘也会和老鼠同归于尽。

"这边这边,笨蛋!"

从远处传来那个女孩的声音。不知道她什么时候跑去了那么远的地方,正轻快地跳上跳下。

吱吱吱——

老鼠改变了目标,准备袭向那个少女。

危险!

天尘没来得及细想,就用上了全身的体重,踢向已经摇摇欲坠的书架,与此同时,梯子开始悬空,而上部似乎是被固定在书架上的。

"唉——"

利用杠杆原理,天尘果断地晃动起书架来。

开始有书从摇摇晃晃的书架上往下落。落下一本书之后,其他的书就分崩离析地往下掉,击中了老鼠的尾巴和后脚。

吱——

恼羞成怒的老鼠改变了方向,狠狠撞向书架。

这正中天尘他们的下怀。

书一本接一本地往下落。

这些书都无比沉重而巨大。很快老鼠就不见了踪影,两三分钟之后,原地就只剩一座书堆成的小山。

书形成的山丘稍稍动了动,然后便毫无动静了。

"哇哦!"

少女朝着天尘跑来,她的速度特别快。

"没事吧? 慢慢下来。"

"嗯。"

安下心来的瞬间,天尘手脚上的力气像是都被抽走了一样。

"哇啊啊啊啊——"

我怎么这么蠢! 居然就这样脑死了吗!

他将自己从梯子上跌落的样子想象为一组慢镜头。

少女在喊叫。

她在说什么?

断——开——连——接!

就在撞上地面的前一瞬间,天尘的手动了。

三

睁开眼睛的时候，天尘对自己还活着感到无比幸运。

他的手里握着神经索。

看来他是九死一生捡回一条命了。

他松了一口气，发出微微的声音，这时突然有人猛敲房门。

"没事吧？你还活着吧？"

是那个扎马尾的少女。

"计算机，Open the door。"

在天尘下达指令之后，传来一阵熟悉的机械音——哔。

他从没觉得这个声响是如此的亲切可爱。

少女立刻就飞了进来。

"太好了，你还活着。头疼吗？想不想吐？"

"没……没关……啊啊！"

少女一下向他扑来，他忍不住叫了一声。

"那里不舒服？有受伤吗？"

其实并不是这个原因，是因为跟他人即使稍有接触，他过敏的神经也会有很大的反应。

被软玉温香的少女紧紧抱住，可他感觉到的只有浑身的不舒服，这简直就和地狱没什么两样。

作为一个男人,这简直太丢人了。

"不……不是的。我有触觉过敏……"

"啊,抱歉。"

少女一下子退开,朝着他甜甜地笑。她的笑容无比明朗。

"大英雄没事儿,太好了。"

"大英雄?"

"是呀。好像整艘宇宙飞船上的计算机都停止运行了。十分钟之前重新启动了一次,大家都从房间里逃出来了。我很担心你,所以一问到你住哪个房间就立刻赶过来了。"

少女满脸笑容,简单地介绍起自己来。

"我叫蕾德,你好。今年十六岁。我是中了奖所以才来这儿的。你呢?"

"我……我叫天尘·江孜。二十四岁。也是中了奖……你的意思是公平地通过抽奖然后中奖的是吧?那所有的客人都是一样的哦。"

"你什么都不知道呀。不管哪儿都一定有内幕,这可是真理。"

蕾德老气横秋地说道,背对着天尘。

"走吧。总之先让工作人员解释一下究竟发生了什么。"

"也对。"

天尘正打算站起来,却突然撞到了头。

蕾德连忙抱住床。

"怎……怎么了?"

"重力异常吗?但好像不是,操作失误?"

飞船的机体开始倾斜。两人抓着墙和装饰品,慢慢地移动到走廊上。

"哇哦。"蕾德忍不住吹响口哨。

"啊,真宏。"

真宏正好待在走廊的另一头,蕾德和天尘看到他的时候,他就是一副脑袋被墙壁撞得够呛的样子,摔倒在地上。

"疼死了,搞什么啊。啊,天尘,我看到你没来找我,所以就来看看你。疼死了疼死了。"

真宏揉着头,想方设法打算爬上长长的走廊通道。

"是重力失灵了吗?"

"应该不是,我们还能站立,而且机体是突然一下倾斜的。"

"如果重力维持装置没有问题的话,即使机体倾斜,也不会是现在这个样子。"

天尘、蕾德和好不容易从倾斜的走廊通道另一头爬上来的真宏一起,向着乘务员室走去。

途中,他们遇到一个少年,他正紧紧地抓住固定在地板上的桌子。

"救……救……救命。我一放手就会掉下去。"

"没事,只要掌握方法的话是可以走的。你叫什么名字?"

"铉德。我今年十四岁。"

蕾德引导着这个少年,他战战兢兢地松开手,努力想要保持平衡。

男孩略有些胖乎乎的,个子比较矮,看上去很讨人喜欢。能感觉到他出身良好,很是大方稳重。

铉德大概是亚洲人,和天尘在容貌上有一些相似之处。

"这算怎么回事啊,先是计算机无法运行,好不容易修好了又出这么个事?"

"真是的。这算是哪门子豪华宇宙飞船啊?这简直就是欺诈!"

"我也是听说这艘飞船绝对安全才会来坐的。"

铉德也撅着嘴加入讨论。

"以后再抱怨吧。要起诉也留到以后。不然的话,我们会被他们从飞船的窗子扔出去的哦。"

大概是被自己的笑话戳中了笑点,蕾德大笑了起来。她的性格还真是开朗。

真宏和铉德也被她感染,表情变得明朗起来。

但只有天尘一个人紧锁眉头。

事态都已经如此严重了,为什么乘务员没有采取任何措施呢?

难道说……

不是他们什么都不做,而是已经什么都做不了了?

一阵恶寒蹿过天尘的后背。

当初代表幸运的中奖通知,也许是通往不幸世界的请帖。

事到如今,后悔也晚了。

"啊,达尼。"蕾德出声打了个招呼。

面前的男人即使从外面看也能看出筋骨强劲,肌肉结实。他留着剪短的金发,眼睛是蓝色,典型的白种人长相。

这个男人正站在门前奋力地做着什么。

"哟,大小姐。"

"怎么了?这扇门打不开吗?说起来,这是什么房间?"

"医务室。"

"有人受伤了吗?"

"乘务员。"达尼简短地回答之后,叹了一口气,"而且,所有人。"

眼前突然一片漆黑。天尘一阵头晕目眩,差一点从走廊上滚下去,幸好有真宏拽着他的手,他才能勉勉强强站在原地。

"所有人都口吐白沫倒在地上。"

达尼带给众人的打击无比强烈。真宏和铉德都说不出话来,就连蕾德也哑口无言了。

"是怎么回事？"

"不管是要调查这件事，还是要进行治疗，都必须用到这里。"达尼吼了一声"混账东西"，用坚硬的靴子后跟重重地踢了一下医务室的门。

伴随着一声钝钝的响声——轰隆，门吱吱呀呀地慢慢打开了。

"好原始……"

铉德咕哝了一句，对上了达尼的视线。看到急急忙忙捂住嘴的铉德，达尼嬉笑了起来。

"大少爷，记好了，世上的事往往是很单纯的。"

医务室里的电源断了。一行人接上电，重新启动了内部的计算机。

在医务室里找出三台装有自动移动装置的担架，达尼、真宏和铉德负责用担架把乘务员运过来，天尘和蕾德留下来检查计算机，以便可以随时使用。

"又是病毒，又是乘务员出事，这并不是偶然对吧？"

就连蕾德的声音都在轻轻颤抖。

"恐怖袭击？可为什么……？"

宇宙飞船上的乘客都是些中奖者，并没有政府高官一类的重要人物。

"我也不知道。但是，这也太奇怪了吧。"

"确实。"

担架很快就被送了回来。

果然，乘务员们都口吐白沫，翻着白眼，所幸的是都还活着。两人赶紧将乘务员放上手术台，然后将担架送回去。

"蕾德。"

"怎么了？"

"你会用医疗器械吗？"

"我只是个女高中生,怎么可能会用? 我不过就是加入了计算机俱乐部而已。天尘,你也……"

"嗯,我就是个居家的宅男,不会用的。"

两人无言地对视着。过了一会儿,蕾德的脸色突然亮了起来。

"我说我说,同行的人里不是有一个坐在电动轮椅上的青年,还有一个陪着他的女士吗? 也许他们会很清楚。而且,还有一个看上去很聪明的白发绅士!"

"我们分开去找是不是更快?"

"对呀。不管怎么样,我们就算待在医务室也没什么用。"

天尘点了点头,之后又陷入了沉思。

原本在医务室的医生和护士去哪儿了呢? 他们也口吐白沫倒下了吗?

如果这样的话,那就真的束手无策了。

若是很幸运,乘客里刚好有医生或者护士,那又另当别论了。

在卡尔发现电脑无法运行之后,他的第一个反应是:确认一下能不能从天花板或者地板上逃出去。当然,这是在宇宙中航行的交通工具,自然是不可能找到这种通道。他很快就放弃了,坐在椅子上。

这种情况下,最重要的是保持冷静。

幸运的是,生命维护装置还在照常运行,这样的话就不用着急。船上有优秀的乘务员,他们一定可以很快解决问题,把大家都救出来的。

卡尔凝视着镜中已经明显花白的头发,深深吸进一口气,然后慢慢地吐出来。

他没想到会发生这样的事,这也算段很有意思的经历吧——前提是能大难不死。

回顾自己的人生,他只能感觉到平凡乏味至极。

只有一件算得上特别的事,但那也是好久好久以前了。

他一直在地球政府的基层单位从事书籍数据化工作,已经做了三十年。

他唯一的优点就是勤勤恳恳,没有任何的兴趣爱好。如果他对园艺或是读书什么的有更多的热诚,那也许他的人生就会更加多姿多彩。

虽然他对往事后悔怅惘,但也没有一次想过要将自己的人生重来。现在的人均寿命已经超过了一百二十岁,可他也并不强求长寿。

他已没有什么可以失去的东西了。

从他察觉到计算机的异常开始,已经过了将近两个小时。

因为一直陷入沉思的缘故,他已经有些昏昏欲睡。

他无奈地自觉到真是老了,无意识地出声下达指令。

"矿泉水。"

哔的一声电子音,一杯水被了出来,看来物质传送装置和物质转换装置都已恢复正常。

这么说来,乘务员们已经把问题都解决了。但如果是这样的话,为什么没有广播和紧急联络呢?理论上来说,应该会有关于现在情况的说明和致歉通告的。发生了这么大的故障,不可能毫无表示。

他稍微等了一下,还是什么通知都没有。

"好奇怪。"

卡尔自言自语着站了起来,打算去看看现在的情况。

这时随着哐当的一声,宇宙飞船剧烈地摇晃起来。与此同时,地板和天花板都开始倾斜。

飞船的机体正在倾斜。他等了大概五分钟,还是没有任何联系,也没有人来维修。

"果然很奇怪。"卡尔的喉咙深处低声呻吟道。

必须去确认究竟发生了什么,他打开门走到走廊上。

对面的房间里住着一个老妇人,希望她没有受伤。

他按响了对讲机,等了一会儿觉得有些不安,正打算敲门的时候,门开了。

"铃音女士,您没事吧?"

"卡尔先生,我没事。我很担心伊万博士,您能和我一起去看看他吗?"

"好的。"

铃音拥有日本人的血统。她身穿日本的传统服装和服,一头白发——对女性来说没有染发是很少见的。

听说她今年刚好一百岁。

她是个资深教师,常年从事幼儿教育。这一次去空间站参观的中奖券,好像也是以前教过的学生送给她的礼物。

她口中说的伊万就是那个坐在电动轮椅上的年轻人。他的身体发育有问题,看上去像是个少年,其实已经有三十岁了。

铃音知道伊万是个著名的学者。也许是两人意气相投的缘故,铃音经常找他喝茶谈心。

卡尔有时也会参与他们的讨论。但是两人聊天的内容太艰深了,老实说,他甚至能感觉到像是精神拷问一样的痛苦。

反正自己就是个做单调的文字工作的人罢了,卡尔自嘲道,叹气不已。

所以铃音会第一个担心伊万也是理所当然的。

如果运气不好,他的轮椅正在那时和计算机连接在一起的话,就连轮椅的功能也会停止或是损坏。

卡尔和铃音稍走几步,到了伊万的房间外面。那是一个特殊房间,听说是考虑到伊万的身体,所以设计成了特别的构造。会根据中奖者的情况来重新装修房间,这样的服务可算上乘。

"伊万医生。"

在铃音打了招呼之后,房门很快就开了。

"太好了。你没事。"

年轻人的头发长度齐肩,自然卷,金色中略带青色。脸色是神经质般的苍白,细细的下巴,但是双眼中放射出智慧的光芒,像是太阳一般。

"铃音女士,卡尔先生。你们没事真是太好了。"

伊万的后面站着一个中年妇人。

"麦迪5号,移动伊万,到铃音女士和卡尔先生前面。"

妇人从身后用手触碰了一下轮椅。一个轻轻的动作,轮椅就开始移动起来。

"总之现在必须去确认一下情况。如果一直保持这种倾斜的状态的话,轮椅的重力安定磁场装置和能源都会切断。"

"去司令官室问问吧。"

听到铃音的提议后,卡尔点了点头,走在一行三人的最后。开头是铃音,中间是伊万和麦迪5号。

麦迪5号从外表上看来和人类一模一样,但实际上是人工制造的用于护理的智能机器人。

伊万是世界级的学者,加上资产颇丰,于是便特别订制了一个看护机器人。

三人突然看见有一个人贴着墙从走道的另一头走来。

那是一个瘦弱内向的年轻人。

"啊,太好了。大家都没事吧?"

名叫天尘的年轻人简短地告知了三人现在的状况:乘务员全体倒下了,现在他们正在寻找会使用医务室的人。

"麦迪5号,你的任务来了。"伊万说道。

铃音接上他的话,"我也去帮忙,我有医师资格证。"

我在这儿也没什么用。卡尔想叹气,最后还是咽了下去,因为有人抢先大大地叹了一口气。

他一看,那是天尘。

"我什么忙都帮不上。"

"我也是一样。"

两人面面相对,苦笑了一下,然后伊万就和天尘一起去确认其余的乘客是否安全。

布伦达觉得机会来了。

她不知道发生了什么,只知道是出大事了,必须用自己偷偷带进来的摄像机录下来。

她赶紧开始组装预先拆开的录像机。为了以防万一,她将摄像眼也打开了——她摘除了自己健康的右眼,换成了人工摄像眼。

她单手拿着摄像机,录下了房间内部的样子,然后将摄像机放在桌上对着自己。

"我是布伦达。"

虽然经过了多次练习,可一旦到了真的要上场的时候,还是会很紧张,她的声音稍稍有点走调。

计算机停止运作,而且也没有系统广播。她试图用简短合适的语句来报告现在的情况,可说着说着就啰唆起来。

这要是被别人看到,只会觉得是个蠢女人在夸大其词大吵大闹吧。

冷静,冷静下来,这可是自己心心念念好久了的独家新闻,布伦达不停地这样告诉自己。

她咽下口水,摆出一个她觉得最有魅力的表情,让自己看上去充满知性而又略显妩媚。

"因此,在面对这样的突发情况之时,我们没有收到任何来自乘务员的联系……"

吱——突然传来一声尖锐的声响。

摄像机的画面一时停了下来。

"那是什么?"

是耳鸣。

像是幻听,但总觉得又不该是错觉。

她低头确认了一下,发现摄像机的画面和声音都混乱了。

不能用了,只得重新录一遍。

"真讨厌……嗯?"

右眼变得模糊,摄像眼发出了尖锐的啸声。

摄像眼和什么东西产生了共鸣,发出了不和谐的声音。

忍受着呕吐感和头痛,布伦达开始搜索让摄像眼发生异常的波长来自何处。

那个让机器产生异常的东西,应该就在某个地方。

房间门打开了。

飞船的计算机已经修复了,但是布伦达没有察觉到,她一心一意地在寻找让摄像眼发生异常的元凶。

"为了不让你节外生枝,也只能这样了。"

布伦达听见有人说话。有什么东西捂住了她的嘴。她想挣扎,可全身完全使不上劲。

什么东西? 怎么回事?

不只是右眼,现在连左眼都开始模糊不清。

她的意识开始混乱。

她知道自己正在口吐白沫。

手脚一抽一抽地痉挛。

呕吐感无法停止。

头像是割裂一般的疼痛。

喉咙深处似乎被什么堵住了。

她想叫出声,可除了呼呼的声音之外什么都没有。

右眼的人工摄像眼动了一下,正常启动了。

神秘人拿走了放在桌上的摄像机,然后离开了。

摄像眼记录了那个人的背影。

这是布伦达最初也是最后的工作。

"这边没有异常吗?"

住在隔壁的男人走进来的时候,穆罕默德刚刚洗完澡。

刚刚他正在洗澡的时候,计算机出现故障,搞得他浑身都是泡泡。

他好不容易等到计算机恢复正常,让自己一身清爽,这个时候找上门来的就是一副成功人士模样的查尔斯。

等穆罕默德换好衣服之后,查尔斯提议两人一起去看看其他的乘客是否安全。

穆罕默德暗想:他居然是个如此热心善良的人。

两人一走到过道上,机体就变得倾斜。他们艰难地在很容易摔倒的倾斜过道上行走,同时期盼着飞船恢复正常,但飞船却一直维持着倾斜的状态。

"这下麻烦了。"

这其实是句废话。

穆罕默德经常被人说成是少言寡语,其实并非如此。他只是习惯在慎重思考后再发言而已。只是在很多情况下,因为他考虑过多,等他想开口表达自己的意见时,已经到了下一个话题,结果他能开口的机会就变得很少了。

查尔斯和穆罕默德是相反的两种人。

与其说他是把任何想到的东西都说出口,还不如说他给人的感觉是还未思考就先开口了。他的交谈流畅悦耳,想必是个很有能力的商界人士吧。

两人终于找到一间客房,这里确实应该是那个有钱人模样的男人的房间。

按响对讲机后,门那边没有回应。

是没有听见吗?

两人又试着敲了敲门,还是没有人应答。

穆罕默德和查尔斯面面相觑,然后只得硬生生撬开了房门。

房间中央,一个浑身戴满金银财宝的中年男人四仰八叉地酣睡着。

写着"万"这个名字的名片散落在桌上,大概是在机体倾斜的时候从盒子里掉出来的。

看到呼呼大睡的男人,穆罕默德紧张的心情也消失了。

他忍不住笑出来,查尔斯也和他一起爆笑出声。

整整笑了三分钟后,万才在两人的大笑声中不情不愿地醒来。

事情发生的时候,弗朗索瓦正在会客厅,和偶然碰到的恩里科打招呼。

她问了一句要不要一起喝茶,正要端出红茶,计算机就没有反应了。

弗朗索瓦咕哝道:"这么怎么办才好?"

听到她的话,恩里科也帮着她开始烦恼。

恩里科是个体格健壮、手坚实有力的男人,在弗朗索瓦看来,他属于下级劳动人民。如果是平时,这类人绝对不会和她有任何交集。因为弗朗索瓦的家族代代都属于上流社会,而她本人的生活更是高贵优雅，万里挑一。

在这个不算大的宇宙飞船中，弗朗索瓦要和其他人一起度过两个星期的时间，因此跟下层的人说说话也未尝不可。这说不定也许会成为她返回星球之后进行慈善事业的契机，毕竟她丈夫留给了她一笔巨额的精神赔偿费。她的丈夫在结婚两个月后选择了自己的情人——一个年轻的男人，还丢给她一句话，说从来就没有爱过她，娶她只是因为被上司所逼。

是弗朗索瓦先看上前夫的。因为他是自己哥哥的部下，所以理所应当地，她就去找哥哥商量了这个事情。很快她的兄长就给了她回音——"不用担心，他和你的心情一样。你们可以即刻提出结婚申请，结成合法夫妻。"听到这个消息后，她欣喜若狂。

在地位高的家族当中，依然还会进行民间已经废除的、将结婚申请提交给政府机构的仪式。

她赶紧写好资料，独自一人去提出了申请。之后还准备了新房，等待丈夫的到来。

但结婚后，她丈夫却一次都没有来过她这儿。最终，她还是被抛弃了。

要求对方支付巨额的赔偿费，也不过是个物质上的安慰而已。

这笔钱当然不可能靠前夫一个人就支付得起，前夫还找上了自己的情人和双方的亲戚朋友。据说因为钱的事情，还有人自杀了，可这跟弗朗索瓦没有一点关系——因为她才是受害者，她的面子、自尊、心灵，都受到了伤害。

这次能乘坐宇宙飞船，也是她走了后门。

她的哥哥可以为她做任何事。

其实那人名义上是弗朗索瓦的兄长，实际上，是她的父亲——身份高贵的人经常有着复杂的出身。

宇宙空间站，还没有见过的边境，这是多么适合一个淑女的地方。

　　她之前一直是这么想的。可现在,计算机出了问题,她被困在房间里出不去。

　　和一个沉默的男人单独待在密室里,弗朗索瓦的内心激烈地动摇着。她害怕自己的魅力会让这个男人兽性大发。

　　但恩里科却辜负了她。他保持着绅士风度,既不靠弗朗索瓦太近,连话都不多说,只是一门心思想方设法和外界取得联系,虽然他对电脑并不太精通。

　　过了一会儿,飞船的机体开始倾斜。伴随着佛朗索瓦"让我出去"的尖叫声,房门打开了。

　　弗朗索瓦身体不适,恩里科看上去甚是厌恶地扶着她,走向了医务室。

四

来了一个紧急通话，级别还是机密。

接到凯瑟琳的召唤，赫尔和珠儿一起赶往了临时司令室。

在已经见惯的上司的表情中，此时非常严峻。

"刚刚收到来自地球政府的消息。"

赫尔他们一进入房间，凯瑟琳就直入主题，看来事态相当严重。

"中奖者们乘坐的宇宙飞船失去了联系。好像是有病毒入侵电脑，不，应该说是有人让病毒入侵的。"

"哎呀，本来是个悠闲的观光旅行，结果却变成了这样。"

"赫尔，注意言辞。"

"珠儿说得对。"凯瑟琳的表情柔和了下来，对着宇宙猫微笑着说。

凯瑟琳第一次见到珠儿时还不太习惯，可现在她最喜欢的就是珠儿。

"飞船上的乘务员加上乘客总共是三十五人。这次空间站的观光旅行，不仅面向地球，在各个殖民星球上也进行了大力宣传。如果以失败告终的话……"

"政府就会颜面扫地。"

"没错，但是不光如此。飞船上有世界闻名的学者，还有富豪，不能放任不管。"

"所以才专程告诉在下和珠儿这样的机密吗？"

"正是如此。虽然很对不起你，赫尔，但希望你能和珠儿一起去进行侦查。可能的话，请将全体成员安全带到这里。"

说完后，凯瑟琳深深呼出一口气。

"然后还有一件事。如果你判断宇宙飞船里暗藏危险的话……"

赫尔吹响一声口哨。

"真可怜。是要神不知鬼不觉地让宇宙飞船消失么？"

"赫尔，这是命令。"

"既然是命令，那就没有办法了。对吧，珠儿？"

赫尔在本质上是个军人。他不会违背上级的命令，即使给他的命令是要击沉整艘宇宙飞船，他也在所不辞。

珠儿沉默着，只是摇晃着她的尾巴。

"这是机密任务对吧，司令官。"

"我会给你五天的假期。你和珠儿避人耳目，暗中调查。"

"明白。"

赫尔转过身，准备离开。

"赫尔。"

凯瑟琳叫住他。

"对不起。我把你叫回来的初衷，绝不是想让你执行这样令人不快的任务。"

赫尔转过头。

在银色护目镜的遮蔽下，他的眼睛和表情都看不清。

谁也不知道他在思考什么，在想什么。

"这是任务。"

222

赫尔只回答了这样的一句话。

小型的飞艇里设有居住空间,比想象中的更舒适。

不过前提是没有任务的话。

珠儿从刚才开始就一直在生气闹别扭。她蜷缩在客厅的沙发上,也不和赫尔说话。

如果只是要营救那些乘客,珠儿不会有一句怨言。

然而,万一出现了意外情况,赫尔就必须杀死他们所有人。珠儿不能原谅凯瑟琳对赫尔下达这样的命令,她满心觉得自己被凯瑟琳背叛了。

"喂,珠儿,别不高兴了。"

"可是赫尔很可怜。太过分了,那个老太婆!"

"说什么呢,那是司令官。"

"这和珠儿没关系。"

珠儿绕着圈儿。

"好了,你听我说。如果在乘客和乘务员里混进了恐怖分子,不能就那样把他们带来空间站对吧?"

"因为这样,就要把无关的人都杀害吗?"

"那是万不得已的情况。"

赫尔轻轻抚摸珠儿的背,将飞艇的操纵切换到自动模式。

不出意外的话,再有两天就能到达目的地。当然了,这得靠曲速引擎,要用到三四次。

"这艘飞船看上去是艘普普通通的载客飞船,速度却挺快的。"

珠儿的情绪似乎好了一些,赫尔放下心来,为她解释。

"这艘小型飞船主要是在运送重要人物时使用。因此速度很快,而且配备有武器,其配置就和一个小型要塞差不多。虽然从外面看不出来,不过是很讲究的。这艘飞船是现在最先进的,非常高级,平常可坐不成。"

珠儿的喉里咕哝了一声,然后靠在赫尔身上,温暖柔软蓬松的皮毛将赫尔包裹起来。

"要怎么找出犯人呢?"

"还没有确定这就是一场恐怖袭击。"

"但是凯瑟琳和赫尔都是这么想的对吧?"

"不否认确实有这个可能性。"

赫尔始终都很冷静,这一点让珠儿觉得很难受。

赫尔遭受过无法对任何人倾诉的心伤,他的身体也受到了摧残。

他在午夜几回梦魇,冷汗直流,这些珠儿都知道,并心疼不已。而关于那场在赫尔心灵和身体上都留下深刻伤痕的变故,不仅是珠儿,就连身为长官的凯瑟琳也不知道详情。

如果能向他人倾诉,那就说明心里的伤痕已经开始复原。

说出自己的心里话,能成为治疗心伤的第一步。然而赫尔依然做不到这一点。

他心里的伤口依然未愈,正张着狰狞的大口,滚滚地流出鲜红的血液。所以珠儿一直在祈祷,不要将赫尔牵扯进和人命相关的事件之中。更别提像这次的命令一样,甚至有可能会牺牲无辜生命——珠儿绝不能接受。

"我不会让那种事发生的!"

珠儿叫起来。

"赫尔,如果遇到迫不得已的情况,珠儿来替你决断。珠儿来做决定,赫尔什么都不用做。这都是珠儿做的,所以赫尔并没有错。如果发生了任何事,都是珠儿的错。"

"珠儿……"

面对爱女深切而又奋不顾身的深情厚谊,赫尔说不出任何话,只是静静地紧紧抱住她而已。

过了一会儿,计算机发出通知,飞船已经接近曲速点。

"谢谢你,珠儿。"

赫尔站起身,走向操作台。

"但是,这是我的任务。不能让平民来完成。"

"可是,赫尔……"

"我们达成一个约定吧。如果真的到了不得不做最坏决定的时候……"

赫尔转过头,直视着珠儿熠熠生辉的双眸。

"即使到那时,你也会在我的身边,不会责备我。"

赫尔这个笨蛋。宇宙猫走到赫尔身边,轻轻坐下,把头放在他的膝上,喉咙里发出柔软的声响。

"不管发生什么,珠儿都站在赫尔这边。就算全世界都与你为敌,只有珠儿还是会和赫尔在一起。永远永远……永远都在赫尔身边。"

赫尔的嘴角上扬。

这就够了。

飞艇进入了第一个曲速飞行。

终　章

从这一处遗址中，人们挖掘出了半人半神的雕像。

此外还有双目向前突出的怪异的青铜面具。

有一种不可思议的玉器，样子是鸟的背后装有一个旋转状的圆盘状物体。人们对此的解释是，这个玉器象征着太阳的运行。

真是这样吗？圆盘状物体果真代表太阳？

圆盘是交通工具，鸟所表现的是交通工具交错飞行的场景。这样的解释有何不可？

遗址中发现了一种内圆外方的筒形玉器。外侧是方形，内侧却是圆形。

自古以来，人们都认为天圆地方。我至今依然记得，自己想象着半圆形的天空，猜测远古时代会不会有大气污染，然后不禁笑出声的情景。

在内圆外方的筒形玉器中央开有一个孔，在这个孔中流通的是天与地的气。

从天空到大地，从大地到天空。

万气合一，交互共存。

纵观那些已经灭亡的种族，他们的宗教性建筑物都是上下封闭的。

这就使得与天地不相通,气无法贯通,无法赐予这个种族强大的力量。

有一个词语叫做"宇宙"。宇表示空间,宙表示时间。

既超越空间又超越时间的,也许就正是宇宙。

凌驾于我们的知识与想象之上,高贵、森然、永存的宇宙。

我们憧憬,挑战,想要征服。

就连远古时代的过往都尚未了如指掌的人类,真的能征服超越过去和未来的宇宙吗?

答案总有一天会水落石出。

不,也许永远都不会有答案。

不如说,也许永远没有答案反而更好。

在亚特兰蒂斯结识的考古学者教会我许多东西。

之后我也会继续学下去。

在我的有生之年。

天尘·江孜

后 记

　　初次见面,大家好。如果有不是和我"初次见面"的读者朋友,那么请让我送上一声"好久不见"!

　　我叫立原透耶。虽然我一直从事的是幻想小说和恐怖小说的写作,但从小我就有一个梦想,那就是成为科幻小说作家。而且我以前的偶像是身穿白大褂在地下室放声大笑,企图征服世界的邪恶疯狂科学家。很不错吧? 疯狂科学家留下的带感科幻小说……有没有毛骨悚然呢? 啊,只有我一个人这么觉得吗?

　　非常遗憾的是,我的理科才能低到了一个致命的境地。在高中的时候,我不顾周围人的反对选择了理科……之后就遭遇了惨败。也不知道为什么,之后在大学就开始阅读起了中国的古典文学。我却还是不死心,一直在读科幻小说,买各种科学杂志,挑战艰涩的专业书……其结果,还是留给读者您去想象吧。

　　关于《青铜神裔》这本科幻小说,我是在半信半疑和兴奋之中完成了创作。小说中有许多中国元素,对此我的朋友一直吐槽说:"为什么是中国呢? 为什么不能把舞台放在日本呢?"但是我想,也许读者您在阅读的过程中,会渐渐理解我的良苦用心。

　　在进行关于行星及其环境的写作之时,光靠想象是站不住脚的。在我四处央求希望能有人给我介绍一个专家的时候,一位心地善良、仿佛神一样的人物来到了我的身边。在此,我想对硬科幻作家林让志先生献上我发自内心的感激之情。林先生替我设计了行星及其自然环境,涉及其自转和公转等。但由于我的理解能力不够高,小说中也许会有谬误。这都是我的责任,与林让志先生没有一点关系。敬请各位指正。

提起林让志先生,还有一件事不得不提。在看了林先生爱猫的照片之后,我迷得不行。被完全洗脑的我便在家里养了一只同样种类的猫。那是一只布偶猫,非常可爱。在我创作这部小说的时候,完全没有想到自己居然会去养猫。因为我一直都是爱狗一族,所以一直以为自己肯定会养哈巴狗一类的狗。所以说,世上的事真是难以预料。

念叨了这么多,现在让我们回到这部作品上来吧。

首先,我预计将小说的舞台大致分为三个——行星桃花、殖民星昆仑和空间站亚特兰蒂斯。在这三个舞台上,形形色色的人交织在一起,推动故事的发展。这本小说的中心是桃花,特别是月华和流水这两个少男少女的相遇和成长更是重中之重。在本书中我最喜欢的是尸和道这个组合。在亚特兰蒂斯上,赫尔和天尘是各自故事的中心,在这部小说的后续作品中还会渐渐会有更多人物加入。我在刚开始执笔的时候,天尘是我最喜欢的人物,但在写作的过程中,却越来越对珠儿青眼有加。而且还在写完的几个月后,有生以来第一次养起了猫!这是不是也算得上是缘分?

桃花和昆仑的文化及制度以中国古蜀为原型。书中涉及关于龙的描写,这样一来我的小说便不是单纯的科幻小说,更称不上是硬科幻了。该怎么说才好呢……这是类似于幻想小说的科幻小说。不如就先命名为"空想小说"吧。

写作这部小说的过程中,我得到了很多人的帮助,在这里无法列举每一个人的名字,但对于那些给予我温暖关怀和支持的人们,请让我送上发自内心的感谢。

同时也感谢治愈我内心压力的爱猫莱奥王子。

今后也希望能和你们一起携手走下去。

立原透耶 敬上

比龙古蜀传奇

[中]海 尼 著

人物表

【三千年前】

  大纳提卓:比龙古蜀国国王。

  纳纳昌:比龙古蜀王子,国王唯一的子嗣。

  姚:国王夫人,昌的母亲。

  嫽:女巫,比龙古蜀女祭司,药师的女儿。

  竹叶:昌的侍女。

  西吉:宫中管家。

  朵利:国中大祭司。

  果:昌的贴身侍卫。

  宽根:昌的贴身侍卫。

  季渊:商派至比龙古蜀的使者。

  祖母:大纳提卓的母亲,比龙古蜀的五位圣人之一。

【三千年后】

  沈嫽:梦幻航空公司女机长,Vegetated Man 7 医学实验的参与者。她通过实验进入三千年嫽的意识。

  郭昌:医学博士,铂金财团少东家,Vegetated Man 7 医学实验的主持者。通过实验,进入三千年纳纳昌的意识。

  沈父:沈嫽的父亲,ALS症(渐冻症)后期患者。三千年曾为大纳提卓。

郭父:铂金财团董事局主席,郭昌的父亲。他通过实验进入三千年大祭司朵利的意识。

保姆姚阿姨:沈父的保姆,三千年为大纳提卓的夫人姚娃,也是纳纳昌的母亲。

副驾驶:梦幻航空公司副驾驶,三千年前为宽根。

女助手:郭昌的医学实验女助手,暗恋郭昌。

天边飘着七彩祥云，从碧天深处传来越来越清晰的天籁之声，渐行渐近，仿佛有一种力量正扑面而来。

一道金光从云层穿过，射向大地。

我从碧空急速向下飞行，穿过云层，扑向大地。我飞过森林，沿一条河流逆水而上，重又跃起，跃起，飞向一座高山之巅，一双光洁的赤足降落在山巅的草坪，更强的阳光包裹了山巅，温暖的阳光包裹了一切……

整个世界仿佛都融在光里，整个身体与光融在一起，无比的温暖，无比的舒展。

猛然醒来，梦幻航空公司女机长沈嫽靠在机场休息室的沙发上抬头一看，副机长正冲自己点头微笑着。沈嫽下意识地回应一个笑容，强迫自己清醒起来。她扭扭脖子，长舒一口气，起身站起来。沈嫽和空乘人员整理着装，一起站好了队列。穿着藏青色飞行制服、英姿飒爽的沈嫽再一次深吸一口气，把刚才梦中的美妙深深压在心底，此时，必须面对现实，这个不能摆脱的世界。

飞行小组成一列纵队穿过航站大厅走向安检通道。可以看见，陆续进入航站大厅的乘客一进门都纷纷摘下面罩。而一道玻璃墙之隔的外面，来往的人都戴着面罩。防护面罩是人们外出的必需品，可以净化严重污染的空气可以防辐射等。

第一章

一架高科技大型梦幻式超音速民航客机正在云中飞行。

女机长沈嫽坐在主驾驶位上,接过空少递过的一杯柠檬茶,喝了一口,说声谢谢。副驾驶尊敬地看看机长,与塔台保持着正常的联络,两人默契地准备降落。

"减速到190!"机长沈嫽开始发出指令。

"减速到190!"副机长重复道。

"速度f!"

"速度f!"

"放下起落架!"

"启动扰流器,准备降落!"

梦幻超音速客机冲向跑道。

突然,驾驶舱内主报警灯开始尖锐地响起。飞机左翼喷着浓烟,是左引擎起火,火光熊熊。

机舱内顿时一片恐慌,透过舷窗看见火势的乘客惊恐不安。副驾驶显然也恐慌起来,扯开制服的领带,连忙向地面报告紧急求救……机长沈嫽沉着果断地压下操纵杆,镇定地继续完成降落。

火势更猛……

飞机向跑道俯冲,渐行渐近。

砰的一声,剧烈的爆炸声响起,飞机在降落的跑道上四分五裂,顷刻间浓烟滚滚。

一切淹没在火海中。

警报声四起。

沈嫽痛苦不堪地从病床上惊恐地醒来——又是一场噩梦。她平复了一下情绪,按下床前的呼叫器。

病房里只有一张床,沈嫽身上插着各种管子。听见声音,护士进来检查那些仪器。憔悴的沈嫽疲乏地望着天花板,现实令她感觉沉重,越来越透不过气来了。

沈嫽说:"请给我一杯水。"

护士白眼珠一翻,说:"深更半夜的,哪里有水?"说完,砰的一声摔门走了。

嫽挣扎着拿起床头桌上的玻璃杯子,底朝天地把最后一滴水滴进嘴里。

干裂的嘴唇和嗓子更难受了。

放下杯子时,不小心碰到遥控器,整个对面的一堵墙立刻成为大屏幕电视。正在播报深夜新闻:

据最新消息,虽成功避免一次严重空难事故,梦幻航空公司女机长沈嫽,可能因为最近查出有ALS症前兆而失去保险公司对此次事故的全额赔偿,赔偿包括飞机的巨额维修费、沈嫽本人在事故中因受伤产生的医疗费以及其他相关费用。

沈嫽听到这里,不禁内心伤痛,她挣扎着从床上坐起,好让自己看得更清楚。播音员继续说道:

ALS症又称渐冻症，是一种运动神经细胞萎缩症。目前还没有特效药物可以治疗。

据梦幻航空公司权威人士透露，公司因机长沈嫽有意隐瞒其家族携带ALS症的事实而取消其飞行资格，不再雇佣，并将在沈嫽脱离危险期后，以涉嫌公共危害罪提起法律诉讼。目前，该航班上部分乘客因为沈嫽在事故中处理得当而保全性命，为沈嫽联名呼吁公平，但保险公司和梦幻航空公司不予理睬。

沈嫽一把扯掉手上的滴管针头，在床边搜寻到遥控器，拿在手上，坚持看着这条新闻：

另据消息，此次飞行事故，已查明是因为飞机的左侧引擎燃烧管出现裂缝。有记录表明，左侧引擎裂缝在近期曾经维修焊接过。而在该次事故中，这一裂缝再次出现造成断裂。最新处理结果请继续收看跟踪报道。

听到这里，沈嫽气愤地抓起遥控器关掉电视。

她重新躺下，胸口因愤怒而起伏着，嘴唇干裂，无助地望着输液的液滴。沈嫽闷得透不过气来，她用遥控开启了密闭的窗户，一阵凉风吹进来。这时，屋里墙上的报警红灯开始闪烁，传来电子声音："空气污染度超标，请关闭窗户，采用中央空气净化系统。请关闭窗户！"

沈嫽不得不关掉窗户，痛苦地闭上眼，一行泪水终于抑制不住地滚落下来。近来，沈嫽总是被飞机爆炸的那个噩梦折磨着。事实上，那次飞行，飞机左引擎着火后，沈嫽沉着冷静地把失去平衡的飞机安全地停在了跑道上，所有乘客在两分钟内紧急撤离。作为机长的沈嫽选择最后一个离开飞机。就在离开的那一刹那，飞机的油箱开始起火爆炸。沈嫽被爆炸的金属碎片击中,倒在驾驶舱里。

当她苏醒过来时,已经躺在了医院里。

无论怎样,沈嫽成功地避免了这次空难,这是不争的事实!但应当给予英雄的荣誉和报答并没有落在沈嫽身上。相反,所遭遇的一切令沈嫽如觉噩梦缠身。

第二章

两周以后。沈嫽坐在轮椅上，看护推着她来到一间病房前。隔着门，沈嫽看见父亲躺在病床上午睡，保姆姚阿姨戴着老花镜在一旁看报纸。

父亲五年前因为渐冻症被送进这家医院，就再也没有离开过。现在，虽然病情仍在发展，但因为昂贵而有辅助作用的药物控制，父亲尚能一天天活下去。沈嫽的母亲在她很小时就死于一场辐射污染。父亲一手把女儿养大，让她实现了儿时的梦想——成为飞行员。虽然，沈嫽把大部分的薪水都用在了父亲的医疗费用上，但她愿意，花多少钱都可以，只要能让父亲好好活着。

姚阿姨看见了玻璃门外的沈嫽，不动声色地朝她点点头。沈嫽笑笑，摆摆手。

沈嫽对看护低声说道："走吧。"

——这是她和姚阿姨的约定。

飞行事故发生后，沈嫽胳膊和脸上因烧伤还缠着绷带，她不愿让父亲看见自己这个样子，决意向父亲隐瞒了最近发生的事情。但她坚持每天要来看看父亲，悄悄地。

这时，一位穿白大褂的男士拿着一个文件袋要进父亲的病房。文件带上赫然印着几个字——Vegetated Man 7。

沈嫽问他："您手里拿的是什么？我是那位病人的女儿。"

白大褂说："这是你父亲向我们申请的资料，他要看一看。你父亲正在考虑是否参加这个医学实验。"

沈嫽说："我叫沈嫽，我是他的女儿，先给我吧。"

白大褂犹豫着说："那好，请你转交给他吧。"

沈嫽接下文件。

看护推着沈嫽回到她的病房时，里面正站着三位衣着体面的男人，他们分别代表保险公司和航空公司。

"哦，有人刚送来一封信。"其中一位对沈嫽说，"在那里。"

沈嫽拿起桌上的信封，打开，是父亲的医疗账单。

"咱们谁先说？"航空公司的胖子问旁边戴眼镜的男人。

沈嫽冷笑一下，看着他们。

胖子先说："恐怕你已经知道……"

沈嫽说："解雇我？"

胖子说："是暂时收回你的飞行执照。等你康复后……"

"一个好消息一个坏消息。"戴眼镜的男人说，"好消息是你在事故中的外伤治疗费用和住院费保险公司全部赔付，坏消息是一切和ALS症有关的治疗费用保险公司不予理赔。"

沈嫽说："这不是明摆着一条死路吗？"

胖子说："可能航空公司还会通过法律裁决，对你隐瞒病情不报给予一定的罚金和必要的刑事惩罚。"

沈嫽一下子变得非常愤怒，"荒唐！明明是飞机引擎裂纹造成事故，我成功避免了更大的灾难，乘客无一伤亡，却还要做替罪羊？"

胖子说："因为事故，影响乘客购买梦幻航空机票，造成的损失总要有人承担的……再说，ALS症……"

"我父亲患ALS症五年前住进医院,这件事航空公司谁不知道?我的薪水不是定期就转账到医院支付父亲的费用吗?有ALS家族病史并不一定遗传,除非有症状。而且作为一名飞行员,每年都要接受身体各项检查,我哪次没获通过?即使这次事故,我身体受伤查出有ALS症症状,那也是事故之后发生的。之前,就在两周前,身体检查结果不是仍然达标吗?"沈嫽一字一句地说,"而且,整个事故中,没有任何一点是因为我操作不当引起的……左引擎突然着火请问是我哪项操作引起的?因为正常降落吗?该死的左引擎维修记录上明明写着就在起飞前二十四小时才从维修厂焊接出来,这次,那个裂缝又裂开了!这样的事实为什么你们不公之于众?"

胖子有些忐忑,"我只是执行董事会的意见,你知道,我只是办事的……"

沈嫽低沉地怒道:"董事会是什么,是机器吗,是妖怪吗?董事也是爹妈生的吧,不怕下辈子投胎做不了人吗?"

胖子毫无表情,"你知道,我只是办事的……"

"请你们离开!"沈嫽轻蔑地说。

戴眼镜男人摊开一个文件说:"我们还需要你在上面签个名。"

沈嫽再一次轻蔑地说:"请你们离开!"

见两位男人不走,沈嫽把轮椅滑过去,拿起遥控器打开窗户,警报声立刻响起:"请关闭窗户!污染度超标,请关闭窗户!"

两男人马上用手捂住嘴,不得不灰溜溜走了。

沈嫽强忍着的泪水夺眶而出。

看护冲进来,立刻拿起遥控,关掉窗户。

父亲的那份医疗账单也被风吹起来,贴到沈嫽的胸口上。沈嫽拿起来却不敢看上面的数字。她知道,她到了人生的绝境:失业,罚金,刑事责任,吊销飞行执照,遭遇不公平裁决……沈嫽泪眼朦胧中,拿起放在膝盖上的那份Vegetated Man 7文件。

医学实验大楼内,一间超级环形会议室里,沈嫽坐在轮椅上,坐在大视频前看着宣传片,听着里面传来的颇具诱惑的声音:"我们相信Vegetated Man 7实验将开创人类医学的新纪元。该项目主导医学博士郭昌将给你的生命带来重生。"

灯亮起来,视频结束。

郭博士走进来,看看沈嫽,说:"是你要申请实验?"

沈嫽忐忑地说:"我很关心我是否够格参加实验?"

郭博士一笑,"一般来说,想活得更健康的人都可以参加我们的实验。"

沈嫽说:"我需要一笔钱,我父亲也在医院,他后半辈子的所有开支我必须为他准备好。你们能给我多少酬劳?我是说我身上的器官你们看值多少钱?"

郭昌尴尬地笑笑,"我们不是器官贩子,我们是挽救你的健康。"

"可是,你们这项实验至今还没有一例成功的记录。实验失败,不都被送去做器官移植了吗?不过没关系,只要你们的报酬可观。我不在乎,反正活着也是等死。"

郭昌一言不发,立刻在纸条上写了一串数字,递给沈嫽。

沈嫽看了,轻轻一笑,"看来是足够了,"又问,"实验什么时候可以开始?"

"不急,你再考虑考虑。不是说你父亲要参加这个实验吗?"

"怎么,我的人体器官不比他的好吗?有我在,他永远也不需要参加这个实验。他给我保证过他要活到一百二十岁——这才是他要去做的事情。"

郭昌看着沈嫽,良久,"我知道,你就是电视新闻里的那位女机长,成功地避免了一次空难。事实上,你救了我一命……"郭昌上前双手握着沈嫽的手,"当时我阴差阳错就在那个航班上。碰巧那天我的私人飞机不能飞,就坐在驾驶舱后面头等舱的第一排。在飞机上,我看见过你,你穿飞行制服好漂亮。我感谢你的救命之恩!"

"不必客气!你如果是机长你也会尽力的。"沈嫽松开郭昌的手,自己转着轮椅走了,扭头说,"博士,实验准备好,请通知我。"

又来到父亲病房前,沈嫽自己转动轮椅悄悄在过道的窗边向里望着。那是个死角,里面的父亲看不见她。父亲正在看书,他的双腿已经被渐冻症侵蚀,疾病正在悄悄向他上半身蔓延。

保姆姚阿姨正剥着水果喂他吃,两人很开心。沈嫽拿起电话,给父亲拨去。沈嫽看见姚阿姨把电话递给父亲,然后出去洗水果盘。

父亲放下书接电话。

沈嫽说:"爸,还好吗?"

"正吃你寄来的水果呢。女儿现在飞到哪里啦?"

沈嫽哽咽,"最近比较忙,可能会过一段时间再来看你。你要听姚阿姨的话,每天保持三小时走动,不要挑食,乖,回来我给你带好吃的。"

这时,年轻的女清洁工走进病房,打开电视,一边看一边就开始吸尘。

父亲捂住耳朵,继续通过电话和沈嫽讲话:"我乖嘛。"这时,父亲看见电视上正在播出的节目,正是沈嫽在火中被救生员抬出机舱。

父亲呆住了。

"爸,在听没有?"

244

沈嫽望着窗户那边发呆的父亲,不知如何是好……

"爸,在听没有?"

父亲惊恐不安,眼泪顿时落了下来,"在,在……孩子,你怎么了?你还好吗?你在哪里给我打电话,你在哪里?"

"我……我很好啊,在很远的地方,有上万公里的地方……只是,只是这段时间飞行任务重,等休假我来看你。"

"没遇见什么事吧?"

"放心,我很好。"

父亲流着泪,强忍着哽咽,"好,一定,一定。我等你,乖女儿,我等你回来!"

"你有任务哦,一百二十岁,说好的,不许赖……答应我,爸爸?"沈嫽无声地落下眼泪,内心充满了对父亲的歉疚。

"答应。"

挂掉电话,父亲呆呆地看着电视,眼泪无声地淌下来。清洁工直起身子捶着腰,不解地抬头看着一旁的老爷子。

沈嫽一声不响地坐在轮椅上,她听见自己对自己说:一旦决定参加实验,我就没打算活着出来。在这个世界上,除了父亲我没有其他的亲人。原本我以为可以像其他女孩一样,有一天可以遇见我的爱人,结婚生子,孝养老人……但,既然这个世界让我等死,不如用我的命换取亲人的余生。就让不公和不白统统见鬼去吧!

第三章

Vegetated Man 7实验室位于一幢独立的大楼高层。这栋大楼隶属于铂金财团。他们把大楼的上部专门划分出来作为用于实验的独立单位,另设保安二十四小时看护。

沈嫽坐在轮椅上,由看护推着乘电梯来到实验区入口。保安出来验明了身份,换作实验区专门男看护把沈嫽推进专用电梯,来到实验室门口。

实验室里面出来一位女护士打扮的,又换掉男看护。男看护临走,发现沈嫽的手机从轮椅上滑落,顺手捡起来,说:"归我了。"然后把手机塞进口袋。

女护士伸手去抢,一边说:"给我!"

男看护说:"反正又不会再用了,进去的没见有人完整地出来过……我是说除了器官。"

女护士一耳光扇过去,男看护立刻丧着脸哭起来,把沈嫽手机掏出来。

女护士接过手机还给沈嫽。

男看护悻悻地走了。

沈嫽一笑,接过来,冲男看护的背影喊道:"嗨!"

男看护一扭头,沈嫽把手机抛给他,"想要就拿去!"

男看护接住了抛过来的手机,破涕为笑。

实验室里,站着七八个穿白大褂的医生,他们正在分头控制着各种仪器。中间是个实验舱,博士郭昌正在仪器前调试,看见沈嫽,连忙过来。

郭昌伸出手,"我是郭昌,实验导师。"

沈嫽一笑,伸出手,"你好,博士! 我们见过的。"

俩人握了握手。

郭昌一笑说:"你还可以考虑。或许……"

"开始吧。"

郭昌看看其他人,走到大落地玻璃窗旁,看着远方,神情非常茫然,然后对其他人说道:"你们先出去一下。我需要和沈女士单独谈一下。"

实验室里的人陆续出去,厚重的保险门自动关上了。

沉默良久。

郭昌想了想,终于说:"我了解到你确实是为了酬金来参加实验的,这让我很不安。"

"这是我的私事。"

"要知道你救了我一命。"

"那是我该做的,不必谢我。"

"或许,我可以帮你筹到一份捐助。或者,我替你请律师起诉航空公司和保险公司? 就算你有 ALS 症,但你毕竟处理得当,挽救了所有人的性命。"

沈嫽一笑,"请律师? 那个诉讼过程恐怕也不亚于一场噩梦。再说,航空公司和保险公司敢拿出这样的结论,那他们就做好了一切应付律师的准备。他们是一个利益群体……我,只是一颗可以牺牲的棋子。你真过意不去,那就拜托照看一下我父亲。"

"我很遗憾……不过,好的,我知道你父亲,他也是实验的申请者。"

"所谓照看……实际上,就是拜托你把我的酬金划到我父亲的账上。不然,我做鬼都找你没完。我说过,我做你的试验品就够了。"

"好的,一定!"郭昌双眼有些湿润。他按下按钮,助手们立刻进来了。

沈嬺被推进无菌室,脱光衣服,沐浴,无菌消毒,换上衣服,进入全身透视室,躺进实验舱,送入实验舱轨道。

郭昌守在轨道旁,俯身通过语音系统对沈嬺说:"记住,在实验舱里你只需要七小时。你的意识离开身体,时间的流速就会被拉长大约二十四倍,相当于二百一十小时,也就是大约七天。你要在意识所在的空间至少坚持七天,在我们实验舱里是七小时。我们一旦监控到你身体的遗传基因密码修复完成,ALS症病灶消失,我们就会重新激活你的身体,让你的意识回到身体。"

沈嬺问道:"意识所在的空间,在哪里?"

郭昌忐忑地说:"是指跟你自身遗传基因相匹配的身体,也就是回到过去的某个你,而不是指别人——这靠基因密码决定。事实上,生命从不会结束,只是换一个身体又重新开始。意识回到健康的、过去的你的身体后,健康的基因系统会把你现在的病灶修复,你就会完全恢复。"

"太奇妙了! 只有属于博士的智慧才想得出来!"

郭昌谦虚地说:"理论上是这样。"

沈嬺点点头。

"祝福你! 我们会再见面的。"郭昌注视着沈嬺说。

沈嬺在实验舱里闭上眼,等待实验的开始,命运的安排。

医学博士郭昌启动了试验程序,各种仪器开始工作,助手们开始忙碌。

……

天边飘着七彩的祥云,从碧天的深处传来隐隐约约的天籁之声,渐行渐近,仿佛有一种力量扑面而来。

一道金光从云层穿过。

……

第四章

黄昏，森林中走着一位正值妙龄的姑娘，外貌酷似沈嫽。她背着一只竹篓，独自走在山间小径。看看天色，姑娘警惕地赶着路。突然，姑娘被什么东西绊倒，发现昏暗的野道中散落着一个白白的东西。手在身下一抓，却抓出一块凉冰冰的东西，定睛一看，原来是人的骷髅头。

姑娘恭敬地把骷髅头放在路边的一块石头上，躬身行个礼，这才抬头四处一望，顿觉不安。忽然，从前方树丛后传来惊人的咆哮声。姑娘深吸一口气，靠在树后，闭上眼，等待一切发生。

一只下山猛虎伸出利爪，虎视眈眈，紧逼而来。

看到猛虎，姑娘顿时明白了险境，转身就逃。猛虎咆哮着紧追。

姑娘抓起一根大树垂下的藤条，在森林里飞荡着，躲避猛虎的利爪。猛虎一剪接一扑，丝毫不放弃。

终于，精疲力竭地姑娘闯入巨型猪笼草的陷阱，被巨型猪笼草"捕获"。

猪笼草的陷阱里满是被汁液浸泡的动物尸首：山鼠、狐狸……都不成形了。

猛虎也在和猪笼草撕扯。当姑娘用护身小刀划开一道口子，逃出猪笼草充满腥臭的捕获时,猛虎又扑剪过来。

姑娘再逃,又被毛毡苔黏黏的长触须困住手脚。东躲西藏,姑娘早已迷失了方向,最后竟逃到断崖绝壁之上。

幸好崖上有一棵老柏树,从老柏树树枝上垂下一条藤蔓,伸向崖底。姑娘不及多想,抓着藤蔓滑下去。猛虎矫捷地一扑紧跟而至。

猛虎没抓住猎物,懊恼万分,在崖上朝姑娘狂吼着。

幸亏藤蔓的庇护,终于救了宝贵的一命,姑娘暂时安心了。但是,当她朝脚下一看时,不禁一阵眩晕,原来,脚下是深不可测的山涧,一条湍急的瀑布飞流直下。姑娘不禁全身战栗起来。这时,在维系生存的藤蔓的根处,不知从哪里爬出来了一白一黑两只山鼠,它们疯狂地啃着藤蔓!姑娘拼命地摇动藤蔓,想赶走山鼠,可是山鼠一点儿也没有逃开的意思。

姑娘使劲摇动藤蔓,树枝上的蜂巢滴下蜂蜜,姑娘不经意间将蜂蜜舔到嘴里,就在片刻,她感到了蜜糖令人陶醉的味道。同时她也明白,原来是蜂蜜吸引来了两只山鼠。

姑娘快撑不住了。

突然,姑娘像被电击一般,瞳孔放大,像是换了一个人,她审视着周围一切,又审视着自己,惊恐地大叫:"这是哪里?"然后一阵眩晕,姑娘顺着瀑布,无力地跌入深涧。

跌入水中的姑娘挣扎着,猛虎在崖上咆哮。转瞬,姑娘便被浪卷进水底,顺水消失了。

姑娘在水中奄奄一息,急速随水流前行,最终被水草卷进水底。

此时,在比龙古蜀①王城外的那条马桑河上,在僻静处泊着一只小船。船上,被称作纳纳②昌的王子吸完最后一口苴麻,长长呼

①古国名,即位于四川境内的蜀国前身。比龙古,是古语中的金色光芒之意。

②纳纳是对古国王子的尊称。

出一口气,说:"看来我永远也等不到我祖母的召唤了……"。忽然,砰的一声,小船底部像是被什么撞了一下,摇晃起来。昌立刻来了精神,使个眼色,让侍女看看,侍女竹叶用撑杆一挑,便看见一缕青丝,惊慌大叫:"死人!"

昌重又委顿了,说:"不吉利,挑开吧。"

侍女竹叶用撑杆使劲挑,却露出死人的头——脸从水里显露出来,是那位坠崖的姑娘的脸,也是沈嬷的那张漂亮面孔。

此时,医学博士郭昌注视着电脑显示屏、心率仪等各种仪器,观察到实验舱里的沈嬷不妙:她面色发青,嘴唇发乌,显然有窒息征兆。郭昌立刻喊道:"急救,赶快! 氧气,除颤仪,心外按压!"

实验室里各位助手争分夺秒地实施抢救。

电击第一次"嘭!"

处于人工植物人状态的沈嬷在实验舱里被电流冲撞,弹了一下。

郭昌紧盯着仪器。

……

突然,天空一声霹雳,雷光一闪。侍女望向夜空,水中的女尸首竟噗的一声喷出一口水,接着又沉下水去了。

"还活着?"

昌一见,惊叹道,当即脱去外衣,翻身跳下水去救助。侍女发出"哎,哎"的声音,想去阻拦,却没有拦住。

……

电击第二次"嘭"!

……

又是一道闪电划过夜空,昌在水里托起沈嬷。沈嬷又一次噗的一声喷出一口水,然后剧烈地咳起嗽来。

……

电击第三次"嘭"！

……

被昌托着的沈嫽,在昌的臂弯里猛烈颤动一下,此时的夜空电闪雷鸣。

心率仪显示出沈嫽的心跳重新开始有节奏地闪动,她的脸色不再乌青。郭昌长嘘口气,"好像缓过来了。"

女助手替博士昌擦擦额头的汗,"不知她在意识空间遇见什么了……"

郭昌双眉紧锁不语。

"这不是药师家的女儿嫽吗？"侍女竹叶看着已被昌顶进船舱的被救人。昌爬上船,看看天说:"倒是怪啊,光打雷不下雨。"说着,昌给嫽灌了一口酒,打趣道:"等我祖母呢,这不,好歹来了个人。"

船舱中的落水人开始不断吐水,竹叶小心地安抚着她。纳纳昌扭头看到沈嫽俏丽的脸,说:"不会是我祖母派来的吧？"

侍女一笑。

嫽睁眼看见纳纳昌,朦胧中那却是一张酷似医学博士郭昌的脸。再仔细看那打扮:长长的头发竟编成大辫子搭在肩上,额头上绕着一圈金箍。沈嫽弄不清眼前的景象,喊一声:"博士……"只觉视线模糊,重又昏迷。

纳纳昌不解:"她说什么？"

一觉醒来已是阳光普照。沈嫽睁开眼,发现自己躺在陌生的床上、陌生的屋里。身上的服装是手工编织的,看不出属于哪个时代,用的是哪种面料。沈嫽翻身下床,看见自己在一个简陋而整洁的茅草屋里。她上下打量自己,想在屋里找到一面镜子照照,看看自己变成了什么模样。但显然,这还属于没有镜子的年代。

沈嫽急切中冲出门外,在屋外的河边,蹲在水边端详自己。这时,水面一阵涟漪,一片影子轻捷地飘过来,沈嫽在水面忽然看见一个庞然大物的倒影迅速压过来——是一艘造型精美的华丽大木船,船上白帆灼灼。嫽惊呆了,她抬头看去,只见大船首站着一位身披类似孔雀长羽的贵妇,从眼前飘过。船上侍女、卫士也都井井有条地站立着,煞是庄严威仪。那贵妇扭头瞥了一眼沈嫽,沈嫽连忙低下头。大船后面,紧跟一条小些的木船,仍然威仪精美,船边侧身站着一位身穿红色厚重大袍的长胡子男人。沈嫽后来知道,那贵妇就是姣娃①,后面的红袍男人是国中大祭司朵利。紧跟他们其后的就是船队,船舱里一色地堆着高高的矿石,闪着金子般的光泽,那是用来冶炼青铜的矿石。

沈嫽抬头看看太阳,她在屋外找到一个大石片,在中间插上一根树枝,权当日晷看时间。又在一棵树上刻上一道痕迹,写上"1"。做完这些,随手摘了一个果子,不吃则已,咬一口顿时感到饥肠辘辘。沈嫽开始在石屋里找东西吃,可找到的都是各种晒干的草药,竟然还有一包虫草。沈嫽抓出几根放进嘴里,使劲嚼起来。她这才重新环顾屋里,心想原来这是郎中之类的人家。

沈嫽一转身,却啊地尖叫一声。两位卫士打扮的男人竟站在门口,正看着她的吃相。沈嫽立刻把人参藏在身后,"我……我想吃点东西。"两卫士瞪大眼睛看着她。其中一位开口说了句什么,沈嫽听不懂。她想了想,把人参递过去给他们。

卫士互相看看,其中一位走进来,把墙上一个竹背篓取下,并朝她摆摆头,那意思是跟他们走。沈嫽刚才看过那个竹背篓,里面

---

①娃是对国王夫人的尊称。

全是各种各样大小不一的竹筒,竹筒里面装着磨成面的药粉,用麻布塞着。

沈嫽似乎明白卫士的用意,不得不跟在后面,出门,上船。

船上的沈嫽看着自己刚立在屋外的日晷,皱起眉头——原来,这就是我从前的自己,是个看病的女郎中,还不错,至少能帮助别人。既然要在这里坚持七天,那就好好珍惜每一天。沈嫽这才放松自己,深呼吸一口气,闭上眼,这里的空气是多么清新,森林茂密,河水清澈。可这是在哪里呢?

沈嫽站在船头,顺水而去。

船途经河中一片巨大的沙洲,沙洲的一端有一道堤坝,沈嫽发现那是用石头、木栅和竹筐人工构筑而成的。但显然,那堤坝又被剧烈破坏过,沙洲上长成的两人合抱的树从中间被劈开,那种外力似乎不像刀斧,倒像是烈性炸药的力量才能所为。

船再往前行,就看见渚头旁停靠着更多的华丽大船,岸上卫士严阵以待。一件被草绳包裹的重物正从沙洲的淤泥里吊起,掠过沈嫽站立的船头,被绳索送到一艘大船上。近在咫尺,沈嫽从沾满烂泥的草绳缝隙处清楚地看见那是一尊青铜铸造的立人像。那铜像的脸上还覆着金箔,上面沾满绿色的锈迹。

嫽跟着下船,被带上岸。只见很多劳工倒在地上呻吟,显然都受了伤。四周有很多被石头砸烂的蛇身,还在扭摆。

沈嫽见众人用求助的眼光看着自己,明白了来意。沈嫽蹲下身看他们的腿伤,竟是被毒蛇咬过的两个深牙痕。沈嫽从未有过治疗蛇毒的经验,但现在她却是人们所依赖的救星。

沈嫽知道治疗蛇伤重要的是扎住上行血管,尽量挤出毒液,拔出毒牙,甚至需要剜去被咬伤的那块肉。她使尽浑身解数,为了救人,急迫中她索性用嘴吸出伤者的蛇毒。她这一行为,立竿见影地为倒地的伤者带来生机,众人不禁感激地看着正埋头救人的沈嫽。

人群中的比龙古蜀国王——族人都尊称为大纳提①卓的伟岸男子——注意到沈嫽的行为,他大步走过来。沈嫽抬起头看着走近的大纳提卓,不禁呆住了——怎么穿着华丽服饰的威严男人有着跟父亲一样的一张脸?

沈嫽感到一种幻觉,"父亲,是你吗?"

大纳提卓赞赏地看着沈嫽,"你说什么,姑娘?"

正在这时,沈嫽双眼一黑,口吐白沫,倒在地上——竟然也中了蛇毒。

女助手正在电子显微镜的显示屏上观察沈嫽的细胞组织等各样指标数据。这时,正在用热毛巾替沈嫽擦拭身体的护士,发现她正擦拭的胳膊内侧出现很多乌青的血点。护士正在纳闷,却看见沈嫽的嘴角不断淌出白沫。护士连忙按响急救按钮。

女助手立刻用电子采样枪从沈嫽手指上采得血样,放进高速化验仪一看,急忙大叫道:"快!通知博士,沈嫽出现血液中毒现象!"

正在下穿隧道里驾车行驶的郭昌,接到视频电话,吩咐道:"把血样化验仪视频传过来!"

叮咚一声,视频上出现沈嫽的血样图。

郭昌一个急刹,"是中了蛇毒。"

郭昌不惜逆行,冲撞护栏,调转方向往医院赶。道路两旁远处的行人都戴着防护面罩,以抵御高辐射高污染的环境,可以望见防护面罩下人们惊恐无奈的麻木神态。

实验舱里的沈嫽嘴里不断吐出白沫,开始抽搐。郭昌电话指挥女助手,查出蛇毒种样,准备蛇毒血清。

郭昌的车如飞出的箭,一转眼冲进铂金财团大楼地下车库。

①大纳提是对国王的尊称。

郭昌一面手持电话，一面拿起一只防护面罩戴上，跳下车就往电梯狂奔。打电话嫌面罩碍事，索性摘了面罩一把扔了，一边冲进门。

女助手在电话里报告查血结果："是蝮蛇毒。"

郭昌喊道："快！注射解毒血清。"

郭昌跳进专用直升电梯。电梯升向摩天大楼的顶部。

一针下去，沈嫽恢复了平静。实验室里俨然一场虚惊过后，众助手护士这才擦擦额头的汗。

郭昌冲出电梯，虹膜识别仪的一道柔和的光立刻捕捉到他，扫描到郭昌的虹膜编码，实验室大门立刻洞开。郭昌冲进实验室厚厚的防辐射门内。

沈嫽的各项监控数据已恢复正常。郭昌过去看到沈嫽胳膊上青紫的出血点正慢慢散去。

郭昌长舒一口气，解开衬衫领口的纽扣，拿起水杯咕咚咚灌下几口，"这实验越来越有意思了。"

女助手为郭博士端来一杯热咖啡，轻盈地走过来，"不知道沈小姐去到了什么地方？真的是在冒险呢……"

郭昌感激地接过咖啡，对女助手一笑，低头喝了一口："是的，这是勇敢者的游戏！"

女助手一笑，言归正传，"铂金财团来电，问你董事会……"

郭昌不等讲完，摆摆手，"不去了，七个小时，等试验结束再说。"

女助手无奈，却又转身说："董事局说，事情紧急！"

"不去，什么事几小时等不及？"

……

第五章

躺着的沈嫽在迷糊中喊道："准备降落！"

咣当一声，身旁的红袍大祭司朵利一惊，手上的陶杯掉地。

沈嫽逐渐清醒过来，睁开眼，发现自己躺在另一个陌生的地方，周围到处是青铜面具、青铜树。四处壁上点着桐油灯，灯光影影幢幢，整个空间充满神秘莫测的气氛。

"这是在哪里？还在地球？"沈嫽不安地问。

"这是整个王城最安全的地方。"

穿红袍的朵利站在光影之中，慢慢走近沈嫽，又道："这就是比龙古蜀国。"

"比龙古蜀？"沈嫽在脑子里急切的搜寻与比龙古蜀相关的记忆，显然没有任何信息。

沈嫽光着脚从榻上跳下来，推开一扇木窗，看见一轮圆月挂在夜空中。心想，这确实还在地球上。

"比龙古，就是金色光芒；蜀，是我们的族名。"朵利扬着下巴，举着一盏灯解释道。

"现在是什么时候？我是说我在这里睡了多久？"沈嫽问道。

"没关系，睡多久都不会有人打扰。"朵利把手里的灯往沈嫽刚才躺着的榻上照了照，"来，你需要休息。"

沈嫽重新躺好。

沈嫽忽然意识到什么，忽地坐起来，惊异地问："你能听懂我的话？"

"我是这个王国唯一的大祭司。你见过的，我已经见过；你没见过的，我也见过。我是说，我是用……用心……在听你讲话。其实，我们这里把这种语言称为王族的语言，我教会王族都说这种话。"

"那天在河岸的沙洲我见到的人是谁？"

"你是说大纳提卓吧？那是我们的国王。国王非常爱惜你，我们的药师。他已经许可让你留在这里，做一位女巫了。"

"国王？哈……"沈嫽心想，莫不是国王是父亲的前世？等我回去一定告诉他。

"我只想回我的石屋，我无意在这里久留。"

"嗯？"

"我是说，我不懂怎么做一位女巫。我不会算命，看面相，看八字……我是说，过几天我就要远行，离开这里。"

"是的，你是需要远行……"姆娃出现在身后，"大纳提卓和我派你秘密上一趟比龙古圣山，给纳纳昌送些蛇药。"

沈嫽心想，比龙古圣山？那是哪里？海拔多少？我只需要待在一个比较安全的地方，挺过七天，对，已经不到七天了，我就大功告成了。

沈嫽说："可不可以等几天？"

站在一旁的姆娃插话道："你的父亲绝不会这样回答我。难道你可以为那些奴工不惜生命疗伤，就不肯为了纳纳上趟山？比龙古圣山，多少族人一辈子想上去还没这个福分呢。"

沈嫽下了床榻，站起来，"我父亲？你认识我父亲？"

姆娃看着沈嫽："可怜的孩子！看来蛇毒还没有完全退去……

你父亲是国中最有名望的药师，喏，就是追随她，我们伟大的太后娘一起升天的。"

姚娃指着祭台上的一个空落落的基座。

沈嫽看见祭台一角，一个不小的石台上，留着一个黑糊糊的基座，像是被什么毁掉的基座。脚下不经意间踢到一个东西，当啷一声，沈嫽弯身捡起来，是金属，准确说是块青铜碎片，上面还有人工的花纹。

再一看，有一圈黑色布帘，围着的是一尊青铜立人像。沈嫽回忆起来了，这就是那尊从沙洲淤泥里吊出来的，现在正被一圈点燃的艾草烟熏着。

"这是在做什么？"沈嫽问道。

姚看看嫽，故意换个话题，对身后的朵利说："对了，我让人把要带上山的东西直接送上船了。大祭司需不需要看看，再捎带些什么给纳纳？"

大祭司说："带上我的祝福和祈祷吧。"

路上行走了两天，沈嫽掐指算算，搞不清投生在这里到底有多久了？带路的人在山下岔路口就止步，对着山上发出几声怪叫，山上也传来回应。

这时，隐藏在要道旁的多名卫士才现身出来。沈嫽一看，原来这圣山是被严密保护的禁地。再仔细察看其中的一名侍卫，沈嫽心想怎么和副驾驶长得一模一样？那侍卫叫宽根。

"是你，药师家的女儿，你叫什么？嫽？"

沈嫽抬头一看，不禁一惊："怎么会是你？"她明明看见穿着兽皮的医学博士郭昌。

纳纳昌说道："当然是我！那天晚上，电闪雷鸣的，你当时喝了一肚子水，脑子不清了，难怪……"

"我,脑子不清? 哈!"沈嫽耸耸肩。

纳纳昌一愣,"没关系,下次看见你在河里呛水也会捞你起来的……可是你,你怎么会王族的语言? 祭司教的? 哦,对了,老药师会的,他可是我祖母最信赖的人。"

沈嫽这才明白第一夜为什么会在药师的石屋里醒来。原来自己跌下悬崖,顺水漂走,却被眼前长着一张郭博士脸的人救起……沈嫽对纳纳昌不禁有了好感,"感谢你那天救我。不过,为什么身为王子不好好地待在舒服的王宫,住在山洞里算什么?"

"为什么不能住在这儿? 当初,我的祖母就是住在这比龙古圣山。你来……"纳纳昌说着拉起沈嫽往洞外奔去。

夕阳金灿灿的,纳纳昌把沈嫽带到一处崖边。

纳纳昌郑重而神秘地对沈嫽说:"闭上眼睛!"

沈嫽顺从地闭上眼,等待纳纳昌的安排。

纳纳昌拉住沈嫽的手慢慢往前试探着走。

等到往前走到绝壁前一块伸出来的石头上,纳纳说:"睁开眼吧。"

沈嫽慢慢睁开双眼,视线立刻被眼前的光芒所缭乱。重又闭上双眼,片刻再睁开时,沈嫽看见晚霞在眼前光灿夺目。

纳纳昌指着对面的一面镜子似的崖壁,"你看!"

"哦,太美了!"沈嫽不禁惊叹。她看见崖壁上一幅巨幅岩画,是一尊人面鸟身的神像。纳纳昌说:"那是迦陵频伽。在比龙古蜀的历史上,整个王族中只出现过五位能够随心念飞翔的,人们尊称他们为伽陵频伽,我的祖母就是其中一位。这面石刻岩画就是祖母和圣人历代不断完善,用凌空的能力画在崖壁上的。从我父亲开始,他废除了王族在少年时就必须上山静修的规矩。如果不是这次被父王赶上山,我也不会得见祖母留下的痕迹。"

"赶你上山,为什么?"沈嫽问道。

纳纳昌:"这是王族的事。你父亲老药师就是为这件事而死的,你忘记了吗?"

沈嫽一脸茫然。

"看来被水呛过的后果真是太严重了!"纳纳昌朝沈嫽做个手势,要沈嫽凑过来。

"晚上,等他们睡了,我带你去个地方。"纳纳昌对沈嫽耳语。

沈嫽疑惑地看着纳纳昌,不知他葫芦里卖什么药?

晚上,栖息的山洞中,篝火燃烧着,噼啪作响。纳纳昌的两位侍卫果和宽根被昌灌了酒,瘫在一起昏睡。

纳纳昌做了个不要出声的手势,拉起沈嫽的手,两人躬身来到洞的更深处。

沈嫽跟着纳纳昌摸黑在洞里前行,洞变得越来越窄,两人几乎就是擦着洞壁在往前行。一不小心,沈嫽脚下不稳险些摔倒,纳纳昌一把搂住沈嫽的腰,两人似乎心贴着心了。

黑暗中,纳纳昌低声说:"我听见你心跳好快。"沈嫽不习惯被一个男人如此亲近。纳纳昌又说:"别怕,我会保护你的。"

沈嫽一听扑哧一笑,心想,这个王子倒是可爱,不知道我现在最怕的就是他,也不知道这要往哪里钻,黑糊糊的……沈嫽想到毒蛇。

黑暗中,不知纳纳昌在洞壁哪里摸了一下,听见哗啦一声,像是一道门打开了。纳纳昌说:"到了,你闭上眼,我把你向前推,你的头会钻进一个洞里。洞很窄,但不要怕,只管闭眼往里钻。头能进去,身体也能进去。这是一个考验,相信我,只管闭眼往里钻。"

沈嫽在黑暗中什么也看不见,伸手四处摸,摸到的是冰凉的洞壁,却很干爽光滑,"我什么也看不见,用得着闭眼吗?"

纳纳昌说:"只管闭上。"

沈嫽感觉纳纳昌的手伸过来,把自己的头按下来,放在一个仅比头略大的洞口,"把手朝前伸直,我推啦!"

沈嫽感到一阵清凉的风从那洞口里拂面而来。但洞道实在太小，仿佛要卡住。

沈嫽顿时恐惧起来，而自己的双脚却被纳纳昌用力推进，而洞道在拐了一个弯后还在延伸。沈嫽紧张地快要窒息，哭道："让我出去……"与此同时，沈嫽感到双手忽然在前面可以扩展开来，于是就势抓住前方的石壁，人就滑进了一个洞的腔体。沈嫽不由睁开眼——纳纳昌也滑进来了，"嚓"，他划着了取火石，点燃了石洞内壁上的一盏灯，顿时，洞里金光灿烂，沈嫽被光芒迷住了眼。

纳纳昌脸上闪烁着光彩，低声得意地说："瞧，我没骗你吧。"

沈嫽也压低声音，"藏宝洞？"沈嫽扭头去看纳纳昌，却见他恭恭敬敬地趴在地上向洞中拜跪了三次。

见他如此恭敬，沈嫽立刻也照做。

"这就是比龙古蜀的圣洞。这是我们的祖先，就是外面绘出迦陵频伽的五位圣人为我们留下的。"纳纳昌从洞壁上取下一枚亮晶晶的石头，递给沈嫽，"瞧，它多像天上的星星。还有这枚红色的石头，就像是比龙古蜀人身上流淌的血。有它在，就有比龙古蜀在。"

沈嫽拿起一块金子，"这是怎么提炼的，纯度如此之高？"

"据说，只有心地像星星一样明亮的人才能遇到这样的金子。它们金灿灿地藏在草丛中，但是，如果你的心地充满邪恶，就是从它旁边路过你也看不见，看见的只是一块普通的石头。事实上，这是一座天然黄金的洞穴。"

沈嫽小心翼翼地放下金子，抬头环视洞中琳琅璀璨的宝物。忽然，她指着洞壁上画着的一张岩画，问："那是什么？"

纳纳昌痛苦地说道："我正是因为它才被赶上山的。"

沈嫽仔细地看着那张图，"那是一条河，就像是我家石屋前的那条河！"

"比龙古蜀的祖先留下两样宝。"纳纳昌道，"一是洞中的这块红色石头;另一样就是这张图,整个比龙古蜀王国都是按照这张图修建而成的。"

沈嫣这才看懂图上的奥妙,原来这是一张绘制准确的比龙古蜀地图:王城位于马桑河岸的高地上,而最奇妙的是王城外马桑河上的防洪灌溉水利系统,上面清楚地表明河上分洪的人工堤坝蛤蟆嘴、泄洪水道、引水灌溉的水门和环绕王城的"回"字形漕河……沈嫣不禁惊叹:原来比龙古蜀的智慧水平已达到这般高度!

沈嫣指着图问:"你那晚是在哪一处把我从河里救起来的?"

"就是被毁掉的沙洲前面——蛤蟆嘴。"纳纳昌道,"我祖母曾经告诉我,那里的淤泥里埋着一尊铜像,它是按照比龙古蜀第一位圣人的外貌来塑的。其实,那铜像也是标记,每年奴工们都会在那里淘掉淤积河道的泥沙,只要淘到铜人出现就算刚好。你忘了吗,那夜,一声巨响,沙洲被毁……"

沈嫣明白,那是真正的药师女儿才会知道的事。现在的她当然不记得,她问:"谁干的?"

"祭司朵利说,那是天神干的,要让河道变宽,让运送铜石、木炭的大船从此畅行无阻。真的,恐怕只有神才有那样的力量,不然谁能做到?"

"你相信?"沈嫣问

"所以,我总是在那里等,看做了天神的祖母会不会告诉我真相。就在那天深夜,在马桑河里捞起你后,我下水受凉被侍女带到大祭司那里熏苴麻。谁知去了祭台,恰好遇上大祭司刚开了一坛酒。酒和苴麻放在一起……你知道,我在祭台就惹了祸,那尊为我祖母塑的青铜像被我撞倒摔毁……就在那天夜晚,有人密报黑绒纳①正在秘密谋反。父亲认为都是我引来的噩兆。第二天早上我

---

①纳是王国中部族的称谓,黑绒纳属于比龙古蜀五个纳族之一,以拥有铜矿而著称。

就被父亲赶上山了。"

"原来竟然和我有关？为了救我竟然发生这么一连串的事，可是……"沈嫽欲言又止，她想说，她的到来只是偶然，只是偶然被博士送到这里来治病的，怎么会正悄悄改变别人的命运呢？

"秘密谋反怎么办？黑绒纳在哪里？"

"就在比龙古圣山的那一边，他们谋反也是被逼的。"

"被谁逼？"

"我父亲，大纳提卓！黑绒纳盛产铜石，我父亲现在大力开采，让那里民不聊生，不谋反才怪呢。"

沈嫽心里不禁对眼前的比龙古蜀王子刮目相看。

"还有北方的商国，他们总是虎视眈眈地盯着比龙古蜀，伺机要侵略我们，让我们纳贡。"

"蛤蟆嘴和祖母铜像被毁，这两件事听起来有些蹊跷。"沈嫽问道，"祖母铜像的基座如果仅仅是被你撞倒，怎么会变得黑糊糊的？蛤蟆嘴被一声巨响毁掉，那是什么？"

"所以我要成为我祖母那样的人。我父王原来也在努力，后来不知怎么就和祖母反目了，祖母太伤心了，她点燃自己，把身体烧成灰烬，身上的衣服也还是完好的，手里拿的一个铜铃，那木柄烧成灰了，铜铃还在。"说着，纳纳昌从胸口的衣襟里掏出那只铜铃。

"有这种事？"沈嫽非常吃惊。

"我做梦都想像我祖母那样。"昌指着洞壁上画着的五位在空中飞行的圣人。

"想飞还不容易？"沈嫽对纳纳昌说。

纳纳昌笑道："药师的女儿，你是想让我被苴麻熏得飞起来？"

沈嫽笑而不语。

次日，按照沈嫽的要求，昌、侍者果和宽根忙碌起来。沈嫽选择了昌的几件大袍拆了,拼成四大块抻在树干上,然后往上面刷上桐油,晒干。一面砍来竹竿,捆绑成飞机的双翼形状,再把晒干的大袍用刀裁剪了,缝在竹竿上,其比例完全符合飞行原理。

纳纳昌跟在沈嫽后面,没帮上忙倒添了不少乱,逗得沈嫽十分开心。

仿佛忘却了时间,沈嫽忽然发觉内心正期待着能够在山上多留些日子。和纳纳昌相处的时光几乎算得上是沈嫽人生中最快乐最充满惊喜的一部分,而在她来自的那个时空,沈嫽记忆犹新的都是不安、不快、不公,以及污染、辐射和拥挤。

三天以后,一只漂亮的木鸢①终于完成。虽然,在一棵松树上刻上的划痕已经有七条,但沈嫽还是在期待:或许数错了日子,时间流速被拉得更长?

试飞那天,两个贴身侍卫坚持要试飞第一次,宽根抢了先。沈嫽心想,原来副驾驶喜欢飞行也不是一世两世了。还没等沈嫽仔细吩咐注意事项,宽根怕纳纳昌抢先,抓住木鸢的操作手柄跑向山崖,纵身一跳……

沈嫽不等叫出声来,突然眼前一黑,天旋地转,倒在地上。

医学博士郭昌从各项设备监控看到:沈嫽的遗传基因已成功修复ALS病灶,而所耗时间也很准确,七小时!郭昌有种抑制不住的冲动——这是对他医学理论水平的肯定!他想立刻打开实验舱,叫醒沈嫽,告诉她可以让人生从此翻局!

郭昌克制着自己,对女助手发令:"准备激活!"

女助手回应:"准备激活!"

实验室里,众人各就各位。

---

①一种模仿鸟翅的飞行器。

郭昌操控键盘,激活处于植物人状态的沈嫽,让她的意识回到身体——然而,事情发生了大转变!面前所有的医学仪器显示:躺在实验舱里的沈嫽大脑皮层没有丝毫反应,相反,却出现了脑死亡征兆。

郭昌急忙发出指令:"检查各设备指数、参数!"

仪器显示,沈嫽的神经系统正在衰竭,脑死亡正一步一步加深……

郭昌额头冒出汗珠,他试图做着各种努力。

第一次试飞,以宽根摔伤、嫽昏迷告终。

突然的变故,令纳纳昌手足无措。他发现自己悄悄爱上了药师的女儿嫽,而她现在不省人事,就如同那天把她从水里捞起来时一样。纳纳昌把毫无知觉的沈嫽抱回山洞,而果也把满身划伤的宽根从山林里找回。

洞中立刻充满了悲伤的情绪。纳纳昌坚持给沈嫽喂水,喂岩羊的奶,虽然一口也没喂进去,全洒在沈嫽的身上。

果和宽根不敢上去帮忙或者安慰纳纳昌,只好把篝火烧得很旺。两人依偎着陪在一边,结果撑不住困倦,终于倒地睡了。

深夜,纳纳昌把沈嫽扛进了圣洞,放在一块金台上。他点燃了更多的灯,这下,洞壁的岩画更加清晰可见:有四个轮子的铁牛,铁鸟,火箭,卫星,太空空间站,宇宙星云图,高楼大厦,蘑菇云……洞顶的穹隆处是一幅金灿灿的太阳神鸟图。图上代表一年四季的四只神鸟环绕着旋转的太阳,相飞相绕,仿佛通向神秘的未来。

而对于洞中的这一切,纳纳昌显然是见惯不惊的。比龙古蜀的先祖们留下的这一切,不管是什么,总是天经地义的,都是王族的骄傲。无论是你见过的还是没见过的,那自然是先祖们的宝贝,也是比龙古蜀的国宝。

纳纳昌朝五位圣人的岩画前恭敬叩拜三下，然后学着圣人的样子盘腿坐下来，他开始念诵祖母教他的咒语：嗡啊吽……

山洞里立刻回荡着这句咒语充满魔力的声音。

声音跟洞壁上陈放的各种宝石、金块仿佛形成共振。琳琅之声和着咒语，让整个洞腔里充满一种无形的能量。这能量充满温暖和力量，这能量正一点点蓄积，一点点强大。

嗡啊吽……

嗡啊吽……

嗡啊吽……

第六章

深夜,实验室突然停电。这在铂金大厦里是不正常的事情。而且,即使是大楼停电,高层实验室也有专门的供电线路——平时,这方面是万无一失的。

正在对沈嫇进行脑死亡急救的郭昌近乎被推到绝望的边缘。

他有种不祥的预感:没有任何提前的告知,这深夜停电太不正常! 直觉告诉郭昌,危险正在一步一步向他靠近。

郭昌摸黑悄悄从工作台抽屉里拿出一把激光手枪,拉开保险。

霎时,备用电启动,点亮了应急照明。郭昌拿起对讲机呼叫保安,却没有回应。郭昌连忙又悄悄按动了一处隐秘按钮,打开一个隐蔽抽斗,里面弹出各式锃亮的武器。他取出来纷纷扔给助手和护士们。

昌做了个手势,女助手立刻关掉应急照明。黑暗中昌从红外监控视频上看见有持枪的蒙面人正悄悄潜入实验大楼的冷藏库,那里专门冷藏可供移植的人体器官。与此同时,红外视频也显示,有持枪蒙面人正向实验室这边靠近。

砰的一声巨响,一颗威力强劲的电子束炸弹爆炸了! 实验室厚厚的金属保险门被炸开,报警装置立刻自动联通了警局并尖锐地响起。

枪战开始，子弹横飞。

昌一面抵抗，一面摸到实验舱旁，启动蓄电备用能源，以保证沈嫽的呼吸机正常工作。

此时，果和宽根打着火炬，把食物放在洞内更深处，期待纳纳昌能够吃点东西。上次送来的食物显然没有人动过……纳纳昌这样撑下去会要了自己的命的。

突然，果和宽根似乎听见什么奇怪的声响，果侧耳寻找声源，继而想起身溯源，却被宽根一把拽回来用大手按在原地不准动弹。宽根用眼示意，果仔细一看，原来他俩的前面有一道朱砂色的痕迹，痕迹延伸到洞壁上，洞壁上画着朱砂的秘眼符。在比龙古蜀，这秘眼符就是王族禁令，如果触犯，自己和家人都会遭受死亡的诅咒。

果和宽根并不想去冒犯王族的禁令，不是怕死，而是因为对王族的敬畏。俩人守在原处，听着隐隐约约传来的纳纳昌的声音：

嗡啊吽——

嗡啊吽——

嗡啊吽——

然而，另一种奇怪的声音逐渐由远而近。意想不到的事突然来临了——一条有着红色眼瞳的巨型白蛇从洞外蜿蜒而来，滑过果和宽根身旁，然后，伴着声音离去，消失在洞的更深处。

果和宽根惊恐地捂着嘴，不敢叫出声，双目圆睁地看着白蛇从身边滑过。果这才去拿出竹刀，对着白蛇消失的地方，防备它再出来……

"你想干什么？杀了它？"

宽根看着果，一把打掉果手上的竹刀，顺手又在他脑袋上拍一巴掌。

"你以为那只是一条蛇？你见过长成这样的蛇吗？"

果挨了一下，忍住不吭声，委屈地看着宽根。

"今后记住，不是什么都是可以动刀子的，你欠一条命还不知拿什么去还呢！"

果终于说："我是怕纳纳……"

宽根说："你没听到纳纳的声音一点没断吗？"

果说："真想进去看看。"

赶来的警察封锁了整栋大楼外围，他们和郭博士及其助手们里应外合，终于把蒙面劫贼统统制伏。被抓获的蒙面劫匪供认，他们是为金立财团所雇佣，要来毁掉铂金财团的器官移植库。

郭昌操起枪托就给那蒙面劫匪一下，骂道："器官移植库在那边，你们行动之前搞清楚没有？给你们多少钱呢，拜托把信息弄准确再行动不行吗？你们瞎撞什么，把我实验室搞得一团糟！"郭昌一脚朝躺在地上的劫匪踢过去，扭头走了。

女助手恰在这时提着枪，跑过来，"博士，快去看看！"

郭昌跟随着女博士冲进一片狼藉的实验室。

这时，郭昌不愿看见的结果终于发生了——各种仪器上的数据表明，沈嬛脑死亡五小时后，心脏也停止了跳动……

实验室里霎时死一般寂静。

郭昌脑子里一片空白，突然大叫："抢救，心脏外压！"

女助手无助地回应道："博士，恐怕来不及了……"

郭昌怒道："来不及也要抢救！抢救！抢救！"

实验室里立刻又开始忙碌起来。

第七章

　　沈嫽在昏暗的泥泞里,在电闪雷鸣中,如同瓷片一样,由下而上慢慢化成碎片,化成沙粒化成粉末。顷刻间坠下,消散……转眼间就被一阵大风吹开来。这缕尘沙又被卷进无底的洞里,坠下,坠下。无底的深洞仿佛有一块强大的磁石,那力量牵引着尘沙坠下,坠下……每一粒尘沙都是自己的心念,沈嫽心底在喊:"拉我一把,拉我一把……谁拉我一把……"

　　仿佛是一刹那,也仿佛是一万年。

　　有一种温暖的力量在回应沈嫽的心声,如同孩子找到了母亲温润的胸膛。

　　霎时,尘沙不再坠下,有一种力量托起了下坠,转而向无底洞的上方扬起,飞升……一道光芒闪过,沈嫽便在光中站在了一座山峰之巅,沐浴在温暖的光芒下,被一片温暖的光包裹,沈嫽感到了从未有过的轻松和无以言说的喜悦,仿佛身体在光里已和整个宇宙融合,无限融合……

　　在一片金光里,沈嫽终于从比龙古圣山圣洞的金台上慢慢站起来。那条白蛇原先绕成一个圈包围着沈嫽的身体,现在白蛇悄然退去。

　　纳纳昌闭目端坐在那里,嘴并未动,"嗡啊吽"的声音仍然在洞中回绕。沈嫽俯身在纳纳昌的额头亲吻了一下,转眼朝圣洞口走去,穿墙而过。

　　纳纳昌睁开眼。

　　沈嫽不知不觉已站在洞外,那处眺望迦陵频伽的山崖上。月圆之夜,那巨幅岩画在月色中似乎暗藏着神秘和灵动。

　　纳纳昌轻轻走到沈嫽身后,从身后慢慢抱住她。霎时,像是有电流缓缓而温暖地从身体里流过,沈嫽感到一阵眩晕。

　　这时,沈嫽看见山崖上那只木鸢还挂在树梢头,她伸手放下木鸢,回头对纳纳昌说:"我真想飞离这里……"

　　不等纳纳昌靠近,沈嫽抓住木鸢的握柄,跳下山崖。

　　纳纳昌屏住呼吸,奔向崖边。却见木鸢在下坠一段后随即轻捷地飞起。月色中飞过山谷,飞过树巅,在比龙古圣山的上空翱翔,仿佛是天神下凡。

　　昌惊呆了。

　　转眼,沈嫽又轻捷地降落下来。她走近纳纳昌,让昌抓住木鸢握柄的另一边。

　　昌闭上眼,决定把自己交给嫽。

　　果然,俩人在夜空中轻捷地腾空飞翔,飞过山巅,飞过树冠,自由自在。

　　飞翔之中,纳纳昌突然感觉身旁的沈嫽和以前判若两人,但是又说不清究竟是哪里不同。

　　这时,天边的一缕曙光划破黑暗的云层,照到绝壁上的那幅迦陵频伽的岩画上,也投射到山巅的树林。沈嫽感到一阵眩晕,仿佛是因为被阳光所刺激,她忽然意识到那树上的刻印——第八天了!黎明的曙光像利剑一样照在山崖之巅的一株松树上,那已经划上的七道痕迹直刺沈嫽的双眼。

"我要下山！"沈嫽道。

纳纳昌拦住沈嫽，"留在山上，我需要你！"

"我要回去！我不属于这里，我要回去照顾我的父亲！"

纳纳昌说："别傻了，您父亲已经去世了。他追随我的祖母一起走了，你忘了吗？"

沈嫽执意绕过拦路的纳纳昌，果和宽根也堵在前面，但又不敢硬拦。

沈嫽见状，霍地掏出腰刀横在胸前，"谁拦着?!"

沈嫽夺路而去。

沈嫽赫然出现在祭台上祭司的屋里，就站在朵利的身后，而朵利却丝毫没有察觉。

当朵利转身，忽然看见沈嫽时，着实一愣——因为并没有人从紧闭的木门进入。朵利一边绕着沈嫽踱步一边打量着这位女祭司。沈嫽也不理睬，闷闷地看着那个空空的铜像基座，随手从地上拾起一枚青铜碎片，发着呆。

朵利用一只别致的陶杯盛上山泉水递给沈嫽，"山上还好吗？"

沈嫽接了，扭过脸来，却是一脸的泪水，"我这是在哪里？"

朵利注视着沈嫽，良久，一笑，"你从圣山上下来，完全变了一个人。去了多久，还记得吗？"

朵利说着，不经意撞到了石台上盛水的陶罐，眼看陶罐要落地，沈嫽刷地飘过去接住陶罐，脚不沾地。

朵利冷眼旁观，不动声色地都看在眼里。

接住陶罐的沈嫽也诧异地愣在那里，她低头看看自己的脚，若有所思地把陶罐放回石台上。一抬头，朵利赫然就站在面前，盯着她……

终于，朵利低声道："你在那个世界的身体已经死了，你现在回不去了。七天,早已经过了。"

沈嫽彻底僵在那里,她不得不扶住石台,慢慢。她淌出眼泪,哽咽道:"你……你是谁?"

朵利淡然道:"和你一样,是在那个世界死去的人,现在活在这里。我们都来自同一个地方。"

"你怎么知道我回不去?"

朵利二话不讲,原地慢慢飘浮起来,"你试着像我一样。"

"怎么?"

"想象着身体慢慢升起来,升起来,飘浮在空中。"

沈嫽一闭眼,慢慢地,慢慢地,身体果然升起来。沈嫽睁开眼惊异地看着自己离开地面的双脚,她和朵利飘浮到了同样的高度。

朵利再升,沈嫽随之也再升起一些。

"这是怎么了?"沈嫽诧异万分地问。

朵利不语,抖抖红袍的袖子,索性推开窗户飘出去,刷地便从祭台上飞身升入夜空中。沈嫽一闭眼,跟随其后。

半空中的浮云正好半遮半掩地飘过来。

沈嫽和朵利飘在浮云中,夜风撩起了衣裾。

朵利说:"现在,你的意识没有了肉体的束缚,所以你可以飞。"

"那我现在的身体是什么? 这身体不算肉体?"

"那只是借来的,你的意识早就不属于这个身体。"朵利道,"而原本属于你的那个身体,你在实验中又脱离了。你的意识后人为主,像电脑一样刷新了过去的意识,覆盖原来身体的意识。也就是说,你操控着原来的身体而你又不属于这个身体,所以,在你身上会发生一些神奇的能力。不过,以后会发生什么,我也不知道。"

沈嫽悲伤地说道:"也就是说,我死了吗?"

朵利:"严格地说,未来的你已经死了。不过,现在你可以安心看看过去的你,和你过去投身的世界了。"

夜空幽深浩瀚，大地安详而静谧。沈嫘第一次在半空中俯瞰大地，这和她驾驶超音速飞机在平流层以上俯瞰大地的感觉是完全不同的。

朵利手一挥，指着一片威严而宏伟的建筑说："这就是比龙古蜀王城。好好看看吧，人类从没有留下过她的记载和影像，但她却这样实实在在地存在过。你看王宫建筑的基座所用的全是白色的石英石，没有切割，全是工匠依照石材天然的基面堆砌，只是加了少量观音土来黏结。王宫的屋顶采用了烧制的陶瓦，精致而结实，墙体也是天然石材。整个王城的下面有完善的排污、排水系统……按照现有的人口容量，恰好是一个最为平衡的城市建筑。"

沈嫘也不禁赞叹道："真没想到我们已经做得这么好！"

"那是漕河，像一个回字把王城包裹起来。漕河的宽度和深度也是非常考究的，可以抵御森林里野象群的进入，同时又能保证水上运输，排洪，引水入城，真是妙不可言。"朵利一一指点，"那是青铜作坊，正好在水上运输的要道上，方便运输铜石和木炭。你再看，漕河和北面的马桑河相连，和运送铜石的水路沟通。再往前，看那蛤蟆嘴，那里可以说是比龙古蜀祖上所有的智慧体现，曾经很是巧妙。"

"蛤蟆嘴？就是被毁掉的蛤蟆嘴？一声巨响之后一切就灰飞烟灭？"沈嫘极为吃惊。

朵利看看沈嫘，"纳纳昌告诉你的？"

沈嫘点点头。

"要知道，嫣太后在时，就是砍一棵腕粗的树，都得让祭司提前一天在树上拴上红绳，要对着树磕头，好言通知住在树上的生灵搬家。你想想，这样能做成什么事？这个王国几乎快被周围的森林给吃掉了，终日死气沉沉。可是有一天，一个人改变了这一切，他让这个王国恢复了活力。如今,大纳提卓冶炼青铜,烧木炭,开采铜矿石,炼制坚兵利器,真的让国力变得很强大! 如今的这一切,哪一样都足以气死老太后。"

沈嫽忽然意识到真相,质问道:"那个人就是你?"

朵利沉浸在自我陶醉中,"还有谁做得到? 一夜之间打开蛤蟆嘴,开通运送铜石的通道? 而且为这个王国炸山开石,源源不断地开采铜石? 就是北方那个商国也无法匹敌。我让比龙古蜀变得越来越强大,越来越坚不可摧!"

"是火药? 你使用了火药? 蛤蟆嘴是防洪分流的筑堤。你让河岸到处都伐薪烧炭,炸石开山,雨季到了,马桑河的洪水会毁掉这里。你是明白这样做的后果的!"

"硝石、木炭、硫黄,这里到处都是,我只是把他们放在了一起。"

"那祭台上嫣太后的青铜塑像也是被你炸毁的?"

"不错,我让那个酒后莽撞的纳纳昌承担了一切。我不能让嫣太后的意志统治这个国家! 我要把这个国家武装起来,我们可以靠兵器去灭掉商国、周国。因为有我。我要改变这个世界,我要改变青铜时代!"

"太可怕了! 我们在未来的社会已经被弄得一团糟了! 你还要让噩梦也在这里发生?"沈嫽怒不可遏。

朵利怒视着沈嫽,"我不希望你说出这样的话!"

朵利顿了顿,双眼圆睁地盯着沈嫽。良久,他一字一顿地说道:"在这里,我们俩是需要互相依靠的。"

"为什么? 为什么我要依靠你?"

"原本,如果你能回去……"

"回去? 回哪里? 你一早就知道我不属于这里?"

"是的,那天你中了蛇毒被送上祭台,昏迷中你说的胡话,我一听就明白了。"

"说了什么？"

"说了些只有我能明白的话，比如'放下起落架''启动扰流器'……"

沈嬅开始一下一下地啃自己的指甲。顷刻间，关于那个世界的所有记忆像潮水般涌进脑海，她的泪水抑制不住地滑落。

朵利递给沈嬅一块白色的麻布手帕，"你瞧，这块我特意做的手帕终于派上用场了。在我们那个世界早没有人用这个了。现在比龙古蜀，男女老少都习惯用这个。"朵利说着，还模仿了几下抽纸巾的样子，"我可不是只给这个世界带来火药的人。"

沈嬅低头用手帕使劲擤鼻涕，朵利立刻说："不用还给我了。"

沈嬅回应道："有的脏东西是擦不掉的，也包不住。"

"原本，如果你能回去，我还想请你帮我带个口信。现在……你就安心留下来，和我一起统治这个王国吧。"

"我没兴趣！"

"你慢慢会有兴趣的。现在，你仔细听……"朵利道，"听听人们现在正在说些什么……"

俩人在夜空中静下来，仿佛定在那里一样。

沈嬅静心去听，果然，人世间各种声音像涨潮的水一般涌进耳朵……

"听懂他们的话了？"

沈嬅点点头，惊奇地发现自己真的能听懂这种陌生的语言了。

朵利道："从今后你也会说这里的语言了，这就是现在的你。我们俩都有这种特殊的能力，准确地说我们的意识都有这种能力。我们来到这个世界，就是来统治这里的！不然还有谁？"

"那我宁愿再死一次。"沈嬅不等朵利说完就应答道。

朵利却笑了，"你原来是做什么的？"

"飞行员。"

朵利突然大笑起来,"飞行员?"

沈嫽也尴尬地一笑。

朵利道:"现在你想做什么就做什么,只要你愿意;你想要什么就要什么,只要你愿意。"

"我们这样的……难道……不会死吗?"

"你希望死吗? 我们是会永生的!"

沈嫽听罢,向着药师家的方向速降到地面。她回到药师屋外那刻了标记的树下,抚摸着自己刻下的痕迹,号啕大哭。

朵利半空中无奈地一笑,霎时,飞走了。

第八章

女助手从实验室将沈嫽的遗体推出来，来到电梯间门口。恰在此时，沈父坐在轮椅上被保姆姊阿姨推出电梯门，他的膝盖上放着一本实验日志。三名大楼的保安紧随左右。

"郭博士在哪里?"沈父问。

"怎么让外人随便进入试验区域?"女助手显然生气了，质问紧随后面的安保人员。

"这位老先生有实验室的通行证，他是来参与实验的。"安保人员向女助手挥了挥手里的通行证，很严肃地回答道。

沈父不等说完，举起膝盖上的实验日志，"我看了记录，现在刚过九小时! 按照试验签订的合同，在沈嫽脑死亡而心脏未停止跳动时，你们必须维持实验舱系统正常工作二十四小时;在她心脏停止跳动后，实验舱系统还得维持二十四小时! 你们不能推走我的女儿。"

"他怎么会有实验日志?"女助手更加生气。

"我是沈嫽的父亲，按照合同规定，实验者的家属有权知晓实验的进展状态。"

事实上，沈嫽无意中送给大楼男看护的手机帮了沈父的大忙。那位男看护生性孤独，却癖好Rap。沈父打过电话来找女儿，男看护拿起电话就对沈父来了一段Rap,还责骂沈父人心不是肉长的……

女助手无话可说,但满脸很郁闷的样子,似乎在思考着对付沈父的办法。

这时,实验室的一道侧门无声地开了。

博士郭昌走出来,打手势让把沈嫽推回实验舱。他压低声音,严肃地说道:"这个实验室难道还有第二人掌管? 谁让你们推走的?"又向沈父问道,"沈先生是怎么找到这里?"

"我女儿的手机送给你们的保安了。"沈父道。

郭昌面有愧色地说道:"你女儿交代让我照顾你。"

沈嫽被助手送回实验舱,然后重新接上各种仪器。

沈父脸贴在实验舱外,慈爱地看着不省人事的女儿。

一位尖脸女护士拿着手动视屏仪从感应门进来,问:"怎么还未送到楼下? 别的医生已经在无菌室等着呢。"

女助手漠然看着尖脸护士,说:"不用等了。"

尖脸护士争辩道:"可是,她的心脏已被人预订,两个肾脏也已被订出,现在移植成活率最高。"

"你们收了人家多少好处?"沈父气得发抖,"你们要按合同执行!"

尖嘴女护士说:"我也是替财团着想。谁不知道财团靠人体器官移植保证每年的利润增长!"

郭昌怒道:"住嘴! 我刚从警署回来。那几个蒙面劫匪的家里怎么会有你的电话录音?"

尖脸女护士忽然愣在那里。

"你的银行户头上怎么会有劫匪转给你的大额数目?"

尖脸女护士立刻摘下口罩,白大褂,扔在地上,转身要走。

"站住!"郭昌喝道。

那尖脸女护士忽然抓起身旁推车上的一把手术刀,推开保姆姚阿姨,把刀抵住沈父的咽喉。

"别动! 这刀有多快你们是清楚的。"尖脸女护士道。

沈父想挣扎,脖子根立刻冒出蚯蚓样的血。

郭昌一笑,"好,你走吧……"脚下却悄悄踩了报警器。

尖脸女护士胁迫着沈父,一步步出了实验室门。

此时,接到报警的武装警卫已从外面悄悄而至。武装警卫从身后朝尖脸女护士开枪,激光枪打中尖脸护士持枪的那只胳膊。尖脸女护士索性让沈父阻挡激光束,一只手推动着坐在轮椅上的沈父,往电梯门冲去。

郭昌拔出也手枪追出去,打中尖脸护士的腿,她挣扎着逃进电梯,把沈父撇在外面。郭昌撬开电梯门,朝下降的电梯接连开枪……

电梯的数字闪到"1"。

底楼的警察打开电梯门,只看见里面一摊血,并无尸体。

随即乘另一部电梯下来的郭昌对持枪从另外的通道过来的女助手说:"看来,我们的对手不会轻易放过这件事,都有卧底了。"

女助手说道:"现在鲜活移植器官的黑市价正在暴涨,我们这里被很多人盯上了。"

"这可不是我开发实验项目的初衷,我是为了治病救人。"郭昌无可奈何地说道。

"是的,我相信,所以我一直愿意留在你身边。我……"

郭昌打断女助手说:"快去看看沈父的伤口。"

实验室里,沈父脖子上的伤口已经被护士包扎好了,他却拒绝保姆姚阿姨要推他离开的要求,他指指实验舱。

沈父被推到实验舱旁边,女助手按钮打开舱体上面的透明罩。

沈嫽一动不动地躺在那里,沈父伸手为她理理头发,又从保姆手里接过毛巾,为她擦擦脸。

"来,孩子,听听声音。爸知道你能听见的。"

沈嫽父亲接过保姆递来的大圆耳机,戴在她的耳朵上。父亲亲自拧开开关,一阵美妙的天籁之音传来:

嗡啊吽……

嗡啊吽……

郭昌急匆匆回到实验室,一手提着枪,一手扯开衣领的纽扣,颓丧地慢慢坐下来。他抬头远看着躺在实验舱中一动不动、面无血色的沈嫽,痛苦地双眉紧锁。

女助手轻轻过来,接过郭昌手里的枪。

第九章

正在树下哭泣的沈嫽,忽然听见天空中隐约飘来曼妙的音乐,若有若无——天籁就是这样的声音吧。

天籁逐渐清晰,逐渐可听见"嗡啊吽"的混合音。

沈嫽升起来,坐在树干上,闭眼静听。

闭眼静听……

沈嫽一动不动坐在树干上,任风吹,任日晒,一天,两天……

仿佛要变成石头。

有路过的小孩看见她,拉拉她的脚,她不理。而树上的果子却因为沈嫽坐在那里正神奇地慢慢在长大,变红……小孩又来拉拉她的脚,一颗红透的果子就砸在小孩身上。小孩捡起来咬一口,立刻消失了。不一会儿,小孩引来了更多的孩子,还有男男女女们,都开始捡果子,而地上也越掉越多。于是小孩们坐下来,边吃边看着树上的沈嫽。有几位妇女拿着筐来捡地上的果子。捡果子的人们似乎都听见空中有曼妙的音乐,差不多忘记了吃果子。

一天,两天……沈嫽的长发明显更长了,在风里飘着。

女助手一直密切观察沈嫽。她知道郭昌很在乎这个实验,因为他把沈嫽当作救命恩人。这时,女助手突然发现实验舱里的沈嬷似乎有些异样,仔细看,却见沈嬷眼角慢慢淌出一滴泪水……然而,各种相连的仪器上却没有任何反应。

一天傍晚,有人故意从身后遮住沈嬷的双眼。树上的沈嬷感觉有东西塞进嘴里,一咬,是一只酸甜的果子。

沈嬷仿佛从沉睡中被人叫醒。

沈嬷去抓身后的人,喊道:"纳纳吗?"

纳纳昌敲着祖母那只铜铃,叮当叮当的,跳出来,坐在旁边的树干上,"我一回来就听人们说:国中有了一位女祭司,女祭司让一株从不结果的树天天结果。"

沈嬷一笑,"树上不结果子还能结什么?"

纳纳昌把刚才沈嬷啃了一口的果子递给她。沈嬷伸手去接,才发现自己的指甲已经很长很长了,拿东西都很艰难。

纳纳昌索性把果子咬在嘴里,顺手从腰上拔出佩刀抓住沈嬷的手就去削那些指甲。昌的手法很娴熟,几下就把沈嬷的手给弄清爽了。

昌随即沿着树干挪近沈嬷,搂住她,热情地说:"进宫来吧,我要天天看见你!"

沈嬷望着纳纳昌清澈的眼,她能强烈地感觉到纳纳昌的真诚。纳纳昌要吻沈嬷,沈嬷却别开头,轻轻滑下树干。

纳纳昌也跟着跳下来,问:"在山上,你急着回来,现在回来了,你还想要什么?"

沈嬷不理他。

"早知道就为回来坐在树上,我陪你不就行了? 和我们拿刀抹脖子吓唬人的,至于吗?"

沈嬷低头,心事重重地说:"也不为这个。"

"你要什么我都可以给你……只要比龙古蜀国有的……就是

没有的,我也走遍天下去给你找来……"

沈嫽的手指早已堵在纳纳昌的嘴唇上,沈嫽说:"我要的已经永远永远失去了……"

纳纳昌抓住沈嫽的手,亲吻着,"不可能,有我在,什么都可以为你找回来! 你信不信?"

沈嫽泪眼朦胧,呆呆地看着纳纳昌。"不!"沈嫽疼苦地一甩手,跑回了自己的石屋。

纳纳昌追过去敲门,门不开,索性就坐在门口。

这时,果和宽根慢慢低着头走过来,分别坐在纳纳昌两边,一声不吭。良久,果和宽根各自从衣襟里摸出一个果子,开始咔嚓咔嚓地啃。

昌用手把耳朵堵上。三个人如同门神一般堵在沈嫽的石屋门口。

夜已经黑下来。

马桑河水静静地流淌,夜色光影中,比龙古蜀王城静谧安详。而青铜作坊里,正火光熊熊,大纳提卓正满头大汗地亲自检查熬制的铜铅锡合金汁水,检查所用木炭的优劣。他一脸威严,全神贯注。而祭司朵利站在大纳提卓身后不远处,高深莫测地看着青铜作坊的一切。

第十章

清晨，王宫里迎来商国的使者季渊。

他从遥远的北方来，出发时有一百多人，等此刻出现在比龙古蜀的王宫里面时，连他只剩下四人，其余的都死在险恶的路途中了。

尽管季渊九死一生来到比龙古蜀，却拒绝向大纳提卓下跪，季渊扬着高贵的下巴，趾高气扬地说："我是商国的使者，从不向别国下跪，只有接受别人的跪拜。"

大纳提卓说："不如把家伙拿出来比试一下，谁的厉害向谁下跪！"

季渊立刻击掌赞成。

于是大纳提卓和季渊分别亮出了青铜家伙，比试开来。

好在王宫很大，场地足以让比武自由进行。这样的比武，在比龙古蜀国的历史上还是第一次。此时，整个王宫里无处不弥漫着势在必赢的激奋。

正在节骨眼上，大纳提卓的青铜戈哗的一声断裂开来，当啷啷一声落在王宫的石板地上。霎时，整个王宫内凝气屏声，所有人的脑子里一片空白。

季渊立刻扬起他那高傲的下巴，趾高气扬地说："我就知道是这样的结果。现在,下跪吧!"

说时迟那时快,一旁的纳纳昌自告奋勇地跳出来,对商国使臣说:"我们比龙古蜀也不欺负你,现在,你拿着家伙,我徒手和你较量怎样?"

姚娃不安地站起来,"纳纳!"

昌对季渊招手说:"来吧。"

却见季渊从狠处下手,纳纳昌从柔处躲让,一来一去,令王宫里人们倒抽凉气。只两三个回合,纳纳昌就夺下季渊的武器,反剪他的双手,用季渊的家伙抵在他自己的脖根处。

季渊连忙喊道:"我还有话,商王的话。"

王宫里一阵齐喊:"宰了他! 宰了他!"

纳纳昌却一松手,放了季渊。

季渊连忙下跪。

大纳提卓闷声不响地看着远方,并不理睬季渊。

青铜作坊内,大纳提卓一脸怒气地把裂成两截的青铜戈扔在青铜作坊的石板地上,作坊里所有人纷纷下跪,噤若寒蝉。

大纳提卓余怒未消,叱责地说:"看你们弄的好家伙!"

所有人凝神屏息,有的在瑟瑟发抖。

"你们弄出来的兵器让我在商国面前丢尽了脸面,你们想让我把你们都送去活祭了? 哼!"

晴空万里。一阵欢声笑语。比龙古蜀的王宫树屋在蓝天下仿佛是深入云端的宫殿。沈嫽紧跟着纳纳昌,沿着天梯一般的枝干往云端攀爬。

终于上到树屋云端的平台,纳纳昌拉着沈嫽的手,跟果、宽根站在一起长长舒一口气。王宫的树屋平台,距离地面大概有二十

288

层楼高——雌雄两株银杏树多年交互长成一体,在树冠的顶部,王国里的巧匠搭建了一个漂亮的木屋。木屋外有一个平台,在那里俯瞰比龙古蜀位置绝佳。

当沈嫽站在平台上,极目远眺时,不禁惊叹:"喔!"

整个比龙古蜀王城尽收眼底。俯瞰下去,美不胜收。

"这就是树屋,全天下你找不到第二个!这是我小时候,祖母专门让人为我搭建的。在比龙古蜀国里,曾经上到这树屋平台上的人没有几个。"纳纳昌道。

沈嫽感叹道:"太壮观了,原来我在这么美的地方生活过!"

沈嫽心想:这到底是哪里呢?我要试着把河流、山脉的走向记下来,我一定是驾机飞行过这里。

"转过身来。"昌喊道。

沈嫽一转身便看见昌的身后——果和宽根俩人高举着一只崭新的洁白木鸢。

沈嫽更加惊喜,"喔……喔!"

这次,纳纳昌带来了他们按照沈嫽的办法新做的木鸢——昌特意让国中的织布娘用最有韧性的、最细的麻线织成,刷上了国中产漆最好的那株漆树的汁液;骨架是用马桑河岸最有韧劲的竹子火烤干了水分做成的。纳纳昌还做了一些创新,新木鸢可以调节平衡,单人或双人都可以飞。

"我给这个木鸢起了名字——妙音。"昌说着,跨上木鸢,从平台纵身跃下,木鸢随即轻盈地飞扬而起。纳纳昌绕着树屋环绕飞行,沈嫽一直注视着。

忽然,一阵五彩的花瓣雨从空中飘下来,飘落到沈嫽的身上。沈嫽捡起落在肩上的花瓣一嗅,香气馥郁。只见木鸢的两个翅膀上挂着两个布袋,花瓣显然就是从那里面飘出来的。

果和宽根也孩子气地去接花瓣,接到了就捧给沈嫽,果说:"这是纳纳一早去森林里采来的,我们怕不够,偷偷把王宫里的花都采了,西吉大管家也帮了忙。"

沈嬟双眼湿润了,心想长这么大,除了父亲还没有谁如此在乎过自己。

昌回到平台,"上次你带我,这次我带你。上来吧!"

沈嬟过去握住木鸢的手柄。

这次,俩人飞得更远,整个天空都是他们的领地。

王国里有人发现了他们俩。

天空中飞翔的木鸢这还是族人们平生第一次看见,族人们开始欢呼。因为他们都还记得比龙古蜀祖上的五位飞翔的圣人。如今,即使乘着木鸢,那也是人们心中最美好的景象。

这时,大纳提卓正在陪商国的季渊视察祭台,忽然,木鸢从头顶飞过,季渊吓得连忙匍匐在地,"什么鸟?"

大管家西吉连忙对大纳提卓耳语,大纳提卓会意。

西吉对季渊说:"那只是我们正在试飞的武器,叫妙音。"

季渊警惕地问:"能飞多远?"

西吉说:"从这里到你们商国也就一天的行程。下次你来,我们派妙音去接你,省得你长途跋涉,九死一生的。"

季渊显然不安,望着远去的木鸢,说:"还是不用了,那样的话怕商王就更寝食难安了。"

祭司朵利像是自言自语,又像是对季渊说:"有了它,想干什么都不愁了。"转而又对大纳提卓说,"纳纳昌从比龙古圣山上下来,真是犹如天助。"

碧空如洗。

飞翔中的木鸢舒展而轻捷地在比龙古蜀大地上翱翔,昌兴致勃勃,扭头大声对着沈嬷的耳朵说:"我要娶你!"

"娶我?"

沈嬷这一问,木鸢立刻直降下来。

"哎……哎……"纳纳昌连忙手足无措地高喊。

沈嬷定住心念,木鸢立刻平稳起来。沈嬷说:"不行,你不了解我。我和别人不太一样。"

"怎么不一样?"

沈嬷盯住昌,良久,然后说:"你不要怕……"

说罢,沈嬷竟双手脱开木鸢手把一点距离,身体却能跟着木鸢一同飞行。

纳纳昌双眼随着沈嬷的动作瞪得越来越大,目瞪口呆地看着沈嬷。

沈嬷满是绝望地看着纳纳昌,悲伤地说:"我不属于这个世界……"

昌一听,得意一笑,不屑地说:"就为这个?你看!"

纳纳昌只用小指勾着木鸢,不让它飞离,自己也轻盈地脱开手,一样在空中停留飘浮。

此时,天空中飘来美妙的音乐,越来越清晰……

沈嬷霎时变了脸色,"你也?……"

"对,我也领会了祖母和比龙圣人凌空飞行的心诀,就在比龙古圣山上。这木鸢是我为你特意做的,因为我没有木鸢一样凌空飞行,祖母和圣人们所领会的境界我也领会到了!"

纳纳昌索性松开小手指,和木鸢彻底脱开,他和沈嬷依然在空中飞翔着,只是速度慢了下来,随风飘扬着。

音乐犹如天籁,从碧空深处传来,越来越清晰。

沈嬷感受到了一团温暖的光慢慢包裹住自己,从未有过的温暖……和她曾经梦见的情境一样。

昌和嫽在空中亲吻，风在吹拂，木鸢在他们上方飞翔。

昌说："我现在还记得第一次把你从马桑河里捞起来的样子。我知道，我从那一刻就爱上你了。"

"这是我祖母留给我的，"昌从自己脖子上摘下一枚他戴着的玉珠，"我祖母说有一天我可以把她戴在最心爱的人身上。"

昌把那枚珠子戴在沈嫽的脖子上。

两人在空中相吻，继而昌一手带着木鸢，一手抱住沈嫽，两人相拥着，带着木鸢急速升空，俩人在爱意中缠绵，消失在光的交汇中。

这光芒和着阳光，把大地照得分外明亮，却绝不炙烤。

在树屋平台上的果和宽根一直望着天空。只看见俩人消失在一团光里，那光亮得几乎什么也看不见了。

众人也只看见一团光飞升，揉着眼，再也看不清光里的一切。

两人在光芒中似乎交融为一个人。

突然，天籁消失了，四周安静下来。

沈嫽感觉一阵异样，纳纳昌诧异地看着她，发现沈嫽的瞳孔正慢慢发生变化。

陡然间，沈嫽开始急速下坠。

昌想抓住沈嫽，又要抓住木鸢。

沈嫽无声下坠，昌索性放掉木鸢，紧追沈嫽而下。

果和宽根远望着两人坠下，连忙往树屋下跑。

正举着一个竹筒对着天空观察纳纳昌和沈嫽的大管家西吉，吓得晕倒在地。这时，姝娃看见西吉倒地，连声奚落，"快把大管家扶去休息，真是越老越不中用啊。"

姝娃一扭头，这才发现花园的花一夜之间全被掐掉了，"这是谁干的？大管家，你给我醒醒！"

姝娃追着被抬走的西吉而去。

第十一章

实验舱里，毫无生命体征的沈嫽突然有了心跳！心率仪忽然传来有节奏的跳动声，砰……砰……砰，这声音如同惊雷一般震撼着实验室里每一位工作人员的心。实验人员围过来，密切注视着实验舱里的动静。

女助手道："快通知沈嫽的父亲！"

实验舱里，戴着耳机的沈嫽心跳频率开始加速，整个身体出现生理迹象，脑电图终于也开始闪烁。博士郭昌和众助手都关注地看着在舱里躺着的沈嫽。

沈嫽的脸上开始微微冒出汗珠，呼吸声渐渐开始急促。

终于，满头汗水的沈嫽挣扎般地睁开双眼。

周围人唏嘘一片，开始鼓掌，又对着郭昌鼓掌。

郭昌面无表情地掌控一切，镇定地说："增加身体营养物注入，生理活性物输入。"

郭昌一边发布指令，一边启动按钮。

各种仪器设备按照指令开始正常运转。

最后看了一眼视屏上修复完美的遗传基因编码，郭昌从操控台起身走近实验舱，打开舱门，把手伸向沈嫽，感慨地说道："祝贺你，健康归来！"

虚弱的沈嬿被郭昌握了一下手,却呆呆地躺在那里,潜然泪下。

"怎么?"郭昌在沈嬿的眼前晃晃手指,"数据表明,你身体现在一切正常。只是有些虚弱。"

沈嬿:"为什么这个时候让我回来?"

郭昌抬头看看实验室的挂钟:"还差十五分钟,按照规定,你心脏停止跳动已二十四小时,脑死亡已四十七小时四十五分——等待移植你的肾脏、心脏的病人已在手术台上做完了消毒程序。"转头对助手说,"通知那边。"

助手回答道:"已通知取消了。"

郭昌对沈嬿低声说:"就当是做了一个梦,不管是美梦还是噩梦。"

沈父被保姆姚阿姨轻轻推进来,沈父对沈嬿说:"是的,一切都过去了。女儿,生活会重新开始的。"

沈嬿一眼看见父亲,抓住父亲的手,哭泣起来。

"把沈嬿身体各项指标数据复制两份,送保险公司,航空公司。"郭昌说道。

沈嬿慢慢坐起来,"博士,我想单独和你谈谈。"又对父亲说,"爸爸,你先回去放心睡个好觉。"

沈父点点头,被姚阿姨推走了。

这时,沈嬿把博士郭昌的手放在自己脸上。

郭昌干咳了几下,深呼吸一下,看着沈嬿轻声说:"我知道,或许你经历了一些难忘的事……恐怕这是实验唯一的后遗症了。"

沈嬿请求道:"我想以第一个回来者的身份请求你,把过去参加实验者的名单给我看看,我是说,有本人照片的名单。"

昌迟疑了一下,"好吧。"

昌把电脑点开,把名单复制在一个平板视屏上递给沈嬿,"都在这儿。"

沈嫽仔细浏览,没发现什么,扭头对郭博士说:"一定还有! 还有你没给我的!"

昌顿了顿,只好再点开一个文件,复制到平板视频上。

沈嫽接过来一看,有一张照片果然是朵利。

"他是谁?"沈嫽问道,"讲讲他。"

"你遇见他了?"

"是的。"

"他还好吗?"郭昌带着关切的神情低声问道。

沈嫽继续追问:"他究竟是谁?"

"……他还好吗?"

"能让他回到这个世界吗?"沈嫽避而不答,反问道。

"不行。"

"有没想过,他会在那里做些什么,一个来自未来的人?"沈嫽不安地质问道。

郭博士显然不开心,愤然道:"我不想知道! 我不想知道他在干什么!"

沈嫽强抑情绪,镇静地说道:"你知道吗? 那是一个连火药都没有的地方,他这个来自未来的人,可能毁灭了那里!"

郭昌低头沉默着,不知该怎么回答。

"我没想到我能回来……事实上,在那个空间我几乎已算是死了的。你绝不会想象到在我身上发生的一切。我必须回去!"

"不可能!"

"既然你能让我回来,就能让我再回去。我必须回去!"

"你能平安回来是我的实验成果! 我需要你来证明我的实验成功!"

"我留下来,确实能证明你的实验成功!"沈嫽道,"可是你想过为你的实验所付出的代价吗？你的试验可能让一个国家毁灭！"

"我还没有那个能量，你太看重我了！"

沈嫽举起朵利的照片，指着照片对郭博士说："他正在毁灭比龙古蜀。"

"比龙古蜀，是什么东西？"

"就是你把我送去的地方。"

"你们去，只是为了治病，谁让你们去毁灭？"

"贪婪，是贪婪！"沈嫽在视屏上点击了一下，朵利的样子就幻化成一只饿狼张开血盆大口的样子，狼的咆哮声随之而起，令人发冷。

郭昌见状，二话不说，启动按钮，墙上的一扇门打开了，轨道慢慢送进来一个实验舱，从透明的舱门可以清楚地看见，里面躺着一个和朵利面孔一样的中年男人。

沈嫽不禁失声叫道："朵利……"

"不，他是我父亲！"郭昌纠正道，"也是铂金财团的主席，铂金财团为这项实验提供了全程资金保障。"

"你父亲？"

"是的，千真万确。"

"知道你父亲要在比龙古蜀做什么吗？"

"我不想知道！"

"他要统治那里！眼下，他正让那个国家耗费巨大的国力，大兴土木，穷兵黩武，他正用炸药在那里毁山开矿……他……"

"别说了……"

"为什么不能让他回来？"沈嫽追问道。

"我做不到……所以，一直保留着他的身体。希望有一天，我能。"

"有一天？你这里过一小时，那里的时间被延长了二十四倍！

这足够长，长得足以让他毁掉那个国家。"沈嫽不依不饶，"在这里是统治铂金财团，到那里要统治一个国家，而且是窃国!他要把一个国家的传承全部毁掉，他正在按他的计划实施。一个贪婪的人，怎么上溯几世还是一个贪婪的人?"

"住嘴，我不许你如此说我的父亲。"郭昌愤怒了。

沈嫽像看陌生人似的看着郭昌，"知道吗，在那里，我也遇见了你。"

"这不可能! 我可没参加试验……"郭昌抱住自己的头坐下来，沉默良久，"不……有可能……理论上可能，因为我也有过去。"

"是的。由此我也明白了我曾经读过的一本书，书上说——人其实永远不会死去，死去的只是皮囊而不是灵性，人的灵性永远不死。它会生生不息地投胎转世，无穷无尽。如果你这一世乐善好施，广济贫苦，灵性将上升投生到好地方;如果你坏事做尽，禽兽不如，自然有地狱、恶鬼等着你。"沈嫽说道，"我是说，我在那里遇见的你……"

"是的，这就是我实验最初的灵感。我一开始并不十分自信，但后来试着按这个理论设计了实验，并用一只天生畸形的小白鼠做了实验……你猜怎么了?"

"怎么了?"

"在实验进行到七小时后，眼看着小白鼠的肢体在奇迹般地慢慢生长，恢复成健全的白鼠肢体。就像有一只无形的手在重新画一幅画一样，真是太奇妙了!"

"你父亲怎么没能回来?"

"你现在看到的是我父亲的冷冻遗体。他在脑死亡、心脏停止跳动四十八小时后，没能回来。事实上，超过二十四小时没回来，就凶多吉少了。我一直保存着他的遗体。"

"我的心脏不是也停止跳动了吗?"

"是的，在二十四小时内。不过，是个奇迹。你要感谢你父亲，是他的爱呼唤你回来。"

　　"为什么是二十四小时……"

　　砰的一声巨响，爆炸声响起。

第十二章

不等郭昌回答,突然,一声枪响,击中实验室的密封玻璃窗,玻璃哗啦一下粉碎一地,空气报警装置开始尖锐地响起。

实验室再次被袭击。

郭昌拉起沈嬝就躲,而他放手枪的地方,因为枪雨封锁,不能靠近。

袭击者所有的激光束鬼使神差地都射向朵利所在的实验舱。郭昌不顾一切地扑过去,启动电钮,让实验舱滑进轨道。但激光束把轨道打变形了,实验舱卡在轨道上。实验舱外的保护罩顷刻间被打成蜂窝。

郭昌要去保护父亲的遗体,被沈嬝紧紧拽住。郭昌眼看着父亲的遗体就要暴露在火力中,而火力越来越猛。

俩人被封锁在一面金属厚墙下。

"这可能也是金立财团派来的杀手,他们一直抵制我们开展Vegetated Man 7实验,因为实验失败而提供的大量器官移植活体把他们挤出了器官移植市场,金立财团因此每年损失两百个亿。"郭昌躲着激光束,断断续续地告诉沈嬝。

"这的确是一门稳赚不赔的好生意……"沈嬝不冷不热地挖苦道。

夜色中,俩人击碎一面窗户,跳出去,借助建筑物外的管道逃生。

"我真的是实验成功的第一列?"沈嫽问道。

郭昌没有回答,拉着沈嫽从管道上爬往屋顶逃命。

原来袭击者在一架直升机上正架着机关枪扫射大楼。

两人逃到屋顶,而袭击者还没发现,正在用能量灯搜索着大楼的其他通道。

郭昌不知在哪里按了一下,楼顶平台上豁然洞开一个圆洞,里面缓缓升起一架直升机。

沈嫽嘲讽道:"干你们这行的,原来早备着一手呢!"

郭昌悄悄打开直升机的门,对沈嫽低声说:"快上去!"

"我……"

"吊销了飞行执照难道就不会开飞机了吗?"郭昌道。

沈嫽跳上去,启动直升机。

声音惊动了杀手,他们调转方向直扑过来。

郭昌熟门熟路地从机舱里拿出武器配件,转眼间就组装出一挺激光枪。再一摸,又是微波手雷。

沈嫽驾驶直升机腾空而起。

郭昌的激光枪随即朝下面袭击者的直升机密集射击。

而此时,杀手们从直升机跳进大楼窗户,冲向实验室。杀手用微波手雷炸开实验舱,继而又把一枚微波手雷扔进朵利的实验舱里,刹那间,朵利的遗体化为齑粉。

郭昌大喊:"还我父亲来!"

沈嫽掉转机头,迎面向大楼冲去,郭昌则用激光枪扫射袭击者,向他们扔出小巧却杀伤力惊人的微波手雷。就在快撞上大楼刹那,沈嫽拉升飞机,然后再俯冲,瞄准射击。袭击者全部应声倒下,而与此同时,郭昌左胸被激光枪射中,倒在机舱里。

杀手的飞机也迎面扑过来。

一阵扫射,激光束擦破沈嫽的胳膊。

沈嫽捡起郭昌手上落下的微波手雷,先一步升起,在敌机上空,扔下那枚手雷。

杀手的直升机被炸毁,坠落。

沈嫽重新把直升机降落在大楼顶层平台,她扶起郭昌,那些分头抵抗的保安和助手迎上来。

郭昌陷入昏迷。

实验室里设备已被毁坏殆尽,无法实施抢救。

女助手和护士为郭昌注射了肾上腺素,带上了供氧仪和心率监视器。

一切表明,郭昌的生命正在逝去,必须立刻抢救。

沈嫽问女助手:"还有实验舱吗?"

"还有一处。"

"在哪里?"

"恐怕无济于事,备用实验室在一座山上。"

沈嫽不做声。她抬头看看实验室墙上的时间显示器,一面迅速地给自己胳膊简单包扎,一面打开刚才郭昌未按开的自动抽屉——里面全是各种武器、弹药。沈嫽拿起这些弹药、武器,一边往自己身上塞满,一边说:"用担架抬上博士,上直升机!"

"去哪里?"女助手问。

"去你们的备用实验室。快!"

众人抬上郭博士,快速往直升机奔去。

"东经103.8度,北纬31.4度。"女助手把备用实验室的位置告诉沈嫽,"如果我没记错的话。"

"那博士的性命就仰仗你的记忆了。"

沈嬛拉起操纵杆,直升机腾空而起,直奔备用实验舱所在的经纬度。

夜色中,天空闪过几道电光,可以看见飞机已飞入群山怀抱之中。

在一座高山的顶部,直升机平稳降落。

一声霹雳在夜空中轰隆隆滚过。

郭昌躺在担架上,被抬下飞机,立即送往离停机坪不远的备用实验室。紧随其后,沈嬛跳下飞机。

又一道耀眼的闪电,照亮四周。

沈嬛停住脚步,扭头环顾着山顶停机坪,忽然,心里产生了一种似曾相识的感觉——"我来过这里的!"她对自己说。

再看对面的一块绝壁,更是眼熟,她脑子里闪现出比龙古圣山画有迦陵频伽岩画的那块绝壁。

沈嬛顿时愣在那里。

备用实验室坐落在九峰山的山顶。周围都是大山,孤零零一座建筑,在山顶显得很突兀。

女助手带领下属正紧张地启用实验室里的各种设备,不断调试,然后迅速启动一个实验舱,让它滑出轨道。

沈嬛发出指令,"准备两个实验舱。"

女助手不解地看着沈嬛,"为什么?"

"我也去!"

"这不可能,你帮不了博士。"女助手想了想又说,"我是说,实验不能保证你们去往同一个地方,不能保证你和博士在同一个地方出现。而且……"

"我必须回去,无论怎样!"

郭昌已被推进实验舱。

"请打开另一个实验舱!"沈嫽请求女助手。

女助手启动另一个实验舱,实验舱从轨道里滑出来。

"有件事我必须告诉你,"女助手情急之中一字一句地说,"事实上,郭博士的父亲曾经是第一例康复回来的实验者。可是,他也选择第二次走进实验舱,但从此再也没走出来。要知道,这个实验从一开始就没有设定为多次往返。只是为了基因修复,治病救人。所以,我们不知道你的脑细胞能经受住电流的几次考验?我们也不知道郭博士的父亲去了哪里……"

"我决定了。第一次我就抱定了回不来的决心,这一次依然如此。"沈嫽很淡定地说道,"我签的那份合同依然有效,我的器官可以移植,只是把酬金记得给我父亲。这里的一切就拜托你照看了。"

"可你并不了解我。"

"既然博士信任你,让你做他的助手,自然是有道理的。"

女助手眼眶湿润了,"我爱他!已经很多年了。即使不得已让一个女孩子先开口,我也做到了,两次。但他只是回答我,等几年再考虑终身大事。所以,我就一直在等他。"

沈嫽不知该说什么,"或许你可能等到他。"

女助手感激地点点头,"我立刻为他治疗激光损伤,这边的事交给我吧。"

沈嫽点点头,躺进实验舱。

女助手启动程序。

这时,实验舱外的天空电闪雷鸣,大雨倾盆而下。

纳纳昌跪在床榻边,一点一点给一动不动的嫽喂水。

忽然之间,纳纳昌的瞳孔变化,一阵眩晕,手上的陶杯水在里面晃荡。纳纳昌竭力挺住,像是一个激灵,浑身战栗了一下,纳纳昌一阵眩晕快要倒下,但睁开眼时——看见这个世界的已是郭昌。

　　与此同时,沈嫽睁开眼,咽下喂进的水,猛然坐起,又夺过昌手里的陶杯,把里面的水一饮而尽。

　　这一幕让西吉大管家又是惊又是喜,当即栽倒。

第十三章

昌仍呆呆的样子。夜色中,窗外闪过几道电光。

沈嫽扶着昌,给他喂水。

昌看着沈嫽,表情非常复杂,憋了半天,突然喷出一口血,"你是?"

半空中滚过一道炸雷,轰隆隆地在头顶轰鸣。

沈嫽低声道:"郭博士。"

郭昌瞪大了双眼,打量着自己浑身上下,再看看沈嫽。

沈嫽什么也没说,朝他点点头。

"转世?"郭昌问道。

"这可是你的医学成果。"

郭昌又吐出一口血。

刚刚清醒过来的西吉,看见昌的血,又栽倒。

"他是谁?"郭昌又问道。

"你们王室的大管家。从小看着你长大,比你父亲还爱你。"沈嫽答道。

郭昌要上去急救。

沈嫽说:"没关系,让他睡一会儿吧。他看见你还会晕倒,你不是他的纳纳王子。"

沈嫽走过来，打开昌的衣襟，见郭昌的左胸上赫然有个印记，如同秘眼符。

沈嫽惊叹道："原来是相通的。"

郭昌低头摸摸胸前印记，"伤口？"

沈嫽点点头，动情地把脸贴在郭昌的胸口，听他的心跳。

郭昌干咳着，想躲闪，问："我们……有……关系吗？我是说，我们在这里……我……睡过你？"

沈嫽含着泪一笑，挪开脸，"是那个曾经的你。我们相爱，在上次你让我回去之前几秒，你说要娶我。"

"有这种事？我那边有未婚妻了，现在怕是正在我遗体边哭泣呢。"

"未婚妻？"沈嫽很介意这个，有些失态，"是哪位？"

"说实在，我不希望你回来。"沈嫽说，"现在，你把曾经爱我的人，那个纳纳昌给霸占了！"

"没有啊，我还是原来的我。"郭博士说。

"算了，欠你太多，这次算我救你一命。不过，还不知道能否成功？"

"太神奇了！才多久？"昌问道，"七个小时，这么多恩恩怨怨……我该怎么办？"

"不要忘了，在这里时间被拉长了二十四倍。这不是你告诉我的吗？"

外面传来脚步声。

王宫外的天空又是电闪雷鸣。

祭台上的祭司石屋里，朵利疼苦万端地躺在席榻上。随着电闪雷鸣，朵利浑身从未有过如此万箭穿心般的剧痛。

几位贴身的巫祝端着水，端着药站在一旁，不知该如何帮助大祭司。

大祭司疼得大汗淋漓地挣扎着坐起来,他解开衣服,查看身体上的痛处,但身体上毫发无损。

大祭司挥手,"告诉他们不要停下,要抓紧制作木鸢!"

巫祝道:"放心,我们把为纳纳昌做过木鸢的侍卫已经叫来了。他们都毫不保留地在赶工呢。"

渐渐地,大祭司身上的疼平息下来,他喊道:"药!"

巫祝过去,递上药。大祭司咽下,重新躺好。

两巫祝相互看看,喜道:"大祭司好些了。"

一群人簇拥着大纳提卓急走在王宫的石长廊。转眼间,大雨倾盆而下。

急促的脚步声。

是大纳提卓的声音:"纳纳怎么了?"

沈嫽见状低声对郭昌说:"你对看见的一切都不要感到惊奇。你是这里唯一的王子。这里的国王叫大纳提卓,事实上,是你见过的,就是我那坐轮椅的父亲,现在他是你父亲,国王。不过,你在实验舱的父亲也在这里,是大祭司朵利。还有,我父亲的那位保姆就是现在的王后。"

郭昌面露难色,"我一刻也待不下去了。全乱套了。"说着,鼻子里淌出血来。

"烧高香吧,至少辈分还没乱。"沈嫽压低声音,"挺住,你现在在那边估计还在缝合激光枪的损伤……而且……七小时。"

郭昌又咳嗽起来,竟然又有更多的血。姁娃也奔过来,抱着郭昌。郭昌朝沈嫽无奈地看看。

沈嫽朝大纳提卓行礼。郭昌指着自己鼻子看着沈嫽,是在征询："我行不行礼?"

沈嫽微笑着点点头,郭昌当即模仿沈嫽的样子给卓行礼。

姚娃早一把抱住郭昌,"纳纳,我的纳纳……"说着看看帕子上的血,就流泪了,又对沈嫽说:"药师的女儿在这里,还不给昌治治?"

沈嫽连忙过来,"平躺下,给纳纳喝些热羊奶。"

这时,朵利求见,他浑身已经被雨水淋湿了。

他进来,从怀里掏出一个小纸包,说:"听说纳纳咯血,我带来些灵药,服下就好。"

沈嫽过去接住,低声问:"不会是毒药?"

朵利故意大声说:"这是我向天神祈求得来的,专治内伤、吐血。"

沈嫽放在鼻尖一嗅,微微一笑。

郭昌一直看着朵利,看见父亲,他有些激动。

朵利走到郭昌的面前,显出少有的慈爱眼神。

郭昌终于压低声音喊道:"父亲。"

朵利略一皱眉,愣住了,而一旁的大纳提卓答应了一声。

大纳提卓对郭昌说:"要知道,那个商使者季渊今天倒是完全被惊呆了。他们也只是听说比龙祖上有圣人会凌空飞行,却不知现在我们可以乘木鸢,人人都能够飞行了。"

姚王后道:"还飞呢,不都从半空落下来了吗?"

大纳提卓瞪一眼姚,"妇人之见!"

"这是纳纳昌从比龙古圣山上得到圣人的力量而做成的! 真没想到,咱们比龙古蜀可是因祸得福啊! 纳纳在祭台上闯祸,他撞倒嫣太后的塑像而被罚上山,现在却带回木鸢,所以说功过相抵。"

朵利说:"这样的话,在木鸢上装上青铜武器、弓箭,倒是更厉害的,叫……飞矛?"

大纳提卓赞赏道:“这我倒没想到,好主意!大祭司的主意真是妙啊!”

这时,只听得哐啷啷一阵声响,王宫的屋顶上滚过什么东西。又听见轰然一声,一截断掉的枯木从屋顶上砸下来,顷刻间把屋子砸出一个大窟窿,雨水当即倾盆而下。

有侍卫落汤鸡般地冲进来,大叫道:“大纳提卓,西面沙洲、蛤蟆嘴被马桑河下来的洪水全部冲垮!洪水把堤坝上的木栅、石块全部卷走,正向王城漕河过来。所有的船被木栅困在水里,动弹不得。”

大纳提卓急命令道:“赶快关闭西水门!”

侍卫得令离开。

屋里屋外都是倾盆大雨。众人正不知该如何是好,大管家西吉不知何时醒过来,一挥手,说:“跟我来!”

众人簇拥着卓、郭昌、姺等快速离开。

第十四章

洪水裹挟而来的大量木栅、断木纷纷堵在西水门外,王城四周的漕河水位转瞬急涨。

天刚亮,沈嫽趁雨的间歇,登上树屋,鸟瞰水势。

一片汪洋。

沈嫽从树屋平台上的木屋里拿出木鸢,从平台上飞下去,她要查看一下水势。西水门外,大量的木栅卡死了漕河的通道,必须立刻疏通。

沈嫽在马桑河里逆水而行。马桑河上游大片的森林已被砍伐烧炭,现在大型的泥石流、滑坡正在延续。而石块和断木又把河流堵塞,在上游形成大型的堰塞湖。

沈嫽来到祭台。

祭司朵利正在指挥巫祝制作木鸢。

沈嫽冷冷地问道:"你也用得着这个?"

朵利得意地拿着一只竹筒,"你瞧我在上面装上什么?"

沈嫽不解地看着他。

"火药。"朵利说。

"够了!"沈嫽道,"你先看看王城,整个比龙古蜀就快被淹没了。粮食、房屋所有的一切全被冲走,还用得着火药吗?"

朵利把沈嬺引导进另一间厅房,"纳纳昌恢复了吗?"

"你也该替他想想了。"

朵利一愣,转而一笑,"那是当然,纳纳,比龙古蜀未来的大纳提。我们都得要托他的福。"

"父亲!"低低的声音,从朵利身后响起。

朵利一转身,看见纳纳昌不知何时站在那里。

"我是郭昌。"

"郭昌?"

朵利哆嗦了一下,定眼看着郭昌,然后扑过去,上下摩挲着郭昌。

"你好,铂金财团主席。"郭昌问候道。

朵利摸着郭昌的脸蛋,"是我,是我……"

郭昌显然不高兴,"父亲在这儿也没闲着?"

"来找父亲?"

"不,是被父亲的死敌金立财团逼来的。我被他们的杀手击中心脏,还躺在手术台上,生死未卜。"

朵利抱抱郭昌,想试试他有无重量。

"但是,来到这儿,也在等死。洪水马上要把王城淹没了。"郭昌说。

朵利冲郭昌摆摆手非常自信地反问道:"重建一个石头垒砌的王城很难吗?"

"是什么让铂金财团主席曾经成功返回实验舱,却要第二次再来?"沈嬺打断他们。

郭昌看看沈嬺,低下头。

朵利表情阴郁地问沈嬺:"你想要什么?"

沈嬺怒道:"看来你们父子是一条心。"

郭昌仍沉默着。

"既然如此,我们三人一条心不更好?"朵利道。

"那好,我先借你的火药用用。"沈嫽扯下一面幡帐铺在地上,把朵利做好的一管管火药放在上面包好,然后一捆,背在背上。

朵利见拦不住,说道:"小心别把自己伤着,我这可是货真价实的火药。"

沈嫽大步离去。

重新站在树屋平台上,沈嫽背着火药抓住木鸢纵身飞去。忽然,沈嫽感觉身后异样,原来郭昌也背着炸药架着另一只木鸢,紧随而至。

沈嫽飞临西水门,点燃一管火药,扔下去。

爆炸声想起。

然后,沈嫽接连地扔下火药,但炸点太分散,力量不够。看到这种状况,郭昌索性把自己的炸药全部点燃。在引线燃烧过程中,郭昌压低木鸢,向着河里堆积如山的木栅直冲过去。

沈嫽见状,声嘶力竭地喊道:"纳纳!"

只听一声巨响。

横堵在水中的木栅被炸开,洪水奔涌而出。

沈嫽闭上眼,悲痛不已。

忽然,木鸢摇晃了一下。原来郭昌竟然也和自己飞在同一个木鸢下。沈嫽先是一喜,继而瞪大了双眼。

郭昌笑笑说:"我猜,他们没救活我。看来我注定属于这里了。"

"你可以……"

"飞!"昌说道,"对,我不知道死了还有这么酷的事。"

沈嫽带泪扑哧一笑,俩人仿佛重新认识,相视一笑。

俩人在木鸢上相吻。

"好像我记起来了,我真的爱过你!"郭昌说道,"对,还有那个比龙古圣山,还有岩画……一条白蛇……"

沈嫽注视着郭昌,"看来,你的纳纳昌真的在比龙古圣山修得心诀,不然,你的意识会把过去的一切记忆都覆盖。"

郭昌拥住沈嫽,俩人在空中相吻。

木鸢被拉起,逆马桑河而去。

俩人降落在马桑河上游的那个巨型堰塞湖旁。

"咱们带的火药明显不够,而且,要想办法给洪水另外找一条通道。不然,王城承受不了这样的洪水。"沈嫽不安地说。

"恐怕更糟的不是这个。我现在知道我父亲曾经给我说过的一个黄金洞在哪里了,他就是为了那个黄金洞而再次回来的。"

"你告诉他洞在哪里了?"

"他曾给我说起,就在比龙古圣山,那个绝壁上有岩画的对面山洞里。他在这里这么些年,终于找到了。"

"是的,那个天然的黄金洞里还装满了比龙族上五位圣人所获得的宝藏。可是,拿来做什么?"沈嫽道,"熔成金砖、金条?这里连货币都没有。就算有黄金,你打算拿它去换什么?"

"他只要发现它,再用岩石把宝藏封存起来。改变现有的地貌特征作为地标,就会在未来把宝藏取出。"

"可笑!"

郭昌干咳一声,"我父亲就是想通过这个办法,让我在未来按照地标约定,把财宝取出。即使他回不去也没关系,我们的约定是,根据地标短时间发生的剧烈改变来发现宝藏位置。"

"所以你父亲会炸毁比龙古圣山?"

郭昌点点头,"他已经在比龙古圣山上埋好了炸点,时间就在今夜。"

"可是,谁在未来取走宝藏？你也在这里。"

"是的,他坚信我还能回去。"郭昌说道,"但是,就在刚才,在祭台上,他对我说,他必须完成这件事,哪怕我会死在手术台上,死在金立财团的手上。只要完成了,他就拥有这笔财富。他说,他必须拥有这笔财富,哪怕他一天也用不上。"

"疯狂,原来一个人爱财竟然能到这个地步!"沈嫽说,"我真为你有这样的父亲感到羞耻!"

郭昌羞愧地低下头。

"你父亲要炸掉比龙古圣山,"忽然,沈嫽想到一件事,"博士,你记不记得你的备用实验室所在的位置？"

"不知道。"

"就在那个宝藏的山顶。"

"你怎么知道？"

"我驾驶直升机把你送到备用实验室时,看到了对面的崖壁上有那幅岩画。"

"我们去看看。"郭昌说。

俩人降落在山顶。郭昌一到那里,就指着一棵松树说:"对,是这里。刚开始建实验室时候,我记得这里有棵空心老松,被雷劈开过,烧掉一半。里面树洞很大,可是上面还是绿的。我记得很清楚。"

"你再看看对面的崖壁。"

正在这时,只看见朵利穿着黑袍凌空飞过,他身后跟着一只木鸢,上面吊着一大包东西。

俩人连忙躲到树后。

"一定是又送火药来了。"郭昌说道,"我去阻止他。"

郭昌顺手抽走沈嫽腰间的佩刀,悄悄尾随父亲而去。他一刀割断拉在朵利手上的绳索,劫持了运送火药的木鸢。他把绳索朝沈嫽抛过去,沈嫽接住了。木鸢被拉向沈嫽。

朵利见状,怒视着郭昌,站到一株树的梢头。

朵利说:"看来金立财团得逞了。你也回不去了。"

"是的,父亲,放弃吧。既然我也得不到,你要那些宝藏干什么?"

"这就是乐趣!"朵利仰天一笑,"占有的乐趣,哪怕我一天也用不着,我也要占有宝藏!我说过的,儿子。"

"我的父亲原来不是这样的,难道死亡让你变得更加贪婪?"

朵利哈哈大笑,"是的,这就叫鬼迷心窍。你看,在这座山的脚下,我已经埋好了足够的炸点。你让嫽把那些火药送来。"

"她不会过来……我是说,她过不来。她已经成功地返回实验舱,我相信,那是靠她父亲成功的召唤,那是奇迹。她为了救我,才和我一起返回这里。我相信她还能回去。"

"她知道宝藏在哪里?"

"她一直就知道。"

"那她也是为宝藏而回来的。孩子,你别太傻!"

"你以为别人都像你一样贪婪?"

"既然如此,她不能活着离开,否则财富就不知是谁的了。"朵利说着要朝沈嫽所在的山顶扑过去。

郭昌拦着父亲,"不许碰她!要杀她先杀我!"

"不要拦着!"

沈嫽在远处看见这边,不知发生了什么。

郭昌扬起手上的佩刀,朵利嗖地拔出自己腰间的铜剑,两人怒目相向,终于开战。

天空一阵闪电,霹雳滚滚。

沈嫽见俩人在厮杀,又帮不上。

一转眼,朵利已扑到沈嫽的眼前,直刺向沈嫽,沈嫽躲闪着奔逃。郭昌追过来,情急之中,一刀刺向朵利的胳膊,却谁知,刀刺下去,如扎在沙袋里一般,拔出刀来,不淌血,却有一道血口,瞬间又了无痕迹。

朵利哈哈冷笑,"儿子,你我的躯体在未来都死去了,我们现在在过去,都是杀不死的!一个虚幻的梦境而已!"

就在郭昌一愣的同时,朵利已把沈嫽逼向山崖边,沈嫽无处可躲。朵利一剑刺向沈嫽,沈嫽往后仰躲不及,重心顿失,跌下悬崖。

郭昌一刀刺向朵利的后背,却见用力过猛,连手带刀捅穿朵利肚腹。朵利低头看见儿子的手从后背穿过前胸,浑身颤了一下。

郭昌拔出胳膊,朵利的肚腹立刻恢复原状。郭昌大叫一声:"嫽——"他一翻身跃下山崖,急速顺绝壁下降。可四下并无沈嫽的身影,再一看,原来沈嫽攀住崖边的藤蔓,悬空挂在高处。

郭昌飞过去,把沈嫽拽上山崖。朵利却在山顶收拾那包火药,见俩人重新出现,放下火药就又扑过来。郭昌拉住沈嫽往森林里跑。

"拿火药来!"郭昌吼道。

沈嫽边跑边从背上的包裹里取出所剩的几管火药,从身上撕下块布把火药缠在一起,扔给郭昌。

郭昌时飞时跑,他对沈嫽说"别停下",自己却躲在一株大树后面,悄悄点燃火药引线。

引线在燃烧,郭昌闭上眼,有些犹豫,毕竟那是父亲。直到朵利从自己身边跑过去,郭昌也没扔出去。眼看就要爆炸,耳边却传来沈嫽的呼救声。郭昌一闭眼嗖地冲上去,把火药抛向朵利,一面把沈嫽扑倒在地,连续滚翻,躲进石缝。

一声巨响。

郭昌听见爆炸声,久久不愿起身。沈嫽起身扭头去看,只见那草丛中有一摊皮肉,却没有血迹。忽然,草丛里卷起一股阴风,似烟似雾地聚在一起,却是朵利的样子。

沈嫽大喊:"博士!"

郭昌抬头去看,只见那烟雾状的人形面孔也看向自己,却完全是看着陌生人的样子。

郭昌泣道:"父亲……原谅我!"

那烟雾状人形漠然地一扭头,散了。散在草丛里,一阵风一般,了无踪影。

郭昌哭泣起来,哭得浑身发抖。

沈嫽含泪过来搂住郭昌,让他靠着自己的肩哭泣。

雨又开始下了。

雨点打在郭昌的身上,郭昌擦干眼泪,"走吧,带上所有火药。现在不愁火药不够了。"

沈嫽去收拾那木鸢上的火药。

郭昌说:"等等,我还得下去把父亲安放的炸点全部排出。"

"那小心点。"

郭昌纵身飞下悬崖。

沈嫽一抬头,看见了那株松树,松树上还有第一次在比龙古圣山上留下的七道刻痕。沈嫽从脖子上扯下那枚玉珠,用佩刀在树上挖一个小坑,把玉珠填进去。然后,在上面抹了一层泥土。

俩人乘木鸢重又来到马桑河上游的那处堰塞湖。刚一到,空中飞来三只木鸢——原来是大纳提卓由果和宽根护驾,第一次架木鸢视察水势。

"西水门是被你们疏通的?"大纳提卓问道。

"那是嬷想出的办法。"郭昌点点头,"现在,这个巨大的湖如果不疏导,一旦泄漏或溃堤,王城一定被淹没。"

大纳提卓说:"刚才,我在高处一看,倒想到个更好的办法。我们在湖的那头打开一个口子,让洪水流向黑绒纳,反正他们要谋反,不如就淹了那里。"

郭昌立刻愣在那里,看着大纳提卓,心想,沈父会在晚年被ALS症折磨,原来他曾经有过这种灭族的念头。

"父王,还记得祖母为什么要离我们而去吗?你现在所做的,为什么都是比龙古蜀历代圣人都反对的?现在,你让整个比龙古蜀招致灭顶之灾,你想过为什么没有?"

大纳提卓不语。

"你让洪水泄向黑绒纳,黑绒纳就会灭族,这笔命债该记在谁的头上?"郭昌质问道,"你不断砍伐森林,烧制木炭,开采铜矿,冶炼青铜……你把比龙古蜀祖祖辈辈留下的家底全部耗尽,可你换回什么?洪水、瘟疫、死亡、屠杀……"

"洪水?西水门不是疏导了吗?瘟疫,瘟疫在哪里?屠杀,谁在屠杀?"大纳提卓反问道。

"就算今天疏导了,洪水明天还会再来!瘟疫,你等着,马上就会出现,躲不掉的!至于屠杀,你把洪水泻向黑绒纳难道不是屠杀吗?你纵容大祭司毁掉蛤蟆嘴,让洪水围城难道不是屠杀吗?"

"就算是又怎么样?我是比龙古蜀的大纳提,我是这里的主宰!我需要怎样就怎样!"

沈嬛惊异地看着大纳提卓,她想象不出父亲在前世也如此荒唐昏庸。

"这都是哪里出问题了?"沈嬛对郭昌说。

郭昌叹气道:"还能是什么?权利,金钱,贪婪!"

"我倒有个办法。"沈嬛道,"可以从三个地方打开出口疏导洪水分流,这样,每处承受的洪水量就小多了。"

"对,是个办法!"

"不行!"大纳提卓道,"只能向黑绒纳打开口子,也免去我日后兴兵讨伐。"

"你们俩,"郭昌对果和宽根挥挥手,"帮助嫽把火药安放在三处。动手!"

大纳提卓喝道:"谁敢?"

郭昌应道:"我!"

"我宰了你?"

"看来我今天终归要死在一个父亲手上。"郭昌一笑。

沈嫽明白他的话意。

沈嫽上前劝阻郭昌,"还是听大纳提卓的。"一边说,一边给昌使眼色。

沈嫽又走到大纳提卓面前,从腰间抽出一支竹筒,递给大纳提卓说:"这是大祭司托我带给你的。"

大纳提卓不解,"什么?"

"不知道,大祭司只说,你一打开就知道了。"

大纳提卓噗地拔出上面的塞子,放在鼻尖一嗅,瞬间,浑身一软,倒在地上。

"你杀了他?"郭昌问。

"只是一种迷药。睡够了就醒。"沈嫽道。

郭昌顿时明白了,"那好,我们赶快分头去往四个地方,一起引爆。"

姚娃扶着西吉,在宫中不安地来回踱步。

"这大大小小的都不知跑到哪里去了? 丢下我一个,他们怎么忍心?"姚娃在哭泣。

西吉也跟着哭。

忽然,远处传来轰轰隆隆的声响,仿佛大地也在摇晃。

"天啦,天啦,天要塌了!"姁尖叫着。

城里比龙族人都开始惊慌奔跑,像是末日来临。

天空中,四只木鸢远远地飞来。郭昌拖着一只木鸢,只见大纳提卓被捆在上面,沈嫽、果和宽根分别乘另外三只。

惊慌的族人抬头看见木鸢飞翔而来。

"是大纳提卓!"众人欢呼道。

商使臣季渊连呼:"天神啊,天神啊。"他跪下来,头在地上磕得山响。

第十五章

　　沈嫽再次从实验舱醒来。女助手抑制不住情绪,开始启动实验舱透明罩,"欢迎回来!"

　　沈嫽扭头看看对面实验舱,郭昌还躺在那里面,一动不动的。

　　女助手满含热泪,冲沈嫽摇摇头,"我尽力了。"

　　"我知道。"沈嫽说。

　　"不过,有个惊喜要告诉你……"女助手说。

　　沈嫽扭头期待地看着她。

　　"你怀孕了!"女助手说。

　　沈嫽不知所措地傻笑一下,"怎么可能?"

　　女助手拿出一张超声波视频图片递给沈嫽。

　　沈嫽接过一看,喜极而泣,"哦,真的……"她看见一个胎儿正在她的子宫里,心脏似乎正在有节奏地跳动着。

　　"哦,是真的!"

　　沈嫽立刻明白那是昌的血脉,"真是太不可思议了!"

　　女助手也在一旁看着沈嫽,神色有些捉摸不透。

尾 声

阳光下,马桑河水已恢复了原来的平静。

比龙古蜀族人正在重建蛤蟆嘴。

郭昌站在沙洲上,拿着一张手绘在羊皮上的地图,指挥修建。

马桑河沿岸砍秃的森林已补种上树苗,森林恢复了郁郁葱葱。

田野里,族人正在耕种。

黑绒纳的纳提①赶着一队牛羊朝比龙古蜀王城走来,他是代表黑绒纳来感恩的:比龙古蜀族人的纳纳昌用神奇的草药帮助他们抵御了洪水后疯狂的瘟疫,这真是以德报怨,比龙古蜀族人没有对曾经要谋反的黑绒纳赶尽杀绝。现在,黑绒纳自愿重新回到比龙古蜀国的怀抱。

药师女儿嬠带领侍女水草、果和宽根抬来一只大木桶,里面是熬好的草药汤。嬠给郭昌盛上一碗,双手捧过去。

自从洪水过后,整个夏天,药师的女儿嬠都在为族人们熬制抵御瘟疫的药汤。是纳纳昌专门寻找到了这种特效草药,药师女儿嬠对纳纳昌的医术无比佩服。忽然间精通医术的纳纳昌赢得了所有比龙古蜀人的爱戴。

郭昌望着嬠,甜蜜而幸福地笑着。他心里清楚,他爱着的是沈

———————————

①部族首领尊称。

322

嫽,而纳纳昌内心爱着的也是沈嫽,但他以为是药师女儿嫽。不过,过去的纳纳昌和现在的郭昌心灵是相通的。

药师女儿嫽以为她一直爱着的都是纳纳昌,但事实上,她一直爱的都是郭昌。

身为纳纳昌的郭昌必须重新和药师的女儿嫽开始恋爱,因为沈嫽回到未来,药师女儿嫽就恢复了她原有的意识。

郭昌无法去爱上别人,在他心目中,药师女儿嫽就是沈嫽。

一转眼,他们的爱情就有了结果。药师的女儿嫽已有身孕。此时,她正幸福地被郭昌搂在怀里。这是未来注定的。

阳光下,马桑河水波光凌凌,河上船帆点点。

无法回到未来的郭昌已经悄悄爱上了马桑河,爱上了比龙古蜀国。他知道,他将开创一个高度文明发达的时代,这是历史上从未记载过的时代! 不过,或许在几千年以后,在挖出这里的出土文物后,一切会让世界震惊的。

阳光下,沈嫽站在备用实验室外面的山崖上,金灿灿的阳光洒满沈嫽的全身。沈嫽手抚在微隆的肚腹上,眯起眼,享受阳光。沈嫽知道,这是纳纳昌的孩子,也是郭昌的孩子。

这时,一条白蛇从草丛里蜿蜒而来,停在了一棵树的根部蜷着。沈嫽这才看见,身旁的那株空心老松树干上,有一只长在树干里的玉珠。沈嫽认识这枚玉珠,伸手摩挲着。却在同时,那玉珠周围渐渐地,渐渐地显出金色刻痕——是一个秘眼符的刻痕。

沈嫽一看就认出,那是昌胸口的秘眼符图形。

沈嫽的泪珠滚落,她重又摩挲着秘眼符刻痕,闭上眼,仿佛看见一道亮光,把自己和昌裹挟着,升上云端。

亮光一直上升上升,最后融在一团更亮的光里。

整个天边划出一片七彩的云朵,围绕那团光芒旋转,旋转。

沈嫽按照郭昌提供的密码,在银行的保险箱里取出了郭昌存在那里的遗嘱。遗嘱上写道:获得银行保险箱密码的人即为铂金财团的继承人,将有权任意处置整个铂金财团的所有财产,并全权掌控铂金财团一切事务。

在从比龙古蜀回到未来之前,郭昌把密码告诉了沈嫽。

沈嫽把铂金财团更名为比龙古蜀全球环保基金,基金会的标记就是那金灿灿的太阳神鸟图。这标记被挂在铂金财团摩天大厦的顶端,耀眼夺目,闪着金色的光芒。

蓝天下,碧空万里。沈嫽驾驶私人飞机在空中翱翔。副驾驶位置上坐着一个三四岁的可爱女孩,女孩说:"妈妈,我梦见爸爸了。他说有礼物送给我……"

沈嫽手握飞行操纵杆,疼爱地扭头看着女儿,轻轻笑笑。

飞机在东经103.8度,北纬31.4度上空盘旋。

天边飘着七彩祥云,从碧天深处传来越来越清晰的天籁之声,渐行渐近,仿佛有一种力量正扑面而来。

那是一种天籁——

嗡啊吽……

嗡啊吽……

嗡啊吽……

声音仿佛在飞行,从高空俯冲下来,沿着清澈的水面,水面渐行渐宽,是马桑河,碧波荡漾,河面上有清晰可见的倒影,那是比龙古蜀王城的倒影。

青铜之路

[中]郑 军 著

人物表

廖铮：世界著名探险家，业余考古专家。

周雅琳：廖铮的助手。

董斌：辞职下海的考古专家。

董兴勤：董斌的儿子。

韩娟：董兴勤的母亲。

陈律师：董斌委托的遗嘱执行人。

闻毅：雄鹰特卫公司专业安全员。

阿洪：彝族专业考古学家，董斌的好友。

郑诚伟：伪考古学家，江湖骗子。

第一章　雪山遗骸

这几天,董兴勤特别在意自己的表情,总怕让亲戚们怪罪。现在,自己的脸上应该挂满悲伤才对,因为亲生父亲董斌刚刚去世。然而董兴勤却怎么也哭不出来,好像死去的是别人的爹。甚至在没人的时候,董兴勤会出一口长气,终于不用担心父亲强迫自己做不喜欢的事啦!

不行,毕竟是自己的爹,要悲痛,要悲痛欲绝……

董兴勤刚满二十岁,没学过表演,不知道怎么做出"合适"的表情。于是乎整个葬礼期间,董兴勤进进出出都是一脸凝重。后来他发现,亲戚们都在操办丧事,并没有人注意他的表情。

到了火葬场,追悼会上各种仪式完成之后,父亲的遗体被送走。亲属们围在灵堂外面,远远地望着烟囱,看那里猛地吐出一大股黑烟,听到姑姑在哭,看到爷爷奶奶无声地垂泪,董兴勤才被勾出几滴眼泪。

是的,这个人既熟悉又陌生。从有记忆起到现在,大部分时间董斌都不在家,特别最近两年,更是单独搬到不知什么地方居住。最绝的是,董斌得知自己患上直肠癌后,居然瞒过所有亲人,独自处理完自己的财产。直到实在挺不住被送到医院,家里人才知道他的病情。十天后,董斌便撒手人寰。

对此,病榻上的董斌给出过解释:自己要悄悄变卖收藏品。如果圈子里的人知道他不久于人世,就会对他的卖单杀价,只有隐藏病情才能卖出好价钱。

在董兴勤眼里,父亲半生着迷于敛财,即便面临死亡也不愿让财富因此缩水。既然在父亲眼里,钱比家人重要,自己也没有必要去爱他。不光是董兴勤,家人们都惊讶于董斌死前的镇定,不知道是什么力量支撑着他,以超强的理智面对死亡。人都死了,要那些钱有什么用?

董斌睡进小小的骨灰盒,下葬在一处不起眼的墓地里。那也是他自己生前买的,属于中等偏下档次。送走了董斌,直系亲属们就要面对他的遗产。陈律师是董斌的好友,董斌生前委托他来处置个人财产。拿出一系列让人头昏脑涨的文件后,陈律师证明只有两处房产和几万现金属于夫妻共同财产,其余财产总值为九千六百七十五万,全部属于董斌个人。

这个数字在今天远远排不进一线富豪的行列。不过有一点好处,就是全部为现金和股票,而非企业、机器或者存货之类不好变现的东西。

20世纪80年代,董斌是四川省文物管理局的一名员工,曾经在三星堆遗址工作过几个月。一九八六年,那两个惊世骇俗的祭祀坑出土时,他就在现场挖掘队伍中。到了90年代,董斌辞职下海。这在当时算不了什么大事,那时候已有许多人跳到体制外谋求另一种活法。不过董斌没有离开自己以前的专业——他专门做文物代理、文物签订之类的生意。后来有钱了,就自己出资去淘。由于眼光奇准,押宝有方,董斌积累下不少宝物。眼下,它们全部都变成了现金睡在银行里。

如果说与古玩界的同行有什么区别的话,就是董斌长年游走于川境,遍访大小古迹,而不是待在成都杜甫草堂附近那条古玩街里喝茶聊天谈生意。下海后董斌待在野外的时间并不少于他在文物局工作时的野外那些时光。后来因为与妻子关系不睦，更是长年累月不回家。

从查出患直肠癌到去世，董斌只熬了四个月，都没坚持到自己五十一岁的生日。按照他的遗嘱，这笔不大不小的遗产要在三个人之间平均分配：尚在人世的父母，已经成年的儿子，每人将近三千三百万。在夫妻共同财产外，一分钱都不留给妻子。董兴勤的母亲韩娟当然不会接受，马上聘请律师，要将这些钱划为夫妻共有财产。无奈董斌生前作了严密的防范，给自己的私产加了许多道无形的锁。

公公婆婆拿着属于自己的钱离开，尽量不和儿媳妇纠缠。董兴勤却不能直接拿到钱。陈律师专门将他请过去，出示了董斌生前留下的特别遗嘱。他只有完成父亲交代的一个任务，才能拿到这笔钱。

遗嘱是用视频形式保留的，拍摄于父亲的病榻前。视频里，已经脱形的父亲将一个文件夹和一枚移动硬盘交给陈律师，然后把脸转向镜头，带着歉意地说："孩子，这么多年我没有照顾好你，作为父亲很不称职。不过我还是请你帮爸爸办一件事。这二十年我从未忘记自己的追求——巴山蜀水之间埋藏着一个伟大的秘密，找到它或许就能改写整个中国历史，至少是史前史，无文字记载的那段历史。"

说着，父亲拍拍陈律师手里的笔记本，"这里面记载了二十年间我找到的重大线索。我本想自己出资去挖掘，可惜没时间了，这件事只好请你来办。找到它们，改写历史，这才是一个男人应该做的事情！什么时候完成任务，什么时候陈律师给你解冻这笔遗产。"

"这不是为难孩子吗！"母亲韩娟也来到事务所，听到这个遗嘱,脸色顿时大变,"这个死鬼,肯定在外面养着几个狐狸精,剩下的钱肯定是给外人了,你这个狗律师帮他编什么瞎话!"

董兴勤听到这话,脸上红一阵白一阵,马上把母亲拖到走廊上,"妈妈您别闹了,这些话你也好意思说,这里又不是咱们家。"

很多年前,董斌和韩娟的婚姻就已名存实亡,只要在一起,肯定会为钱争吵。许多年来,董斌坚持不让妻子参与自己的业务,更不允许她管自己的钱。对此,不光韩娟无法接受,董兴勤也认为父亲做得太过分。董斌的灵魂随着那股烟升天之后,韩娟就和公婆为遗产争吵起来。这些事情,董兴勤都看在眼里。

"闹?我当然要闹。你是我拉扯长大的,他防着我也就算了,有什么权力在给你的遗产上留一手?"母亲推开董兴勤的手,转身回到律师办公室,横在陈律师面前,"他那部分财产在哪里?你要讲清楚,不然我告你侵吞诈骗!"

陈律师几乎每天都要面对这种矛盾,并不在乎这个女人的吵闹,"韩女士,我接受董先生的遗嘱委托,一切都符合法律程序,你有疑问尽可以调查。按照董先生的意思,他因病无法完成自己的遗愿,希望孩子能替他去做,这也是可以理解的。"

说完,律师又转向董兴勤,"你已经年满二十岁,属于完全民事能力人,我希望你自己作出决策。从我这个外人的角度来看,儿子满足父亲临终的遗愿也是应该的。"

如果不是父亲遗嘱里"这才是一个男人应该做的事情"那句话,或许董兴勤真会考虑这个古怪的请求。一辈子情商都不够的父亲,最后还是讲错了话。只有按照他的想法去做才算男人?他有什么资格来定这个标准?

"陈律师,这笔钱我可以不要吗?"董兴勤忽然变得很坚决。

陈律师惊讶地望着这个二十出头的孩子。不要?他是否不清楚这是多大一笔钱?或者,董斌的要求实在太困难,这个孩子无法完成？

"如果你不执行遗嘱，你父亲会从你的份额中拿出一百万元，作为你的生活基金，其他部分捐给省文物管理局。"

还没等儿子张嘴，韩娟已经替他开了口："你脑子烧糊涂啦？三千多万，你几辈子能赚出来？咱们再找别的律师，推翻这个遗嘱，你的钱就是你的！"

董兴勤再也忍不住了，"三千多万算什么？不要说几辈子，我这辈子就能赚出来，他能办到我就能办到！不就是想让我按照他的想法去生活？我已经受够了。陈律师说得对，我是成年人，有自己的意志。他活着想控制我，难道死了也要控制我？"

"你觉得文件里的线索有价值吗？真能靠它们找到那个遗迹？会不会是董斌自己在胡思乱想！"电话那边传来一个中年女人的声音。

电话这边的声音要难听许多，是一个沙哑的男人嗓音，出自一个被多年烟酒侵蚀的喉咙，"那些线索根本不重要，重要的是那个孩子信不信，只要他相信就好办了！"

电话那头沉默了片刻，"对，你算说到点子上了。"

"那你就让他确信无疑！"

"包在我身上。不过，我也只能做这么多。其他的事情你可要多费心啦。"

贡嘎山，四川省最高峰。

西北坡上，一个登山小队正在艰难上行。带队的是省里一名登山健将，剩下的全都是神州电信公司当地营业部的工作人员，其中还有营业部的经理。这经理虽说只有三十出头，但是天天坐办公室，如今一下子爬到海拔六千多米，体力实在不支。越往上走，那七千五百五十六米高的峰顶显得越遥远。

走走停停,年轻经理在肚子里将公司的广告总监骂了十八遍。不久前,总公司的广告部门策划出一个活动,让各省分公司的员工站到该省制高点,拿着手机拨打电话,并拍照留影,以示本公司在神州全境做到信号无缝连接。上海分公司的同事最爽,站到九十八米的佘山顶上就能完成任务,东南沿海各分公司的同事也大多把这个活动当成旅游,只是苦了西部山区省份的同行们。

"想想吧,新疆的分公司经理要去爬K2①,那才惨呢。"出发前,经理拿这个话题给大家打趣,释放压力。然而延着海螺沟冰川爬过六千米高度,他已经忘了自己的话。什么珠峰、K2,不管什么山,正在爬的人才知道有多艰苦。

上到这个高度,大家都累得不想说话,神经也变得迟钝起来。所以,一位年轻女队员突然发出的尖叫声才显得格外惊心动魄。向导马上跑过去,提醒她在山上不要高声,以免引发雪崩。那个美女同事指着眼前不远处的冰壁,话都说不出来。

向导定睛一看,立刻示意大家原地停下,然后召唤经理走过去。来到眼前,经理也明白为什么向导不想让其他人围观——队伍里还有几位女性,看到眼前的情形肯定也会尖叫起来。

一具干尸裹在冰层里,眼睛半睁半闭,像是马上就要醒来。透过较薄的冰层可以看到,干尸脸上的皮肤还有些红润,头发和胡子很长,乱蓬蓬的。干尸的穿戴破破烂烂,完全看不出衣服式样,像是个流浪汉。下半截身体斜斜地戳在冰层里,看不清楚,不过他的脸孔却清楚地显示:这不是黄种人!

"是遇难的旅游者?"经理猜测道,"看面孔好像是印巴那边的人。"

---

①即乔戈里峰,喀喇昆仑山脉主峰,海拔8611米。它是世界上第二高峰,国外又称K2峰,是国际登山界公认的攀登难度较大的山峰之一。

向导在职业生涯里没少处理过登山爱好者的尸体,但这具明显不同。"他没穿登山装,不,好像什么必要的登山装备都没有。"

　　"那就是流浪汉,或者通缉犯?"

　　"可这明显不是黄种人,一个外国人穿着这么身衣服,跑到附近村镇上都会被人注意到。我觉得,他躺在冰里不知道有多少年了。"向导蹲下身子,仔细地查看着干尸的上半身,像是隔着一层毛玻璃看展览一样。忽然,他直起身对经理说:"你们公司那个无缝连接的宣传是真是假?你能在这里发微博吗?"

　　"当然是真的,按原定计划,我们爬到山顶后还要用微博发新闻呢。"

　　"那你就快发吧,这根本就不是现代人!"向导一指那具尸体,"你瞧,他身上穿的是兽皮和树皮缝合的衣服,怀里还抱着一件青铜器——不知死了几千年啦?!"

第二章　万国大会

　　为了让儿子走上自己所钟爱的考古之路,董斌可谓软硬兼施。孩子很小的时候,董斌就拿来一些仿古玉器、青铜器给他当玩具。无奈,这些粗糙的物件怎么也比不上塑料电动玩具更吸引孩子的眼球。

　　董兴勤还是小孩子的时候,董斌就拉着他去博物馆看文物。稍大一些,父亲还不时把它带到遗址挖掘现场,给他讲什么是"划方",什么叫"分格法",什么叫"蜡铸保存"。董斌觉得只有跋山涉水、风餐露宿才是男人应该喜欢的。无奈当时董兴勤只是个小男孩,遗址现场通常远离闹市,风吹日晒,蚊虫叮咬,没有一处能给孩子留下好印象。考古专家蹲在坑底,绣花般挖掘遗物的形象,更让活跃爱动的孩子感到十分无趣。

　　为了让孩子对考古感兴趣,董斌还多次把董兴勤带到金沙遗址博物馆。这样做的好处是:金沙博物馆就在市区,来去方便;另外,在这个博物馆里除了能够见到大量精美文物之外,也能见识到考古过程——这是一个在考古发掘尚未完成之时,就在原址上建成的博物馆——通过梯步,甚至可以下到遗址中,进行几乎是零距离的观察。

　　"这是继三星堆之后最重大的考古发现。三星堆之后,金沙是古蜀国的第二个都邑。"董斌时常会带着赞叹的神情,指着一两米外的遗址对董兴勤说,"在我们身旁的,是三千年前的古蜀都城。"有时他会越说越激动,"这里出土的文物,跟三星堆的文物有同有异,说明二者有渊源、有传承,但到底是什么关系呢?不管怎么说,四川的古代史因为这一遗迹的发掘而改变了。"

董斌最好奇的是:三星堆出土的青铜器体型庞大,比如青铜大立人身高一百七十厘米左右,跟真人等高,青铜全身人物雕像最高者甚至达到两百六十厘米,而金沙出土的铜人却小得多,往往只有一二十厘米,差不多一支钢笔的长度,只有前者的十分之一左右——但是,一大一小两种铜人的气势却差不多,服饰也很相近,这是为什么呢?是原材料的枯竭,还是风土习俗的改变,抑或是两种青铜雕像根本就有着不同的用途?

不过,董斌激动也罢,赞叹也罢,好奇也罢,都不能引起儿子的共鸣。或许,这也是父子关系恶化的原因之一。

董兴勤读到高中的时候,董斌坚持让他选读理科,"只有引进高科技才能让考古学产生飞跃,所以你必须学理科,将来才能站到考古学的前沿。"无奈董兴勤完全不明白这些大道理,课本上那些公式定律更让他头痛欲裂,结果越学越考不好,最终连高考都没过关。

董斌在世的最后两年,对儿子已经失望至极,父子俩不仅很少说话,甚至很少见面。以前和妻子总是吵架,但因为有孩子在家,董斌还会回家看看。现在和孩子也没话可说,董斌就几乎不回家了。

或许,这位糊里糊涂的父亲还想再过上几年,能找机会挽回与孩子的关系。可惜上帝没给他留下时间。

"我才二十岁,凭什么就要像他一样,天天和那些发霉生锈的东西待在一起?"直到晚上与几个好友一起去喝酒,董兴勤心里的这股气还没有平。他万万没想到,这群铁哥们一点没有同情他的意思。

一个网名"大雷"的朋友伸出手,轻轻扇了一下他的后脑,"你这样做挺英雄是吗?"

"怎么……?"

"咱们几个人聚在一起,理想是什么?"大雷质问道。

"组织国内最大的动漫社,画出世界水平的漫画,与日本漫画相抗衡,将中国动漫推到国际上,再搬上大银幕……"提到自己的理想,董兴勤脱口而出。

是的,董兴勤从来没喜欢过父亲那个专业,他立要成为中国的宫崎骏。为此父子俩不知道吵过多少回。董兴勤后来完全放弃学业,沉醉在漫画中。直到现在他也没对此后悔,甚至暗地里高兴:既然读不了大学,父亲就再没理由逼自己去做考古了。

"是啊,这些不都需要钱吗?你以为咱们会画两笔就能成功?"大雷是他们几个人中社会经验最多的,说话时总像大哥教训小弟一样,"租场地,搞宣传,办活动,哪样不需要钱?"

都说年轻人叛逆,其实只是表现为对长辈耍性子,同辈的话那可是重于泰山。听大雷这么一说,董兴勤立刻沉默了。一个网名"天使小逸"的男生走了过来,试图缓和一下气氛,"我知道,你和你爸顶牛这么多年,一下子转不过弯来。我看这样吧,这钱就算是你找你爸借的,咱们也不全要,两三百万……"

"干吗要这么少?就应该都拿来。"大雷可是满不在乎。

"是啊,都拿来也行,将来咱们的漫画社成功了,董兴勤再还给他爸爸。"

"他人都没了,我往哪还去?"看到同伴如此见钱眼开,董兴勤心里有点别扭。不过,这些是他认为能够出生入死的好伙伴,说话的分量自然很重。

"随便啊,用你爸爸名义捐给谁就行啊。"

一句话卸下了董兴勤的思想包袱。是啊,毕竟那是三千多万块钱,可以办很多事。可是,这张"借条"绝没有那么容易打。"你们没听清楚吗?他给我留下几个考古线索,让我把它们挖出来。他都没办到的事,我哪里有能力办到?"

几番规劝下来,董兴勤的想法已经完全转变。问题焦点从要不要这笔钱,转移到如何完成董斌的遗嘱了。

"就算从现在学起,什么时候才能入门都说不定呢。"

"不要没做就先说困难,你带了遗嘱吗?咱们先研究研究。"大雷说着,急不可耐地翻着董兴勤的包。

于是,董兴勤第一次认真研究父亲留下的文件。这份文件董斌早就录入电脑,刻在移动硬盘上交给了律师。只是为了方便阅读,陈律师才打印了一份出来。文件里大部分是董斌给董兴勤写的信,其中夹杂着地图、照片和数据。

文件的头一页是董斌用钢笔写下的两行字——

上穷碧落下黄泉
动手动脚找东西

"这是啥?打油诗?"大雷好奇地问道。

董兴勤也不知道这是什么意思,干脆翻过去,后面就是父亲写给他的信。

"小勤,在你出生那年,我从文物局辞职了。你的爷爷奶奶,你的妈妈都不支持我这个决定。说实话,我也知道自己的想法很难得到他们支持。也许我那时年轻气盛,想入非非,不过现在我已知天命,这些年经历了很多,也钻研了很多,越发认定我的选择是正确的。

　　"当年,我和同事们一起挖掘过三星堆的祭祀坑。现在你们都知道它的伟大了。有位学者曾经形容说,三星堆和金沙这两个古蜀文明遗址上发掘出来的文物,就像青铜时代的'两弹一星',是当时领先世界的高科技。试想一下,如果几万年后有考古学家挖掘出今天一架航天飞机的残骸,他们会怎么看? 他们肯定会认为,造出航天飞机的古人应该先造出能在大气层里飞行的飞机才对。所以,不管是'青铜神树'还是'青铜面具',所有那些划时代的宝藏肯定要有个成熟期。可能几十年,可能几百年。它们不会从天上掉下来。

　　"然而经过多年持续挖掘,我们没有在三星堆和金沙找到青铜器的加工场地,更没有找到它们的先驱。它们肯定在别处,我认为,四川大地上存在着一条青铜文明之路,三星堆和金沙只是这条文明道路上的两处驿站而已。也许,寻找这条'青铜之路'便是我一生的宿命。"

　　"貌似你爸爸在讲一件重要的事。"天使小逸发了句感慨。

　　"是吗? 但这和我有什么关系?"董兴勤至少表面上不愿意松口。伙伴们没再和他争论,大家继续看下去。

　　"对于这些'青铜高科技'来自何方,我在多年考古挖掘中形成了自己的判断。然而我无法说服当时的领导。要知道,考古挖掘可不像电影里的探险,而是需要大笔的经费、漫长的时间。这就是当年我辞职的原因,我想自己挣出那笔钱。可惜人的精力很有限,做生意并不比搞考古更容易。我既要做生意,又要寻找新的挖掘线索,最后搞坏了自己的身体。"

　　"照这么说,你爸爸不像你说的那么唯利是图。"大雷也说了句心里话。以前每次提到父亲,董兴勤只有一句话:他更爱钱,不爱家人。

　　"唉,是又怎样? 不是又怎样?"对于董兴勤来说,父亲最让他反感的并非自己做了什么事，而是忽视了成长中的儿子。

董斌在文件里告诉儿子，他这么多年专营古董生意，一方面是为了筹集资金，另一方面也是要广布渠道，在省内民间流传的文物中找到挖掘线索。经过二十年淘洗，他找到了三条重要的线索。文件里附了这些文物的图片、名称、性质以及其他相关信息等。

"这跟天书一样，我根本看不明白。"董兴勤摇着头。

仿佛看到他脑子里又冒出放弃的念头，大雷用力按了下董兴勤的头，"别着急，你看看这个。"

下面一段文字峰回路转，董斌提到了三个人，"孩子，我知道你对考古学很陌生，自己根本无法单独完成这个任务。没关系，你去拜访这三位前辈，他们都是我的至交，也知道我所追求的这项事业的意义。只要你说明来意，他们会帮助你完成这个目标。第一位是——"

看到那个名字，大雷马上叫出声来："天啊，你爸爸居然认识她！"

"是啊，早知道她是你爸的朋友，我们就不用费心思找人和她攀关系了。"天使小逸的眼睛也瞪得圆圆的。

董兴勤一句话没说，那是因为他比几个朋友更震惊。父亲居然认识这么著名的人物？而她还能提供帮助。不，即使什么都不提供，能见上她一面也行啊。

学术报告必须到五星级酒店的会议大厅里做？至少郑诚伟认为有必要摆这个排场。

这天上午，西蜀大酒店一楼报告厅里涌进了不少听众。其中有一些学者打扮的人，还有一些媒体记者。他们或站或坐，落好位置，等待着明星般的主角出场。

时间到了，在一群身装汉服的人簇拥下，郑诚伟大步走进会议室。他要在这里作一次惊世骇俗的学术报告,名字叫《三星堆远古文化与人类根脉的联系》。

会场安静下来后,郑诚伟先是简单介绍了三星堆遗址的历史。在四川,几乎没有哪个跑文化旅游新闻的记者不知道这处遗址,他们都盼着他快点讲出下文。调动完听众的气氛后,郑诚伟背后的屏幕上出现了三个土堆。其中一个是实拍的图像,另外两个是用电脑动画复原的。

"今天的三星堆只是不起眼的黄土堆。其实它在远古时期十分高大。更为重要的是,三星堆和埃及金字塔一样,都处在北纬30°线上。"郑诚伟提到北纬30°时,台下的记者群中出现了些微骚动,看来他们之中有人对此有所了解。

郑诚伟继续讲道:"这是一条神秘的纬线,它贯穿四大文明古国。在这条纬线的附近,除了埃及金字塔,还有世界最高峰珠穆朗玛峰,发生过许多船只和飞机莫名其妙失踪的百慕大三角,传说中沉没于海底的大西洲,当然,还有我们四川著名的古蜀文明遗址:金沙和三星堆。"

"埃及金字塔有很多座,您具体指的是……"一位学者模样的听众提问道。

"当然是埃及的吉萨金字塔群,它们也是三座塔嘛,布局和三星堆完全一样。外国学者已经发现,吉萨三塔对应着猎户星座腰带上的三颗星,而我们的三星堆则瞄准参宿三星——同样是猎户星座,只是东西方星座的名称不同。由于可见,金字塔和三星堆都对准同样的天文现象。吉萨三塔建造于公元前二千三百年左右,三星堆建造于距今四千八百年左右,比它们还早几百年。所以,我们有理由认为——"郑诚伟顿了一顿,似乎是特意的,"吉萨三塔是由古蜀国去的工程师设计的!"

抓到猛料了,记者们纷纷站起来拍照、记录,现场略微有些乱。

"那么，您在文章中说的'万国大会'又是指什么呢？"又一位学者模样的人站起来发问。

"万国大会嘛，就是古代的联合国大会。《韩非子·十过篇》就记录过：黄帝合鬼神在西泰山集会。我们看看三星堆出土的文物吧，里面有象牙，有海贝，这不正是曾经有万国来朝的线索吗？我们再看看三星堆出土的青铜头像，里面有各种造像，面孔形式多样。可以设想：它们就是当年参加黄帝'万国大会'的人，来自苏美尔、古印度、罗马、埃及，甚至南美。而黄帝组织的'万国大会'在西泰山召开，其意义在于——他是在向全人类传播华夏文明！"

讲到这里，郑诚伟猛地一挥手，"看看这座伟大的古城吧。三星堆遗存有十二平方公里，能居住二十余万人，是当时全世界最大的城市——用今天的说法那就是'国际大都市'。五千年前有这样的规模，毫无疑问，是人类文化的中心。"

接下来，郑诚伟把一个个重磅炸弹般的论点砸向听众：文献记载，埃及法老死前曾乞求往生中国；黄帝曾命长子少昊到美洲传播文明，秘鲁古墓中找到少昊后裔的遗骸，"肯尼亚"就是"昆仑"的音译——总之，三星堆古城就是一切世界古文明的发源地。

会议在一片热烈掌声中结束。记者们赶着回去发消息，郑诚伟也在主持人陪同下消失在门外。等他们都走了，郑诚伟的助理关上大门，给留下来的"听众"派发装着钞票的信封，提过问的那几个人领到了最厚的信封。

董斌让儿子求助的，不是郑诚伟。现在，董兴勤和大雷、天使小逸正坐在北京一间咖啡厅里，忐忑不安地等着他们约的人到场。

"你说，咱们搞突然袭击会不会有效果？"天使小逸显得有些担心，"不会起副作用吧？"

"请她去探险的人不知道有多少，如果咱们只是通过电话预约,她有多大可能会接受?"大雷说,"只有当面谈才有可能感动她。"

正说着,一个二十三四岁的高挑女生匆匆忙忙走过来,直奔他们这一桌。看到她,三个男生都恭敬地站了起来,虽然来人比他们大不了多少,但是气场相当强大。大雷忙着给对方让座,招呼服务员点东西,不料这位女生没给他一点好脸色,劈头就问:"你们怎么不打招呼就过来了?"

"唔,我们联系过,三个月前……"

三个月前他们确实曾经联系过此人,不过与考古探险无关,而是想让这位女生的老板成为漫画故事的主人公,却被对方毫不客气地拒绝了。

"我想起你们了。"那个女生回答道,"记得我说过,那不是我师傅的主业!"

"现在我们就来谈一件与大师有关的事情。"三个人中大雷心理承受能力最好,顺着竿就往上爬。对方稍一迟疑的功夫,大雷用十句话讲清了自己的来意。

"还有这种事,凭着考古发现来继承遗产?"

嘴上这么说,来人对这些稀奇古怪的事却见怪不怪。她给师傅当助手,其中一个重要任务就是挡住那些不着边际的爆料人。什么张献忠的宝库,海盗琼斯的沉船,诺亚方舟的残片,她在与这些奇谈怪论的周旋中练出了强大的心理素质,表情丝毫不为所动。"好吧,你们给我看看那个所谓的线索。"

董兴勤一狠心,干脆递过去父亲留下的文件。来人看了几页,若有所思。

"怎么样周大姐,这个线索有用吧?"大雷想让自己的嘴尽可能甜一些,不料拍马屁拍到了马蹄子上。

"周大姐?我看上去很老吗?"女生佯怒道。看着三个小男孩被自己整得没办法，女生才放缓了口气，"好吧，你们在旅馆里等着，我请师傅尽快看，给你们个答复！"

在中国考古学史上，要么是外国人跑到中国来进行挖掘——像"仰韶文化""藏经洞"这些划时代的发现，都是外国人先搞出来的；要么是中国人在自己这一亩三分地上埋头搞考古，几乎没有谁走向世界，并有重大发现的，更不用说是一个非科班出身的民间人士。

现在董兴勤他们来找的这个人，尽管没有"博士""教授"之类的头衔，却有着名满天下的传奇经历。她曾经破解过赤道巨石文明的奥秘，在南极大陆找到过古人航海的遗迹，还是第一个挑战"七加二①"体能极限的中国女性。因为这些壮举，这位名叫廖铮的探险家被媒体称为"中国的博伊德②"。

现在，三个男生要找的就是这位高人。他们从小就读着廖铮的探险自传长大，早就仰慕已极。更加上被她的助手周雅琳一通吓唬，于是在忐忑不安中度过了半日。

没想到晚餐刚过，廖铮却带着周雅琳找上门来，"请问哪位是董兴勤？"

董兴勤站了出来。廖铮比他们大十来岁。叫"阿姨"有点嫌大，叫"姐姐"又有点嫌小，于是他喊了一声"廖老师"。

廖铮和他握了握手，对他父亲的去世表示哀悼，语气中更多的是惊讶。董斌对许多人隐瞒了自己的病情，也包括这位他信任的朋友。

"董老师是我考古专业的入门导师。文件里说的这些线索，当年我曾经随他一起寻找过。所以，我要帮助你实现他的遗愿！"

---

①徒步攀上七大洲最高峰，并到达南北两个极点，称为"七加二"，是当代探险界的至高荣誉。

②哈丽特·博伊德，美国人，世界上第一位领导考古探险队的女性。

第三章　远古回声

那座青铜大立人站立在玻璃柜中,灯光从它的斜上方打下来。大立人垂着眼,仿佛正与仰视它的董兴勤对望。在安静的展览馆中面对着它,董兴勤心里忽然咯噔一跳,好像大立人对他说了句什么——或者,它马上就要开口说什么。

董兴勤用力晃晃脑袋,他从未对父亲钟爱的文物有过什么感觉,这还是头一次。

如今已经中外驰名的三星堆遗址位于成都北边的广汉市,“三星堆”这个颇有神秘色彩的名字,其实只是当地的三个夯土堆。几十年前当地人开办砖厂,还挖掉了其中两个。

一九二九年,当地一户姓燕的农民家庭从地下找到大批玉器,吸引了外国考古学家的关注。从那以后,中外考古学家在此轮番考查,都预感到这片土地可能埋藏着惊人的文物遗存。然而它们究竟在哪里,又会有多么惊人,却是直到一九八六年才得到答案。当年,考古专家们连续发现两个祭祀坑,一大批令人瞠目结舌的文物从此出土。

不管董兴勤爱不爱听这些典故,他的耳朵都磨出了茧子,因为他父亲就是当年祭祀坑的挖掘者之一。十年前,董斌曾经带着儿子来参观过一次。可想而知,对于十岁的孩子来说,除了昏昏欲睡外,不会有别的反应。后来,每个暑假董斌都计划带孩子来看看,结果被妻子挡下了。

为了这件事,夫妻之间曾经大吵一番。孩童时代的董兴勤为了避免再去受罪,自然站在母亲一方。他记得自己曾经插了一句话:"把这些东西挖出来有什么稀奇?古人当年把它们造出来才稀奇呢!"

这句话很伤父亲的自尊。是的,即便把它们挖出来,董斌当年也只是一个实习研究生而已,前辈们早就知道这里有宝贝。三星堆展览馆里陈列的东西很难算得上他的什么成绩。从那以后,董斌再没有带儿子来到这座博物馆里。

今天,随着廖铮和周雅琳一起,董兴勤再次踏进馆门。或许是因为年代久远,或者是因为自己长大了一些,馆里那些青铜器具不再显得阴森森的。大雷和天使小逸都是第一次看到那些文物,他们一下子被震惊了。

"天啊,这不就是传说中的外星人吗?!"

"当年古人能造出这么高的青铜树?简直像现在的圣诞树啊。"

……

周雅琳也是第一次走进三星堆博物馆,像每个第一次看到这些古迹的人一样,她也被震惊了,"当年就是你父亲把它们挖出来的?你应该为他骄傲才是!"

这一次参观博物馆,董兴勤没再说扫兴的话。听到周围那些陌生游客纷纷对这些古物赞美不已,这让他多少意识到父亲工作的意义。

廖铮一直没说话,这里绝大部分东西她都见识过,现在来只是重温一下当年的思路,并且让周雅琳和董兴勤熟悉一下他们要做的事情。参观过程中,周雅琳和大雷、天使小逸对三星堆人的来历展开了热烈讨论。当然,这也是围绕着三星堆古文明最重要的一个话题。

"看这些头像,他们肯定不是中国人。他们到底来自哪里?"

"你瞧,眼睛这么突出,地球上哪个种族会这样?"

"是啊,他们的脸形像哪个种族呢? 黄种人? 印尼群岛上的人?"

三个同龄人兴奋地议论着,只有董兴勤不说话,站在一边,拿着画夹在画着什么。周雅琳走过来好奇地问:"怎么,你真一点都不好奇吗?"

董兴勤把手里的画扬了扬,原来他是在给他们画卡通速写。笔下的人物与真人有几分神似,但都是大眼睛、尖下巴的卡通形象。"哇,你还真有两下子。"周雅琳一眼认出了自己,短短的发型被董兴勤画得很夸张。

"我是在想,如果几千年后的考古学家捡到这几张画,他们会怎么看? 会不会觉得这是一个神秘的人种? 因为我画的和现实中的任何人种都不像嘛。"

周雅琳张大了嘴巴,那个答案呼之欲出,但她一时组织不好语句,"你是说,你是说……"

"我觉得这就是古代的卡通造型。"董兴勤指指满屋子的青铜人像,"他们就是觉得人像要搞成这样才美,或者可能才算神圣吧,总之一点都不写实。所以根本没必要猜它们是哪个人种。再说,普通庙里那些佛和菩萨的像,真有人会长成那样吗? 印度人也不是那样的吧? 它们只是佛教徒心目中的佛和菩萨。"

这是第一次,董兴勤一开口就杀死了大家的争议,他自己还不知道是怎么回事,只是发现伙伴们都好奇地看着他。

中午时分,陈馆长专门宴请了这几位客人。当年他也曾和董斌一起在这片土地上挖掘,提到往事嘘唏不已。

董兴勤接受着陈馆长的哀悼,心里很是感慨。短短半个月来,他不停地从别人口中听到父亲——原来在别人的眼中父亲竟然很伟大,自己却从来不知道这一点!

"在我们那些同事中,你爸爸的思想很另类。董先生对文字记载非常不相信,而我们则习惯将考古证据与文献结合起来研究。比如,中原的历史文献里记载过古蜀地曾经几代王朝,如蚕丛、柏灌、鱼凫、杜宇等等,我们一旦挖出这些文物,就会去研究它们属于哪个王朝。你爸爸却说,三星堆比这些传说中的王朝久远得多,没必要去寻找两者之间的关系。"陈馆长向董兴勤介绍着一个他完全没接触过的父亲,"又比如中国传说中有巨型树木的神话,'扶桑'啊、'建木'啊。所以我们找到青铜神树后,就研究它究竟是表现'扶桑'还是'建木'。争来争去。你爸爸也只有一句话:青铜神树就摆在我们面前,而那些文字记载则虚无缥缈,有什么必要非在它们之间建立联系呢?你瞧,这就是你父亲的观点。"

"我想他说得有道理啊,您见过网友吗?"董兴勤忽然反问道。陈馆长笑了笑。他年过五十,还真没有会见网友的经历。

"人们和网友聊天,不管事先聊多久,见面以后总会发现自己把对方想象错了。"听到董兴勤的话,大雷和天使小逸都点起头来。

周雅琳也说:"确实如此,没有一次网友和我想象得一样。开始我以为是对方不诚实,后来反省一下,其实人家也没说什么瞎话,都是我自己先幻想出一个形象,扣在对方身上。不过,这和历史研究有什么关系?"

"我想,历史真相就像网友,现在的人通过文字对它形成印象,不可能和它相符,只是我们没办法去见这个网友罢了。"其实董兴勤只是没话找话说,怕别人把自己看扁了。没想到话一出口,周围的人都看着他不说话。

"怎么？我说得不对？"

"没什么，你这个比喻简直太好了。"陈馆长很惊讶，"看来你爸爸经常和你谈他自己的学术思想？"

董兴勤摇摇头，"没有啊。我一直觉得他就是个生意人，根本不觉得他会有什么学术思想。"

这话让陈馆长更为震惊，"也许世界上真有遗传这回事？"

饭后，陈馆长带着他们来到恒温库房。那里不仅温度、湿度保持恒定，而且不透阳光，专家们修复和研究文物时只用灯光照明，这样做是为了防止文物褪色。

董斌在遗嘱文件里提到的三件实物线索也保存在这里，这是当年他用"地板价"从文物贩子手里收购来的。不过那都是国家一级文物，按规定不能流通。董斌便将它们交到这里，还和老同事们达成协议，随时分享他们对这些文物的研究成果。

那三件东西都是青铜器上断裂下来的残件，看上去枝枝丫丫，每件都有人的手掌那么大。把它们分别摆在那里，看不出有什么名堂。也正因为这样，文物贩子没开太高的价钱。董斌却一眼就看出，它们是青铜神树上的部件！

一九八六年，在三星堆二号祭祀坑里找到了八件后来称为青铜神树的文物。考古学家们费尽心血也只复原了其中两件。一号青铜神树复原后高近四米，是已知世界上最大的古代青铜器具。尽管如此，专家们认为上面还缺失了一米多的部件。其他七件由于残缺得太厉害，都无法复原。

董斌交上来的这三件文物，被馆里的专家鉴定为确实是青铜神树的枝端，其中一件还带着半只青铜神鸟。鉴定这几件文物的性质并不困难，但至于来源，董斌则与其他考古学家分歧严重。

包括陈馆长在内，大家多认为这就是当年被农民工从祭祀坑附近拿走的。当时附近有个砖厂，里面的农民工都知道这里发现了重要文物,于是也在砖厂范围内到处挖。有人挖出文物后老实上交了,也有人手脚不干净,他们找到的东西就流传到文物市场里。或许几经辗转,最终被董斌发现并买下。

然而,将它们出售给董斌的人却讲了另外一个故事。

这些东西早在19世纪末就流传于世,由一个名叫顾望道的举人买下。这位举人受过西方文化影响,隐约认为它们应该是某类文物。但是由于青铜神树近百年后才出土,囿于当时的技术,考古专家分辨不出它们是什么,于是把这三件残品当成赝品。

顾望道舍不得扔掉它们,一九四九年,他的后人将其掩埋在住家附近的一处山坡上,然后离境出走。直到十年前,顾举人一个生活在海外的后人偶然间从长辈那里知道这个传闻,很有兴趣,回国后便在家乡附近按图索骥,从原地将它们挖出。

找到几十年前埋的东西不算什么奇迹。这位举人后代找了几个文物买家,结果仍然被鉴定为仿造品,或者说是晚清的产品。人们印象中的古代青铜器形状厚重,线条粗犷,而这三件东西制作得很细腻,非常像近代某家工艺品作坊中的产物。尽管这时候三星堆博物馆已经开始对外展览了,文物贩子也都没有把它们和青铜神树联想到一起。举人后代失望之余,几千块钱就把它们抛掉。

对于这个故事,董斌深信不疑,他马上出资从文物贩子手中买下这几件青铜器。他还找到了那位举人的后代,了解当年顾望道得到此物的地点——被告知是在四川凉山境内。

"你爸爸和我们不同,他不关注这些古代器具叫什么,象征着什么,而是关注它们怎么被制造出来。矿坑啊,栈道啊,作坊啊,盐场啊,他更关注这些。所以董先生一直有个推测,认为建立三星堆古城的人,只是这些青铜器的使用者。遗址附近一定有个大型加工地点,那里的能工巧匠才是这些青铜器的制造者。他立志要找到这个地方。"

"就像一个按订单生产的工厂?"董兴勤问。

"比喻得很好,不过这只是你父亲的看法,我们并不赞同。是的,到现在我们都没有挖掘出冶炼这些青铜器的遗迹,但这很可能是因为我们挖掘得不够广泛。整个三星堆遗址面积有十二平方公里,实际挖掘了多少? 只有一万平方米,才一千二百分之一! 所以,也许那个古代的青铜器制造厂,就在附近谁家的菜园子下面。"

回到成都的宾馆,一行人打开董斌留下的文件,开始研究这位前辈的思路。翻开文件,那两行打油诗就呈现在廖铮面前,她抬头问董兴勤:"你知道这是谁的话吗?"

"不是我爸爸说的?"

"不,这是中国现代考古学倡导者傅斯年先生讲说的。传统的中国史家只是坐在文献堆里旁征博引,没有实证过程,不算科学。傅斯年当年说这两句话,是要求学者们走出书斋,寻找真实的考古证据。你父亲则反复讲说:如果没必要就别去翻书,到高山大河、荒漠草原里找东西,这才是考古学成为科学的根本。"

都说"仆人眼里无伟人",儿子眼里也没有很出色的父亲。如果不是从这些名人、前辈嘴里听到这样的赞誉,恐怕董兴勤永远不会改变对父亲的看法。

接着,廖铮、周雅琳和董兴勤开始分析董斌文件里的研究成果。三星堆位于半封闭的四川平原北部。可以肯定,这个辉煌的古文明是从外面传入的。至少它的种子是来源于外界,随后才在这里成熟起来。那么,它是从哪个方向传进来的呢?

一种观点认为这里的青铜文明来自中原二里头文化,从川东峡口或者秦岭那边翻越进来。不过,董斌在文件里对这种观点做了彻底批判,不予采纳。

另一种认为它来自西域,一支古人从甘青高原沿着岷江两岸逐渐下行,成为古代的羌族。他们从高处一直往盆地走,最终定居于平原。在三星堆遗址发掘的前后,四川阿坝州茂县凤仪镇一个叫营盘山的地方也发掘出距今六千年前的新石器时代遗址。在成都新津的宝墩村,考古专家又找到了距今五千年前的遗址,它们都被认为是三星堆文明的源头。这些考古遗存间接证明了岷江就是一条古代文明传播之江。

然而董斌却指出,那些遗址中只有陶瓷、朱砂之类技术后来出现在三星堆,却没有后者最重要的文明特征——青铜器!羌人也许是三星堆这个古代文明建设者的种族来源,也许给后者提供了其他技术,但绝不会是三星堆中青铜文明的来源——而青铜文明才是三星堆文明的骨干。

"张光直①先生曾经推测:夏商两代频繁迁都,是为了就近从铜矿和锡矿开采资源。在古代,矿业的采收率很低,几十年下来一处铜矿就会被采空。而青铜器事关社稷,不能缺少,古人宁可为此迁都。

"张先生的推测大大启发了我,三星堆文明何尝不是如此,这里出土的青铜器中几乎没有生产工具和武器,全都是祭祀物品,而祭祀在当时就是最重要的政治活动。所以,铜矿对于这种政权的稳定事关重大。如果我们要寻找三星堆的源头,一定要在铜矿资源丰富的地方找到——只有这样,才能找到。而在四川,只有往南,到凉山那一带才有可能。顾望道举人在那片地方买到青铜神树的残片绝非偶然,三星堆青铜器的制造厂就在那里!"

就在这时,一个泼辣的女声从敞开的房门那边响了起来:"这就是你爸爸养的狐狸精!你怎么和她在一起?"

---

①张光直(1931~2001),台湾著名考古学家,将当代文化人类学及考古学理论与方法应用于中国考古学领域的带头人物。

第四章　明月之城

母亲的声音震动了整个走廊，董兴勤似乎能猜想到附近宾馆服务员表情——气得脸上白一阵红一阵。他站起来挡在门口，"妈妈，你瞎说什么？廖老师是全世界闻名的探险家。"

"狗屁！什么探险家？"没想到韩娟根本不为所动，反而眯起眼睛盯着廖铮，"我说她是狐狸精，当然就有证据，不过没必要给她看。你快跟我回家。"

韩娟将董兴勤拖回家，翻出董斌生前留下的相册，很快找到一张合影。照片上，十几年前的廖铮只有二十岁出头，她站在董斌身边冲着镜头摆出V字。背景是一道山坡，两个人都穿着运动装。"你瞧是不是她？妈肯定没看错！"

父亲去世后，他的相册就堆在那里。董兴勤曾顺手翻过，里面除了父亲自己，就是同事和朋友，董兴勤不认识几个。他估计自己可能早就看过这张照片，当时根本就没在意有没有廖铮。现在仔细一看，那人果然是廖铮。

董兴勤的心情和母亲完全相反，这张照片让他有些激动，原来父亲和这位探险大师早就认识，"是她，又有什么了？"

"有什么？瞧瞧他们靠得那么近！"

董兴勤摆出无可奈何状，"拜托啊妈妈，现在拍这种照片多得是啊,您是从哪个时代过来的人？再说他们两人能合影,肯定有别人给他们拍照。当着别人能发生什么啊,也许这是他们一起考察的时候拍的呢。"

说不过儿子,韩娟干脆不管这些,又起腰吼道:"你……你爸爸这么多年都不负责任,是我把你养大,现在你居然替外人辩护?"

和这个强势母亲一起生活的二十年来里,董兴勤总显得很文弱,不敢反驳她的话。不过这次,韩娟冲破了儿子的底限。"你怀疑这个怀疑那个,是不是心理变态啊？快去看看心理医生,我还要忙自己的事呢。"

看到儿子突然厉害起来,韩娟倒有些软了。"宝贝啊,你想按你爸爸的遗嘱去探险,妈妈依你,只要你不再去理那个狐狸精。行不?"

"不!"董兴勤大吼一声,"我现在就去廖老师那里,你要敢再跟来,以后我就不回来了。"

看到母亲气得眼泪哗哗直流,董兴勤没安慰她,赶快逼着自己走出来。他下定决心,以后再不能让母亲老这样给自己丢脸了。

董兴勤带着照片,又返回宾馆找到廖铮师徒。看到照片,廖铮回忆道:"这是十一年前我和董老师在岷江上游考察时拍的。那时候,他还认为三星堆文明的源头在岷江。去之前我并不认识董老师,我是和我男朋友去的。他学地质专业,董老师请他帮忙,寻找古代的矿山遗迹。这张照片就是他拍的……"

听到这里,董兴勤松了一口气,原来妈妈确实是胡思乱想。他随口问了一句:"那您的男朋友……"

"小董,你问得有点多了吧。"周雅琳立刻出来给师傅挡驾。

廖铮向她摆摆手,"没什么,只是我和他分手多年,早不知道他在哪里了。"然后,她严肃地问董兴勤,"你妈妈讲什么,我不会往心里去。但这次考察是在完成你父亲的遗嘱,你能保证我们不再受她干扰吗?"

"能!您不用理她,咱们这就出发。"

果然,韩娟没有再赶过来惹事。把董兴勤劝上"贼船"后,大雷和天使小逸也向他叮嘱了又叮嘱,让他一定要坚持下去。两个人对长途跋涉没兴趣,又回到他们的宅男生活当中去了。

廖铮带着周雅琳和董兴勤来到长途汽车站,等待着去凉山的班次。无聊之中,他们用手机登上微博,搜索与三星堆有关的新闻。结果,他们看到了那个刚刚面世的重大发现。

在四川最高峰贡嘎山海螺沟冰川的上缘,一支探险队发现了一具干尸。因为其长相酷似传说中的达摩,已经被定名为"达摩冰人"。经过DNA检验,这是一个古印度达罗毗荼人。经过对他携带的物品进行碳十四测定,初步估计他死于四千七百年前!

"达摩冰人"携带着一只青铜器,与三星堆出土的"高柄豆"几乎完全一样——这是一种高脚酒杯状的青铜器,学者们一直推测它是用来祭祀的。初步估计"达摩冰人"是个祭司,前往雪山顶上拜神,在攀登途中死于缺氧引发的心脏病。从那以后,"达摩冰人"被一层层积雪所覆盖,尸体得到完好保存。直到最近几年,由于气候变暖,冰雪消融,他才重见天日。

长期以来,史学界认为达罗毗荼人是印度本土一个落后的部族,被先进的雅利安人所征服。直到20世纪20年代,考古学家在印度次大陆找到摩亨佐·达罗和哈拉巴两处遗址,才发现达罗毗荼人远比文字记载的先进——他们已经能建设有下水道的城市,更重要的是,能制造精美的青铜器!

一个达罗毗荼人于四千七百年前深入蜀境,这个不到一周前才在微博上披露的消息迅速发酵,三个人仔细阅读着,又在网上寻找各种相关消息,边看边讨论。廖铮非常兴奋地说:"可惜你爸爸没有看到。这个证据对他的推测十分有利——达罗毗荼人要进入四川盆地,必须走你父亲认定的南路!"

一行人在晚上进入凉山州州府西昌市。这里海拔高,空气能见度高,月亮分外地明亮。这个时刻,特别能感受到西昌"月城"的雅号。皎洁的明月在山峰的间隙里和他们捉迷藏,在没有灯光的地方,月光给山川大地镀上一层洁白。

甜美地睡过一觉后,三个人去拜访当地的一位学者,也即董斌遗嘱中提到的第二位高人。此人叫阿洪,是一位彝族学者。和印象里缠头裹脑的少数民族完全不同,阿洪穿着西装,讲一口四川方言。

"您……您到过我爸爸的葬礼……"看到阿洪,董兴勤想起了对方。尽管父亲没在熟人圈子里透露消息,但一些朋友还是闻讯赶来悼念。这位阿洪就是其中之一,只是当时董兴勤并不认识他。

"是啊,我在等你来完成你父亲的嘱托。"阿洪上下打量着董兴勤,"看看你算不算你父亲的儿子!"

这话不重也不轻,说得董兴勤很不好意思。阿洪把他们带到一家茶馆,喝着当地的烤茶,吃着薄皮、熨斗粑,讲起了当年和董斌共事的情形。

"三星堆文物刚出土时,曾对探方①土质做过碳十四测定,证明祭祀坑的年代距今有四千八百年。后来他们又让专家去分析,给出了距今三千二百五十年这个数字。根据是什么呢?文物形制啊,地层叠压和遗迹的打破关系啊,你们听着一定觉得很专业吧。其实这就像你去医院看病,这个医生给你验血,证明你尿酸过高;那个医生只对你作作观察,然后说你尿酸正常。你会相信哪个呢?"

"当然是相信验血的结果啦。"董兴勤不假思索地回答道。

---

①考古时,把发掘区划分为若干相等的正方格,依方格为单位分工发掘,这些正方格叫探方。

"正常情况都是这样。董斌和我都坚信碳十四的测定结果。可为什么他们还要公布那个三千二百五十年的所谓分析结论呢？因为中原传说中的夏朝也只是距今不到四千一百年，唯一有关的遗存——二里头遗址，距今也才三千八百年到三千五百年。如果接受四千八百年这个数字，就要承认中国土地上有比夏朝还早的文明，而且还那样发达。要知道，古人不可能一下子造出这么精美的金属器具，前面必然还有几百上千年的成熟期。这样下来，三星堆这片文明的历史就比中原文明提前一千多年，这是主流学者无法接受的！"

董兴勤对考古界一无所知，脱口便问："为什么不能接受？难道当时有正式文件规定，不许学者谈论比夏朝更早的中国文明？"

"没有正式规定，就算是中国考古学界的潜规则吧。主流学者认为，中华文明产生于中原，也就是河南、河北、山东交界那片地方。其他地方如果有古代文明，一定是从那里传出去的。反过来都不行，更不能说受到中国以外某些古代文化的影响。这是你们汉族某些学者骨子里就存在的偏见！"

原来，将近一百年前西方学者曾经有过一种观点，认为中华文明于几千年前来源于西方。虽然这个"西方"并不是指今天的欧洲，而是指西亚，但这种观点当时着实触动了某些文化人敏感的自尊心。在那个时候，证明中华文明源出本土已成为一种潜在的学术任务。董斌当时观点之大胆，由此也可见一斑。

"你爸爸不吃这一套，坚持自己的观点，一气之下就辞了职。他想自己赚钱搞考古挖掘，来证明青铜之路不是从东向西，而是从西向东。结果真下海经商，情况就没他想象的那么容易了。几百万的经费国家拿出来并不费事，他自己要去挣，那就难得多。同时还要跟踪考古学界的前沿动态，一个人当两个使。我猜想，他的身体就是这么垮下来的。"

"哼，我以为某些韩国人爱吹牛是自学成才，原来有师傅。"周雅琳轻蔑地吐出一句话。廖铮和董兴勤都明白她指的是什么。阿洪很少上网，不知道这些网络上的典故，半天没明白过来。

"那么，您认为三星堆文明来自何方？"廖铮谦逊地问道，"即使有四千八百年那么久，这么成熟的文明，也还应该有更早的源头吧？"

"那还用说？三星堆就是古代彝族人创立的！"

三个听众的心顿时冷下来，刚才听到那番话时产生的震撼一下子消失了。这位阿洪先生贬损"汉族中心论"，难道只是为了强调本民族的历史贡献？

不过阿洪并没有想继续他的论证。"算了吧，要是扯那些学术观点，话就太长了。咱们还是像你父亲提倡的那样，翻山越岭去找东西吧！"

第五章　黄土B超

　　阿洪订了一辆面包车,载着三个客人朝目的地驶去。那是一个叫安家坝的小村子,距离州府接近一百公里,加上要在山路上绕行,得有几小时的车程。

　　董兴勤活到二十来岁,这是他离家时间最长的一次。虽然生母亲的气,还是用短信告诉了她自己的行程。让他稍稍放心的是,母亲再没有讲那些不中听的话。韩娟也用短信与儿子联系,问他有没有带够衣服,又提醒他凉山海拔高,小心感冒。这些问寒问暖的话让董兴勤的气消了,毕竟,不管父母之间有什么矛盾,妈妈心疼自己还是真的。

　　在四川方言里,"坝"是指山谷间的小平原。这个安家坝海拔高达七百米,不过夹在群山之间,仍然是一片很显眼的平地,有三四个村落镶嵌在坝子里。车子到了安家坝,在两村之间停下,阿洪带他们来到地头。

　　"这个坝子有多大面积?"廖铮问道。

　　"三点四五平方公里。"阿洪带他们走到一处高坡,俯瞰坝子的全貌。

　　"哇,这么大?"董兴勤环顾四外,不禁感叹道。

　　"整个凉山彝族自治州有六万平方公里,你爸爸调查了十年时间,才把目标缩小到这三点四平方公里上!"

只有站到这里,董兴勤才一下子理解到父亲的艰辛。过去那些年,他只知道父亲总是不在家,现在,他至少知道父亲当时在哪里。

廖铮拿出相机,给周围的景物拍照。

"就是这三点四平方公里,也不需要都挖开。"阿洪指着一条穿过坝子的浅沟,"我们调查过这里的地质结构。这是一条暗河,几千年前是坝子里的主河道,如果当年有定居点——"阿洪又指了指对面的一座山,"我们在那里找到几百公斤矿渣,证明这里曾经是一个古代铜矿的遗址。"

"铜矿?有几百公斤矿渣就叫铜矿?"周雅琳定睛看那座山,怎么也没发现有类似矿洞的地方,"资料上显示,凉山这边的铜矿还很远吧?"

"在古人来说,这已经很大了。"廖铮解释道,"如今人们开采一个铜矿,年产量怎么也得上万吨才有经济价值。对古人来说,概念完全不一样。三星堆目前出土的青铜器加起来只有几吨重,就是把仍然埋在地下的文物都算起来,未必超过一百吨铜。中国历史上的周朝是青铜文明的辉煌期,几百年下来使用的铜,可能还不及现在的一家电线厂。"

几个人从古河道的一端开始,延着河道走向另一端。一路上,廖铮和阿洪观察着地形地物,分析着几千年的气候和地质活动可能造成的变化。董兴勤边走边听,消化着这些新奇的知识。

当地农民好奇地看着他们。这里是个封闭空间,很少有外人来。在一些地方,古河道早就被平整过,变成农田。这一行人从田地间穿过去,免不了引起当地人的关注。阿洪和他们用当地话打着招呼,看得出,有个别人还认识阿洪。

"您和我父亲来过多少次?"

"十几次吧,具体我都记不清了。"

夜幕降临时,他们回到车子旁边。廖铮和阿洪商议的结果,圈定了一平方公里的目标区。

"接下来怎么办?"望着这不算小的坝子,董兴勤对下面的工作全无头绪,"我们雇人来挖吗?"

"不,我们去找你父亲遗嘱中提到的另一位帮手。"

廖铮将周雅琳留下来,和阿洪作一些勘测前的准备工作。廖铮自己开着车,带着董兴勤返回成都。在路上,她单独给董兴勤讲了一段往事。

原来,三个月前董斌曾经到北京找过廖铮。当时董斌已经查出了癌症,但未住院治疗。他告诉廖铮,自己从十几年前就资助中国考古技术研究所,让他们代为开发几项自己设计的考古技术,现在已有小成。董斌给廖铮留下一份清单,说她需要时随时可以用,但不要对外人讲,尤其是不要对他的妻子讲——因为他花费这笔钱,一直瞒着妻子。

当时,廖铮已经有多年没见到董斌,不知道他为什么突然来托付这么一件事。现在她明白了,这是董斌知道自己不久于人世,前来"托孤"!

"你要向我保证,你能对自己的决定做主,不受你母亲的影响,我才能把这份清单给你。"廖铮严肃地说,"根据这份清单,开发这些技术消耗了你父亲赚到的大部分钱,原则上讲它们也是董老师的遗产,按照我的理解,他是想把这些东西留给你。"

"大部分? 有多少?"

"将近两个亿! 远远超过陈律师能支配的那部分。而且这笔遗产不是钱,全部是技术。你如果不愿意接手父亲的事业,这些东西对你毫无用处。"

董兴勤活了二十来岁，至少有一半时间认为父亲是个唯利是图、把钱看得比老婆孩子都重要的商人。如果有客户打来电话，父亲都会立即离开，很坚决，无论儿子如何求他多陪一会儿。偶尔见到父亲与客户在一起，交谈的内容也都是金钱——那时候的父亲俗气无比。如果不是他去世，自己还不知道哪天才能看到另外一个父亲。

"您是说，不想让我母亲知道这件事？"

廖铮暗暗出了一口气，看来这孩子还是足够聪明的，"董老师担心你母亲干扰他的事业。"

"这事我可以做主！"父亲的死让董兴勤一下子成熟了不少，"不必经过她同意。"

他们回了北京，来到考古技术研究所。董斌生前提到的第三位帮手名叫邓若飞，是一位高级研究员。听到董斌去世的消息，邓若飞的眼珠子差点掉出来。这段时间他们一直在完成董斌设计的仪器，不久前还收到董斌的一笔汇款。

呆坐了好一会，眼圈通红的邓若飞才发出一声长叹："你爸爸是个天才，可惜走得太早了！他一个人当两个人用，是把自己活活累死的。"

不管董兴勤能不能听明白，邓若飞把自己所知道的董斌一股脑讲了出来。

中国拥有世界上最丰富的历史文献，不过在董斌看来，也正是这些东西妨碍着中国人对历史的研究。文字终归是人写出来的，主观性太强。因为书写工具在古代十分昂贵，只有帝王将相、高官显贵才能大量使用，在记载范围和态度公正两方面都有很大的局限。只有用科学技术去挖掘整理古代的物质遗存，才能更好地揭示历史的真面目。

和那些埋头于金石文献的同行完全不同，董斌是个技术天才，眼睛总是瞄着各行各业的技术,琢磨着它们对考古会有什么用。他和邓若飞是大学同学,两人很早就交流过这些想法。后来,董斌回到老家四川工作,邓若飞则进入了中国考古技术研究所。

一九二九年,四川广汉三星堆一家姓燕的农民打井时发现了大量古代玉器,这个历史遗迹第一次向世人发出无声的呼唤。从那以后,陆续有中外学者对三星堆这片地方产生兴趣。他们都推测下面可能有极富价值的考古遗存。然而直到整整五十七年以后,考古学家才从这里挖掘到足够震撼学界的东西。

一九八六年七月的一个深夜,在蚊虫叮咬下坚守在挖掘现场的几个研究生找到了一条长长的金箔,最初他们认为这是一条金腰带。意识到可能是重大考古发现后,他们立即封闭了现场,并派人星夜骑车返回成都,向省文物局汇报。

那个时代没有手机,长途电话往往几个小时也拨不通,对不太远的距离来说骑车报信反而是最快的选择。这个骑车人就是董斌。夜深路险,董斌在赶路时翻进沟里,从此脸上就留下一道伤痕。董兴勤从小就看着父亲脸上的这道疤,却从不知道它的来历。

他们找到的东西,最后被证明是一根权杖,由金箔裹着木棍制成——年深日久,木棍腐烂了,便只剩下金箔。而他们找到遗存的地方,便称为"一号祭祀坑"。后来,他们又在附近找到另外一个祭祀坑。

就是这两个坑里挖出的东西,现在构成了总面积达一万多平方米的三星堆展览馆的展品骨架——而每个祭祀坑却只有十几平方米大小,相当于普通人家的一间卧室。

自从一九二九年开始,众多学者就估计此处会有重大发现。他们可能早就在这两间"卧室"上面走来走去,留下过无数足迹,却就是不知道从哪里开挖。董斌曾经站在三星堆里仅存的一个堆上展目四望,脑海里产生一个念头:这片惊人的遗址放到广汉、放到四川、放到全国,只是微不足道的一点点,如此看来,寻找一处有价值的古迹,比大海捞针容易不了多少。

也正是因为这种困难,许多绝世文物都曝光于偶然事件。比如,兵马俑是农民打井时发现的,河姆渡遗址是当地人挖排涝沟时找到的,红山玉龙①曾经被扔在一间由厕所改造的库房里好几年。

然而,这个状况也给了董斌极大启发:既然误打误撞的成果可以名垂史册,那么运用高科技手段,一寸一寸地探测地下,假以时日,难道不会取得更大的成果?

从此,董斌着迷于各种遥感、透视技术。他从超声波探伤仪上受到启发,设计出一种用超声波探测地下埋藏物结构的设备。不过,董斌没有足够的技术力量,于是便委托邓若飞去开发,自己则作为经济后盾。

"你既然是他的儿子,这件法宝就是你的!"邓若飞带着他们来到考古技术研究所的后院。那里停着一辆崭新的越野车,车厢里靠车门的座位拆掉了,那个位置上铆接着一件微波炉大小的仪器,仪器连接着车上的供电系统。

"就是它,暂时定名为大地探测仪1.0版,我们给它起了个外号叫'黄土B超'。来,我给你们演示一下。"

邓若飞请廖铮发动车子,沿着院子里的道路慢慢行驶。然后开启那台大地探测仪,向地面下发射超声波。不一会儿,屏幕上的图像就清晰起来。

"你们瞧,这是下水道,这是光缆,这是当年院子里铺柏油路时,不知道谁掉的钢笔。仪器探测深度能达到二十米,分辨率达到三毫米!"

---

①红山玉龙出土于内蒙古赤峰市翁牛特旗三星他拉村,制造年代迄今约五千年,是已知最早具有龙造型的器物。

"天啊，"廖铮看到屏幕，由衷地感叹道，"洛阳铲①和这台仪器相比，就像热气球遇到了喷气式飞机啊。"

"就是嘛。不过这只是第一台样机。为了提高分辨率，我们使用了不少高端材料，已经花了你父亲一亿一千六百万！他和我们签过协议，样机归他，知识产权与研究所分享。你既然是他的儿子，这东西你随时可以拿走用。"

董兴勤围着"黄土B超"看了一圈，不知道怎么把它取下来。邓若飞教他如何按动滑扣，如何取下再装上，"这样你们可以提着它，到车子附近去探测。"

董兴勤扛起"黄土B超"准备走，又被邓若飞叫住了，"怎么，你要自己搬着走？

董兴勤停下来，不明就里。

"呵呵，这车也是花你父亲钱买的，一起开走吧！"

董兴勤不会开车，只好由廖铮一个人驾驶越野车，一路返回凉山。廖铮一边开车，一边给董兴勤讲着他的父亲——是他从来不知道的那一面。

考古学于19世纪在西方发端。最初的发现都是民间人士搞出来的。他们或者自己就是商人，或者接受商人的资助。直到今天，有商人涉及的案例在世界考古成就中也占着相当比例。廖铮多年云游海外，参加过不少私人资助的考古活动，对此深有感触。

在计划经济时代，中国人都很贫穷，只有国家才能出钱推动考古。董斌的老师早就认定三星堆是个巨大的宝库，却只能眼睁睁看着附近生产队在那里取土烧砖，不知打碎了多少文物。唯一能

---

①洛阳铲，又名探铲，是半圆柱形的铁铲。将它垂直向下截击地面，可以带出半圆柱形的泥土，并逐渐挖出直径约十几厘米的深井，用来探测地下土层中的埋藏物。洛阳铲因最初流行于河南洛阳而得名，曾经是中国考古学家的必备工具。

做的,也只是不停地给上级打报告,请求进行抢救性挖掘。这件事也刺激了董斌,成为他搞"自费考古"的重要诱因。

改革开放以后,有些中国人在发财后也开始关注考古了。不过他们主要关心的是那些可以随时变现的文物,没有几个人对艰苦的野外作业感兴趣。廖铮说,董斌能以一己之力投入重大考古课题,一旦成功,几乎可以进入中国考古史,"所以,咱们一定要帮他走完这最后几步。"

连日来听前辈们讲自己的父亲,董兴勤只是不住点头,插不上话。直到这时,他才说出了几句自己的想法:"我父亲在做什么,有多大意义,我还是不太懂。不过有一点我明白,他就是要做他想做的事!"

廖铮向他一挑大拇指,"其实,你知道这一点就足够了。"

到了安家坝,已经是第四天的上午了。尽管非常疲劳,但是拥有考古界喷气式飞机——"黄土B超"的兴奋感却支配着他们。几个人一下车,就从汽车供电系统上取下仪器,要搬到古河道那边去。

就在这时,一个村干部模样的人带着几个农民走了过来,问他们有什么事。廖铮马上意识到,这毕竟不是一片荒地,需要与主人沟通一下。沟通结果大出她的意料,对方告诉她:这块地刚刚卖给一家旅游公司搞开发!

"老梁在不在?"阿洪马上走过来,想和对方套近乎,"阿旺呢?"

村干部看样子早有思想准备,"早改选了,现在我是村长。再说地已经卖了,合同签了,我说了也不算。"

廖铮看看周围的环境,很是吃惊,这里离交通要道非常远,风景也不算多优美,怎么会有人想到来这里开发? 他们跟着村长来到大队部。村长拿出一沓合同说,凉山一家名叫"西部风情"的旅游公司已经和他们签了合同,付了钱,整个手续都完成了。总之,如果要动这块地,得征求那家公司的意见。

一壶水烧到九十九度,就差最后一度,这个时候怎么能允许熄灭炉火?廖铮一行人马上回到凉山城,找到西部风情公司。在二层的总经理办公室,廖铮对老板提出请求:允许他们先用仪器将整块地勘测一遍,如果确实有考古目标,他们只开挖那一小块,对整体地块不造成破坏。

总经理听罢,断然回绝了她的要求。他举出川内某遗址为例子。那里原本是某个房地产商拿下来的项目,偶然间挖到遗存后,项目不得不停下来。现在此处已经建起巨大的博物馆,但是对于一个商人来说,一大笔利润就没有了。所以,旅游公司的总经理不允许他们在这块土地上作任何考古调查。"除非你们买下来,风险你们自己全部承担。"

"多少?"

"一千二百万!"

从董兴勤找到她到现在,都是廖铮在掏钱资助整个活动,但这笔地价远远超过了她的财力。廖铮只好先退出,和大家商量。阿洪让他们先不要表态,自己找当地的熟人调查一下情况。

不问不知道,原来这块地四天前才被买下,地款只有两百万元。廖铮非常生气,返回去又找到西部风情的老板。不想对方听到她的质问,面不变色,扳着指头一一说出自己的理由。他说,这并非仅仅是转让一块地的事。他们相中那块地已经很久,前期投入了不少策划费、设计费之类,还托人找关系去跑各种立项审批手续,再加上公司在这块地上的预期收入—— 一旦转让,都要廖铮给予补偿。

"如果地下真有文物,对于我们公司来说就是炸弹。要么你们把地拿走,在你们那里炸开,要么就别惹它!"

廖铮参加过那么多探险考古活动,要么是荒蛮之地,要么主办方已经处理好有关事项，从未遇到过这样的问题。

"买！"董兴勤忽然下了决心，"我找人帮忙。"

"你去哪里借？"廖铮觉得这个孩子还不知道风险有多大，"即使买下这片地，很有可能什么也找不到。"

"廖老师，我想要是爸爸活着，他也会出这笔钱的。"

第六章　初战告捷

　　董兴勤从小到大,感觉爷爷奶奶始终是那个年龄,只是在最近,他们才明显老了一截。看到他们那发自内心的悲哀,董兴勤充满了自责。是的,对父亲的死,自己怎么也达不到爷爷奶奶那种伤心的程度——他们是白发人送黑发人!

　　坐在两位老人面前,董兴勤先是替妈妈道歉,希望二老别往心里去。奶奶哼了一声,"你爸爸平生有两件事我最反对,一是他突然从事业单位辞职,二就是和你妈妈结婚。当年……"

　　"算了,事情都过去了。"爷爷挥手止住了奶奶的话匣子,"小勤,你真准备按照你爸爸的遗嘱去做?"

　　"是啊,他在世的时候,我没帮他做什么。现在一下子人没了,既然爸爸那么看重这件事,我就满足他的心愿吧。"

　　爷爷问了一下买地的钱,然后语重心长地说:"你爸爸是给我们留下了一大笔遗产,可是花儿子的遗产会心里很疼。再说我和你奶奶都是风烛残年,要这么多钱也没用。和你母亲争,只是因为我们从心里不接受她。既然你愿意完成你父亲的心愿,那就把这笔钱拿去,我们也算帮助儿子完成心愿吧。"

　　尽管有了资金支持,阿洪还是通过关系努力讨价还价,最后将地价压到一千万。等各种手续都办完,又过去了一周。一行人终于可以施展拳脚了。他们像绣花一样,一平方一平方去探测。终于,在"黄土B超"上显示出几个连片的墓穴,位于地表下八到十米深。阿洪仔细观察了位置和形制,判断它们不属于现代彝族人的墓葬。

"咱们开始挖吗?"周雅琳问师傅,"要请多少民工?"

廖铮摆摆手,"现在还不行,还缺一个条件。"

官方机构主持考古研究,当地警察要到现场维持秩序,防止文物流失。现在他们几个人最多算是民间团体,为防不测,必须要请专业的帮手。

"那是保安公司吗?"周雅琳又问,"他们应该可以押运文物的。"

"要找更专业的人。"

廖铮安排董兴勤、周雅琳在现场搭帐篷,原地驻守,自己又飞到上海,来到一家名叫雄鹰特卫的公司。这家公司给企业提供专业保安服务已有多年,是这一行里的老大。不过,听廖铮讲清来历,经营主管犹豫了。

"保护文物挖掘现场? 我们没有做过这种业务。"

廖铮又讲了讲这次考古活动的意义,还有她能出的价钱。主管犹豫了一会,请她等一下,然后转身出去。

一刻钟后,一个瘦削精干的中年人随着经营主管走了进来。他自我介绍名叫闻毅,是文物爱好者,"能够保护它们出土,我深感荣幸。"

特卫公司的服务要按天算钱,董兴勤觉得有些不值,但是廖铮凭借自己的经验说服了他。

廖铮雇用了三十名当地人,她和阿洪将遗迹打格分方,划成许多边长为两米的正方格,两格之间留下一米厚的隔梁,然后指挥民工开挖。廖铮甚至专门挑选了挖掘工具——必须是已经磨钝的，以免误伤文物。

由于要求精细，挖掘工作很慢。这天晚上，两个农民工坐在方格前，聊着自己听到的有关文物价格的传说。闻毅的身影忽然从黑暗中冒出来，"你们听说过北京猿人吗？"

"听说过，山顶洞人呗。"一个农民工抢着回答，"当年中学课本上写着的。"

其实"北京猿人"和"山顶洞人"是两回事，不过闻毅也没更正。"你们知道就好，那个头盖骨如果放到博物馆里，是无价之宝；拿给文物贩子，它就一文不值。明白吗。"

说完，闻毅就转身走了。

"他怕咱们手脚不干净，哼！"一个有点见识的农民工分析道，"这是啥意思？说明咱们挖的就是宝贝。"

终于，他们在一个探方处挖到了预定深度——那里有一口石棺。表土揭开后，阿洪指挥民工，小心翼翼将棺盖抬起。廖铮马上拍摄下棺里物品的原始状态。一具遗骸躺在那里，双手抱胸，显示着一种安详的死状。身上还有破烂的麻布衣服，周围摆放着陶制器。

"没错。"廖铮点点头，"青铜的冶炼与制陶技术密切相关。冶炼矿石需要高温，而当年的高温技术，基本上都是来自于制陶术。这个观点，从三星堆和金沙这两个遗址发掘出的文物也可以得到证明。在金沙和三星堆，除了出土金器、青铜器之外，同时也出土了大量的精美陶器。"

然后，廖铮让民工们将棺盖再复原。他们的使命已经完成，接下来只能交给文物部门出面了。

一行人来到村头的小饭馆饮酒庆祝。阿洪拨打了当地文物部门电话,通报了情况。等他们再回到现场,闻毅忽然叫大家停下。他走下深坑,围着棺盖转了一圈,"有人动过!"

廖铮等人也跑下来,众人合力打开石棺,果然,里面少了几件陶器。看来尽管闻毅事先提了醒,还是没能避免这种事。他示意大家安静下来,然后把参与挖掘的农民工都召来。他知道,这些人都是乡里乡亲,即使有人知道谁偷了东西,也不会举报。闻毅从提包里摸出两名小册子,封面上赫然写着"中华人民共和国文物保护法"和"中华人民共和国刑法"。

"大家坐下,咱们学习学习。"闻毅语气虽和气,却有着不可抗拒的威严,"这两本书很长,我就挑几段重点的念。喏,看看这个,《文物保护法》第五条:中华人民共和国境内地下、内水和领海中遗存的一切文物,属于国家所有。"闻毅又解释道,"这话是什么意思?不管是谁挖到的,土地使用权是谁的,就一句话:文物是国家的!"

一群农民工你看看我,我看看你,都不说话。闻毅并不希望他们马上表态,自顾自念下去,"还有《刑法》上的,喏,第三百二十六条:倒卖国家禁止经营的文物,情节严重的,处五年以下有期徒刑或者拘役,并处罚金;情节特别严重的,处五年以上十年以下有期徒刑,并处罚金。知道啥子叫情节严重?就是倒卖国家一、二、三级文物,卖一件就够这个杠。廖铮女士,这些东西够得上珍贵文物了吗?

"肯定够一级,搞得好,这片地方将来有可能申请联合国文化遗产!"

闻毅要的就是这句话,"还有,盗窃、哄抢、私分或者非法侵占国有文物的也要判刑。"

说到这里,闻毅拿出一个大纸箱,摆在场地中央,"一个小时后,州文物局的人就要到。在那以前,在这里失踪的东西都必须回来，出土时我们拍过照。如果它们按时回来了，这件事就到此为止。"

说着，闻毅就示意廖铮等人离开现场。他们坐上车，闻毅开车，来到附近村上喝茶。

"不在那，不怕再丢吗?"董兴勤担心地说。

"我赌他们不敢再拿。但是我们要留在那里，他们就不敢还回来了。"

一个小时过去，他们返回现场，那个纸箱子已经装得满满的。几个农民工坐在附近抽烟，仿佛他们和纸箱子里的东西毫无关系。

第七章　再接再厉

董斌的父亲留下一个大宝藏。先是州文物局派来专家,然后省上的中央来的,各路专家云集在这个山间谷地上,不断扩大挖掘范围。他们将这里的陶器通过热释光法进行断代研究,得出的结果是:它们制造于四千八百年前。他们又使用电脑立体复原软件,通过石棺遗骸的头骨复原其面貌,结果发现那是一个南亚人与当地人的混血儿。结合不久前发现的"达摩冰人",似乎在说明有不少南亚人曾在那个年代北上。

廖铮带着助手参与考察,董兴勤反而插不上手。就在这时,陈律师打来电话,把他请到律师事务所。陈律师给他看了董斌留下的又一段视频。看日期,这段录像拍摄于第一段录像之后。

"孩子,如果你看到了这段录像,说明你已经成功挖掘了第一处遗存。我感谢你做的一切。后两处遗存我自己都不是很有把握,所以,你已经可以领走你那份遗产了!"

陈律师向董兴勤解释说,这是董斌生前的要求。如果董兴勤对前面的遗嘱根本不予理睬,就不用给他出示这段视频。"根据委托人的意愿,现在我可以给你提供接受遗产的一切法律证据。"

好半天,董兴勤都没说话。

"怎么,你在想什么?"陈律师问道。

董兴勤长叹一声："您知道当初我看他的遗嘱视频是什么感觉吗？这些年里，他从没和我讲过那么多话。我都记不清超过十句的交谈发生在哪年了。"

"或许你没给你父亲机会，他肯定有许多话要和你讲。"

董兴勤的眼圈红了，陈律师这句话戳中了他的心口。"谢谢您，不过我想把父亲的遗愿都完成。已经亲自做了这么多，这好像也是我自己的事情啦。"

"这是好事，但是，继续完成他的事业，也需要更多的钱吧。"

陈律师着手进行遗产解冻手续。

接下来，董兴勤又找到廖铮，请她继续寻找文件中提到的另外两处线索。虽然安家坝挖掘出了极有意义的历史遗存，但并非父亲设想的青铜冶炼厂遗址，甚至没有出土过一件青铜器。

"我想，他要是活着，肯定不满意这个答案。"

"我明白，咱们继续吧！"

连日来的辛苦，让董兴勤特别想家。他回到成都的家里，蒙头大睡。醒的时候，母亲已经坐在他床边了。

想想自己平生头一次离开母亲这么久，董兴勤百味杂陈。有几分怕，还有几分自责。韩娟看到孩子睡醒，马上转身到卫生间，拿了一只热毛巾让他擦脸，又端上早就准备好的饮料。韩娟是个粗线条的女人，这么细致让董兴勤很不习惯。

"孩子，你是生我的气才跑出去的，我给你道歉。"韩娟说道。

不光是给自己，董兴勤从未听过母亲给任何人道歉。他连连摇头，说明自己确实是为了寻找历史遗迹才出发的。韩娟关切地询问他这些天的经历。董兴勤开始说得很简单，后来发现妈妈确实很关注，胆子大了，话也多了。

听到董兴勤买地的消息，妈妈气愤地指责"农民太贪财"。听到董兴勤完成的发现，韩娟不以为然。听他提到廖铮，韩娟还是会说上两句带酸味的话："她和你爸爸绝对有一腿。我有女人的直觉,这个你不懂。"

董兴勤不愿意和母亲争辩,不过他很欣赏她的变化。至少现在,她能长时间倾听自己的谈话了。

第二处目标仍然是一片山间夹谷,顾望道举人曾经在这里生活过一段时间。董斌通过各种资料推测,顾举人很有可能是在这里买下那三件青铜器的。

然而,此处地形远非安家坝那么平坦,到处是梯田、村落,高低相差近千米。此时,廖铮眺望着周围的地形地貌,猜想着那个古代矿洞会在哪里。

突然,远处山坡上一道痕迹进入她的视野。那是不久前才发生的泥石流造成的,它翻开表土,在翠绿的山坡上割开一道黄红色的伤疤。地质灾难!廖铮立刻让周雅琳上网,去搜索附近地区两百年里发生的地质灾难——果然,一九○七年这里曾经发生过一次大地震。

"如果是在平原上,一次大地震只能造成人员伤亡,很少改变地形。但在这里,一次大地震完全可以改变山的形状与河的走向。也就是说,顾举人当年生活的地方已经变形了!"

"那我们怎么找呢?"董兴勤看着四处的山坡,有点犯难了。这里不是平地,即使使用"黄土B超",也要翻山越岭才行。

"你又想偷懒吧……"

周雅琳刚说了一句,却被廖铮拦住,"即使小董想偷懒,他说得也有道理。我们有更好的工具,可能不需要翻山越岭去扫描大地。你们等在这里,我再飞一趟北京!"

第二天,廖铮已经坐到邓若飞的办公桌对面,讲了自己的要求。

"航天摄影?"邓若飞瞪大了眼睛。

"是的,用地质卫星对这一带山区进行拍摄,找到古代冶炼遗迹的痕迹。经过几千年无数次地质变化,我们从地面上很难找到它,或许卫星可以办到!"

邓若飞想了一下,"可以是可以,但租用一次卫星要很多钱。"

"你说个数字吧,我们出!"

谈妥了价格,邓若飞又对他们这个团队的执著表示了赞赏,"如果这次卫星拍摄发现了有用线索,我争取吸引文物局的重视,让他们接手这个项目。你们是民间人士,单打独斗也太辛苦了。"

当一个人站在野外时,无法判断周围地形地物的整体面貌,航空摄影或者航天摄影却能够解决这个问题。南美纳卡斯平原上的著名巨画,当年就是由飞行员发现的。而在那以前,不少人步行路过此地,虽然能看到那些线条,却不能察觉它们的整体形状。

那些已经被青草和庄稼覆盖的古代道路、广场,其大致形貌也可以通过植物颜色的深浅予以推断。中国考古学家曾经从唐朝乾陵的航空照片上找到十几个巨型圆圈,最大的直径有一百一十米。然而在地面上却找不到圆圈的痕迹,周围村民也从没记得田地里曾有过如此巨大的图案。最终调查表明,古人曾经在这里挖出圆形的绕墓沟——这些沟在漫长的年代里已被填平,如今种满庄稼。只是因为沟中土质与周围不一样,长出的庄稼颜色稍有不同——这点颜色差别在地面上用肉眼完全不能分辨。

卫星有限,租客众多,半个月后才轮到他们。很快,上百幅卫星摄影照片摆到邓若飞的案头。这次他亲自出马判读这些照片,终于发现了一条隐匿在杂草下的古代道路——它的一头通向一个山坡,另一头则伸向远方。

廖铮回到现场,先到山坡那一侧去观察。道路直通崖壁,但根本看不到洞口的痕迹。估计后面即使有山洞，至少也堆积了几十米的岩石，想来无数年间又有不少土壤堵塞了岩石缝隙，再被生长出的植物所覆盖。

道路的另一端则通向一处湖水，就在那里中断了。湖岸周围再没有道路延伸出去。这说明，遗址可能就在这一湾湖水下面。

这个叫伴月沟的小湖，是一九〇七年大地震产生的堰塞湖。据说前些年水清的时候，站在岸边能看到被淹没的房屋。不过最近这些年，伴随着发展，湖里倾倒了各种生活垃圾，再加上有工厂往湖里排废水，目前已经无法下去游泳洗澡了。

"它有多少米？"廖铮问阿洪。

"平均水深有五十米！"

看到这样深的湖水，董兴勤又嗑起了牙花子，"这怎么下去？"

廖铮站到水边，让周雅琳找来一根竹竿，往水下伸去，"这里能见度不足两米。一旦人下去，手脚划动，必然激起泥沙，什么都看不到。所以我们不下去。"

"邓老师那里还有什么宝贝没有？"董兴勤问道。

"应该没有。不过他可以出面，请中国水下考古研究所帮忙。"

水下考古研究所成立于一九八七年，最初的主要工作是打捞沿海沉船。后来建设三峡工程，研究所负责对沿岸大量历史文物进行处理，由此积累了丰富的湖泊考古经验。邓若飞通过的私人关系，研究所派人来到伴月沟，对考察环境作了评估。

研究所有几台水下机器人，可以对淹没在水下的遗迹进行拍摄，还能从淤泥中抓取物体。根据种种情况推测，古代矿场的遗址有可能埋在淤泥下面。最后，他们设计了一个方案，将"黄土B超"密封起来，只留下能源线和信号线连到外面，再由水下机器人拖曳，在湖底扫描。考古技术研究所的专家对湖底进行了一次大尺度的扫描,估计要探测十三万平方米的湖底——以水下机器人缓慢的速度,全部探测完可能要几个月之久。

"祝你们好运吧。"邓若飞说道,"也许第一天,或者第一个月就找到结果了。"

这不是水下研究所的正式项目,邓若飞也还没有申请下经费,所以还需要廖铮这个团队自己解决费用问题。水下研究所的专家教会他们使用机器人,便撤离现场了。

接下来,几个人乘坐小舟,在湖面上夜以继日地遥控着水下机器人,一个格一个格地扫描着湖底。这次幸运女神没有那么快就露出面孔,三个月下来,他们什么也没找到。

这段时间里,董兴勤和母亲的通话多了起来。以前他以强硬的态度对待韩娟,是怕她阻碍自己。不过韩娟除了在宾馆里发脾气那次之外,后来再也没有恶言恶语,每次都要叮嘱他注意增减衣服,注意饮食睡眠,小心当地传染病。

"唉,难道你也要和你爸爸一样,风里来雨里去,把我一个人甩在屋里?"

听到这话,董兴勤的心软了下来。他向妈妈保证,自己还没想当一个考古学家,等完成父亲的遗嘱,就回去做自己的事。

第八章　如影随形

在伴月沟失败之后，董兴勤反倒坚定了决心。算起在安家坝那次挖掘，自己只不过失败了百分之五十，父亲当年不知道失败了多少次？所以，他坚决请廖铮留下来，带领他们挖掘第三处可能的遗址。

那片地方位于西昌城东河的下游。自古以来这条河多次改道，董斌经过多年调查，找到了它在五千年前绕经的一处山坡。那里有一些铜矿资源，在今天远远够不上开采价值。然而董斌认为，范围这么小的一处矿山，对于当年的古人来说已经足够——他们会在附近河边建立冶炼作坊，进行制造。

目标区域方圆一平方公里。然而等他们到达目的地时，最有价值的核心区域，也就是围绕着古河道的区域又被人买下了！一家远在沿海地区的食品公司想开发民族保健食品，已经圈下了这片地。

廖铮又和他们去谈，这次价格被锁定在三千万！一点都不能少。对方说明，这是他们进军内地的第一炮，必须补偿他们的损失。

廖铮退而求其次，请他们允许自己在这片土地上先行勘测——文物遗存不会占据很大面积。然而，她再一次遇到了熟悉文物法规的专家。对方拿出和西部风情旅游公司一样的理由,要求他们把这片土地全面买下!阿洪亲自出面游说,只把价格说下两百万。

"哈哈,你没当成考古专家,倒先要当地主啦。"周雅琳对董兴勤苦笑道。董兴勤自己也没想到,运气居然这么坏。

就在这时,闻毅打来电话,询问他们进展得如何。按照约定,如果廖铮这个团队需要挖掘现场,闻毅还会前来保护。

打过一次交道,也算是熟人,廖铮把眼前遇到的困难跟闻毅讲了一下。她本来只准备听到几句安慰的话,不料对方似乎却发现了些不对劲之处。"你说,每次你们找到一个勘探地点,那片地就被人买走了?"

"是的。上一次是提前四天,这一次大概有二十天吧。"

"你觉得这是个偶然?"

"是……为什么不是?"廖铮捂住了嘴,"难道这还是个阴谋?"

"为了买这些地,你们一共付出多少?"

"上次一千万,这次可能要三千万。"

"我觉得,这么大一笔钱,足够让人为此搞一场阴谋了。有人知道你们要去哪里,知道你们志在必得。他们事先低价买好地,再等着你们高价出手。如果我推断不错的话,那些地原来根本不值钱,买价和卖价会相差几倍。"

廖铮的江湖经验也不算少,马上联想到了诸多疑点。只是,这意味着他们团队里有内鬼!这能是谁,周雅琳,阿洪?

闻毅以最快的速度来到现场。这次,他按照警察办案的方式,与团队里的人逐个谈话。他先找到董兴勤,由于安保费用都记在这个孩子的账单上,所以他认为董兴勤是自己的客户,应该对其负责。

按照闻毅的说法,除了董兴勤其他人都是怀疑的目标。

"廖铮老师也是?"董兴勤十分诧异。

"理论上不排除她,每次都是她和对方接触谈地价。"

"这怎么会……"

闻毅知道,每每遇到这种情况,当事人在感情上都接受不了,但是感情战胜不了逻辑。接下来,这位曾经在刑警队任过职的安保专家——找廖铮、阿洪和周雅琳谈话,对比他们之间谈话内容的漏洞。他甚至打电话,询问了远在北京的邓若飞——那也是一个知情者。

最后,闻毅又找到董兴勤,"告诉你一个好消息和一个坏消息。"

"好消息是?"

"你这些朋友都没有嫌疑。"

"坏消息是?"

"如果有人想坑你的钱,他肯定是从你这里得到的信息!"

董兴勤虽然缺乏社会经验,但并不笨。这段时间里,除了这几位朋友,只有三个人知道他要去哪里。其中两个是他的爷爷奶奶,他们是出资人,那么,只有一个人可以怀疑——母亲韩娟。

"不,也许就是个巧合。"董兴勤用力摇头脑袋,"先后买地的是两家公司,相隔几千里,规模都不算小,怎么能联合起来算计我?"

"和这两家公司没关系。"闻毅越发确定自己的判断,"像它们这样的公司,除了经营自己的业务,还会让商业伙伴借用他们的执照做生意,事后收取一笔管理费。这样,名义上的买家是他们,实际上另有黑手。"

董兴勤抱着脑袋,"不,怎么会是她?她没什么能力,哪里会搞这种手段?"

闻毅拍拍董兴勤的肩膀,"你也在怀疑她?那就对了。她没有能力,但是可以和有能力的人合伙。老实说,这是你的家务事。如果你愿意出这笔钱,我们外人没有理由干涉。只是,有时候真相比什么都重要。"

一股热气直冲头顶,董兴勤赶回家里,劈头质问韩娟为什么搞这样的阴谋:"你这些天对我改变了态度,就是为了知道我的考察进展,是不是?"

韩娟没想到孩子会接触到真相,她不会绕弯子,看到被孩子揭破,马上哭了起来,"我就是恼火你父亲,什么都背着我。能从他那里抠回来一分钱我也高兴,我赢了他!"

"你和我爸爸之间的恩怨我不管。告诉我,谁替你策划的这些?他收了多少钱?"

韩娟还想先瞒一下,看到儿子严厉的目光,心里一下子空了。是啊,许多年前已经失去了丈夫的爱,如果再没有儿子,要那些钱有什么用呢?

"他叫郑诚伟,我们说好了五五分成。"

这几年,郑诚伟的名字压倒许多专业考古学家,轰动一时。他出入媒体,光临论坛,各种会议纷纷以请到这个人为荣。

如此红火皆因他不遗余力地宣传一种观点:全世界文明都来自中国。他声称人类起源于青藏高原;埃及图坦卡蒙王是个华夏人;希腊是"大夏"的音译,所以是夏朝人建立的;罗马人在古代文献里叫"大秦",更应该是秦王朝的余支。凡此种种惊人之语经过加工,传遍天下。正统史家不屑于与这个人接触,但这无妨于他到处获名取利。

知道了"真凶",董兴勤兴奋地回到现场。

然而问题并不因此就解决,土地所有权仍然牢牢地握在郑诚伟手里。看到大家一筹莫展的样子,闻毅开口了:"这样吧,我提供一个超越职业范围的服务。你们在这里等消息，不过，任何人不许说是我帮了忙。"

几天后，不知道闻毅使了什么手段，食品公司忽然大幅降价，三百万就愿将土地转让。廖铮估计，这就是郑诚伟收购这片地的成本价。

"闻大哥怎么做到的？"董兴勤在合同上签了字，仍然压制不住自己的好奇心。

"也许，郑诚伟有短处落在他手里。"周雅琳推测道，"他们这些公司知道不少精英圈的秘密。"

"总之，我们不要多问。"廖铮制止了周雅琳的话，"快去扫描吧。"

第九章　无字天书

在紧张的期望中度过了十五天,"黄土 B 超"找到了那处深埋于地下的遗址。它的面积将近三个篮球场,下面有大量未完工的青铜器,还有铸模、陶釜等,俨然一个大型古代青铜厂。

闻毅成功地帮助这个团队扫清障碍,却没捞到这笔生意。邓若飞通过游说,已经得到了领导的重视。扫描结果一摆上案头,大批考古专家和武装警察就来到了现场。

一个月后,上千件青铜器的半成品出现在人们面前。比起三星堆展览馆里的那些成品,它们无疑有着别样的价值。今天的人类第一次大规模目睹古代青铜制造的工艺流程。这里有尚未拼接的青铜面具,有铸到一半的大立人像,有一堆堆青铜神树的部件。通过古冶炼场周围几具遗骸的姿势,考古学家估计,是一次突如其来的山洪摧毁了这里,将它们一并埋入了地下。

这一次,碳十四测定给出了最准确的断代结果——冶炼场荒废于四千八百五十年前,在那个年代,它拥有半个亚洲土地上最先进的青铜技术。比起董斌愤而辞职的年代,如今学术环境已经有了巨大变化。既然事实如此,人们再没有掩饰什么。

董兴勤真的成了地主,官方为这片土地支付了五百万元转让费,以资鼓励。今后,这上面将建立起不亚于三星堆和金沙的文物展览馆。

这天早上，在西昌街头，廖铮和几个朋友坐在早点摊上，就着疙瘩汤，吃着油煎粑粑块。他们已经完成了董斌的遗嘱，就要离开这个地方。

阿洪和邓若飞都是学者，廖铮算半个专家。他们讨论起这次发现的巨大影响，个个表情严肃。

"想想吧，我的孙子以后要学习与我不一样的课本。"邓若飞感叹道。

"早就应该改写。那些史书都出自你们汉人。你们批判了'西方中心论'，又用'华夏中心论'代替，这些出土文物就是对你们的批判。"

"哈哈哈，你们担心的都是什么啊。"董兴勤不再是半年前那个毛头小伙，在专家和大师面前也敢于发言了。

"我们?"邓若飞看看周围的人，是啊，我究竟在担心什么?

董兴勤指指不远的老板娘，她正忙着抹桌面，给顾客端盘子。"今天她要早起、卖早点、收摊、睡午觉，以后历史书改写了，她还要早起、卖早点、收摊、睡午觉。"

"是啊，"或许因为是同龄人，周雅琳最能理解董兴勤的想法，"史书改写了，那边那个的哥还是要拉客人，那位大娘还要摆摊卖菜。真正受影响的，恐怕就是你们几个文人学者吧。"

"可别指我。"闻毅正吃着饭，发现周雅琳的指头指向自己这边，夸张地往旁边躲，"史书改写不改写和我也没关系，我还是要给有钱人看家护院。"

"也别把我算进去……"

董兴勤刚一开口就被周雅琳打断了。"那还行? 史书是因为谁被改写的? 这个总还要尊重吧。"

　　董兴勤参加了专门为"古冶场"遗址召开的新闻发布会。他没好意思上台，还嘱咐廖铮，千万不要提自己的名字，他不知道以后怎么应付那些记者。

　　新闻发布会上，阿洪向记者们描述了一段壮丽的史前史——

　　青铜文明从西亚发源，传入印度，再通过缅甸密林间的小径进入云南，上行到四川盆地。历史学家推测：在四千多年近五千年前，一群印度的原住民——达罗毗荼人携带青铜技术到达了古蜀国，因为掌握有这种重要技术，他们在古蜀国成为了祭司阶层。在四川贡嘎山海螺沟冰川发现的古印度达罗毗荼人——"达摩冰人"，或许就是那些北行者中的一名。作为古蜀国的首都，大量使用青铜器进制祭祀的三星堆本身并不产铜。而在川南，古彝族结合当地丰富的铜矿资源，将青铜文明发扬光大，为三星堆源源不断地提供了大量的青铜祭器。然后，这条"青铜之路"再通过长江峡口和秦岭高原翻入中原，最终成就了中华大地的一页文明史。

　　"然而，在'青铜之路'进入中原之前，还有一个重要的驿站，那就是——"阿洪抿着嘴点了下头，做出很强调的样子，"金沙。"

　　"在'青铜之路'前行的过程中，金沙文明绝对是不可缺少的一个环节。金沙遗址出土的大量象牙，也是'青铜之路'的一个有力佐证。金沙遗址曾经挖掘出千余根象牙，然而成都平原上并无大象。其实这些象牙都来源于很适于大象生存的古滇，这也可从侧面说明，在四五千年之前，从古滇到古蜀便存在隐秘通道。

　　"如果这条'青铜之路'确实存在的话，那么三星堆遗址和金沙遗址的关系也就不难厘清了。甚至，上古史中蚕丛、柏灌、鱼凫、杜宇和开明这五代蜀王也能走出传说的迷雾，变成这片土地上实实在在存在过的统治者。

　　"综合历史记载和历次考古发现，尤其是三星堆和金沙遗址的发掘,当然也包括这一次我们这个团队的考古成果,完全可以大胆推测:三星堆就是当年古蜀国鱼凫王朝的都城。这个高度繁华的都市,为什么会被废弃? 在考古发掘现场,并未留有战争、暴乱的遗迹。一种观点认为:三星堆城被弃,是因为遭到了洪水的袭击。

"数千年前的成都平原,曾饱受涝灾,三星堆都城建于鸭子河与牧马河边,自然也难逃洪水劫难。其城墙造型颇为奇特:墙基宽,墙顶窄,城墙呈斜坡状。这样的城墙,显然不适合御敌,因此那几道墙很可能是用于防洪的。

"那么,古蜀国的都城从三星堆迁出之后,又搬到了哪儿呢? 我们团队的研究结果是:他们迁都到了金沙,统治此时古蜀国的便是古蜀五王中的杜宇。金沙曾出土过一个十九点六厘米高的青铜小立人,跟三星堆两米多高的青铜大立人相比,从体型上来看固然不能望其项背,但二者的衣饰、体态、脸型甚至神态都如出一辙——充分说明了这两种文明之间的渊源。此外,金沙曾出土过一根金带,上面的部分纹饰跟三星堆出土的金杖上的完全一样,这是不能用'偶然的巧合'等词语来解释的。

"或许,从三星堆到金沙的迁都,很可能不仅仅是简单的搬家。三星堆这件青铜立人刚刚被挖出来时,考古学家发现,它从腰部处被折为两截;原本铸造青铜大立人,迁都之后也变成铸造青铜小立人了——这似乎都在暗示我们,其间发生过什么……"

阿洪终于结束了他的长篇演讲,"当然,要证明这些推测,还需要更多证据。这些文明的种子散落在崇山峻岭,等待着有心人去挖掘。"

阿洪下去后,主持人拿着话筒提议:"最后,让我们向寻找这条古代文明之路的董斌先生致敬。没有他的坚持,我们还要等更久才能找到真相。"

　　父亲下葬后,董兴勤还是第一次来到他的墓碑前。这段时间他把董斌的视频和打印文件带在身边,经常是抽点空闲时间看上一段——这让他恍惚间觉得父亲仍然活着。直到现在,董兴勤意识到无论自己有什么话,都无法再对他说了,一时间悲从中来,不由得号啕大哭。

　　"爸爸,以前我一直认为,您是做父亲的,是个成年人,所以不管什么事,您都应该把它摆平才对,否则就是没尽到心。现在我才知道,要完成一件事业有多困难。"

　　董兴勤将一件青铜器的复制件放到墓碑前,转身离去。